W0349380

Bruno, Gerda, Miriam und Patrick, sie waren einmal Subkultur, Mountainbiker, die in den Wäldern der Provinz rund um Winterthur illegale Bike Partys organisierten. Jetzt sind sie in der Stadt angekommen. Radfahren tun sie, wenn überhaupt noch, allein. Dafür stehen sie sich im Weg. Bewusst und unbewusst. Sie versuchen, im Leben Fuß zu fassen, aber sie landen im Wasser, im Dreck oder auf der Wache.

Die Vergangenheit, die an die Tür klopft, lässt die Freundschaften bröckeln. Und manch einer, sein Leben in den Griff kriegen möchte, fragt sich, wozu das gut sein soll, wenn am Schluss doch alles wieder anders kommt.

In griffigen Dialogen und bisweilen surreal anmutenden Szenen erhalten wir tiefe Einblicke in das Innenleben der Figuren und deren Suche nach einem Weg um die zahlreichen Abgründe des Lebens herum. »Geht Wollenmüssen?« ist nur eine der existenziellen Fragen, die dabei gestellt werden.

Tom Combo hat einen aufrüttelnden Roman geschrieben über Freundschaft, Selbstbestimmung, die alternative Szene, und darüber, wie bei aller Liebe alles auseinanderdriftet. In klarer Sprache erschafft er Bilder, die sich lange im Kopf halten.

Tom Combo, geboren 1965 in Winterthur, ist Autor, Musiker und Singer-Songwriter. Er veröffentlicht regelmäßig Beiträge in Zeitschriften, Zeitungen und Anthologien. Musik komponiert er für unterschiedlichste Filme und Kunstprojekte. Er schrieb Hörtexte für Schweizer Radio DRS 3 und verfasste und vertonte unzählige Hörspiele für Radio Stadtfilter. Die Radionovela »Hasenrain 21«, die er mitproduzierte, brachte es auf über zweihundert Folgen. Im Winter 2019 erscheint sein Solo Cello Album »Thaw«. Im Verbrecher Verlag erschien sein Erzählungsband »Vielleicht nur Teilzeit« und der Roman »Spielraum«.

TOM COMBO

INNERES LIND

ROMAN

VERBRECHER VERLAG

Erste Auflage
Verbrecher Verlag 2019
www.verbrecherei.de

© Verbrecher Verlag 2019

Gestaltung und Satz: Christian Walter
Druck: CPI Clausen & Bosse, Leck

ISBN: 978-3-95732-409-2

Printed in Germany

Der Verlag dankt Laura Lo Conte und Morten Schneider.

Bichelsee, Ende Oktober. Wassertemperatur: acht Grad. Vereinzelt Schwebeteilchen, sonst klare Sicht. Das Licht der Taschenlampe gleitet über die mit Quaddeln übersäte Haut eines Körpers, der bäuchlings auf dem Grund liegt. Der Taucher fährt neugierig mit einer Hand über das Quaddelmuster, bevor er den Körper umdreht. Er schaut für einen Moment in die weit geöffneten Augen, während durch den Mund einige Luftbläschen entweichen und sich tänzelnd den Weg zur Wasseroberfläche suchen. Er zieht den Körper über den Grund ans nächste Ufer, wo er ihn auf das feuchte Gras legt. Das Muster auf der Haut scheint im kalten Licht der Herbstsonne rötlich zu leuchten. Vom Parkplatz her kommen die Sanitäter und Beamten herbeigeeilt.

»Die haben sich nackt ausgezogen und sind in den See gesprungen, der eine ist losgeschwommen und der andere hinterher. Die haben gelacht und sich angespritzt. Eine Frau war auch da, am Ufer, ja, Rock, oranger Pullover, schwarze Haare, Brille. Als die reingesprungen sind, hat sie den Kopf geschüttelt und ist weggegangen. Und da beginnt der eine plötzlich, mit den Armen zu rudern und wird rot, extrem rot. Ja, das ist ein ziemlich gutes Teleobjektiv, wird auch für Sportaufnahmen genutzt. Nein, ich hab nicht abgedrückt, man hat ja noch einen Anstand. Ja, auch gut für Naturaufnahmen. Und dann hat der Rote sich an den andern geklammert, ja, an den mit den kurzen Haaren und dem Bart. Der hat sich aber befreit und ihn weggestossen. Nein, ich weiss nicht, ob er ihn unter Wasser gedrückt hat, ich war ja auf der anderen Seite der Strasse, dort bei den Panzersperren. Also ich hab ja gedacht, die haben irgendetwas genommen, wie die sich benehmen, und so rot wird man doch nicht von alleine, und da ist die Frau zurückgerannt ans Ufer und hat angefangen zu schreien und dann hab ich gesehen, dass der Rote verschwunden ist und wie sie da hin und her rennt, denk ich natürlich ›oha‹, und sie geht in den See mit allen Kleidern und sie schreit und schreit, schon brusttief im Wasser, ehe der andere sie festhalten kann. Irgendwann ist sie ruhig geworden, und der andere, immer noch nackt, wohlverstanden, schleppt sie hinter sich her ans Ufer, und bellt sie an, sie solle sich ins Gras setzen und dort bleiben. Wir hatten ja früher viel Hippies hier in der Nähe. Und wie sie endlich still war, ist er wieder ins Wasser gegangen und ist mal da mal dort abgetaucht, ich glaube kaum, dass er bis zum Grund gekommen ist, sind immerhin sieben Meter und kalt ist es auch da unten, und dunkel, der hat da nichts gesehen. Am Schluss ist er nur noch rumgeschwommen und hat einen Namen gerufen, wahrscheinlich ja den von dem Roten, aber das hat natürlich keinen Zweck, jemanden zu rufen, der am Grund unten liegt und tot ist. Wenn er überhaupt tot ist, bei so kalten Temperaturen kann es ja sein, dass …«

Der Mann räusperte sich. »Vielleicht habe ich zu lange gewartet, ja, aber tun hätte ich eh nichts können, und dann hab ich ja die Rettung alarmiert. Und wie ich nach dem Anruf wieder hinsehe, da schlägt und tritt die doch einfach auf den ein, also auf den, der wieder rausgekommen ist und der liegt einfach so da, ich meine, wer macht das denn, einfach so daliegen, wenn er verprügelt wird, auch wenn's eine Frau ist. Und sie hat was geschrien, aber ich hab nichts verstanden, die ist total ausser sich gewesen und hat sogar die Brille verloren. Und ich bin dann vorsichtig Richtung Strasse gegangen und ich hab auch mal gerufen, sie solle aufhören, aber die hat gar nicht reagiert. Und dann habe ich gewartet, bis die Ambulanz kommt.«

1

»Auch wenn es dir unangenehm ist«, sagte Bruno, »wenn du bei uns arbeiten willst, dann musst du ein bisschen was über dich erzählen. Sonst kann ich meine Partnerin kaum davon überzeugen, einen Typen ohne Hochbauzeichner-Abschluss einzustellen, der noch dazu ein perspektivisch falsches Kreuz auf seinem Arm hat.«

»Hm.« Kaspar schaute kurz auf das Tattoo.

»Und noch dazu jemanden«, fuhr Bruno fort, »der früher nicht gerade zu unseren Freunden gehörte.«

Kaspar schaute Bruno fragend an, dann sagte er, »Ah Mann, klar!« und lüftete seine grüne Schirmmütze. »Hab ich ganz vergessen, du hast zu diesen Bike-Typen aus Bassersdorf gehört! Mann, ich wollte da früher so dazu gehören, das glaubst du gar nicht!«

»Deshalb hast du auch ... hast du nicht mit Steinen nach uns geworfen?«

»Hab ich schon, die Gewerbezone war mein Revier.« Kaspar dachte kurz nach und zog seine Mütze zurecht. »Das war allerdings früher, bevor es mit eurer Gruppe so richtig losgegangen ist.«

»Offenbar kannten meine Eltern deine Familie. Jedenfalls haben sie uns verboten, in die Nähe eures Hofes zu gehen.«

»Das war vernünftig.«

»Stimmt es, dass euer Vater Schnaps gebrannt hat?«

»Ich glaube, das war eines der wenigen illegalen Dinge, die er nicht getan hat. Ihm fehlte wohl zwischen Gefängnisaufenthalten, Saufen, Bordellbesuchen und dem Verprügeln von Allem, was in seine Nähe kam, die Zeit dazu.«

»War das nicht euer Haus, das damals abgebrannt ist?«

»Doch, ja.«

»Es haben noch mehr gebrannt damals, wenn ich mich recht erinnere. Der Brandstifter war ein Bauer, der bei der Freiwilligen Feuerwehr war.«

»Er hat bestritten, dass er unseres angezündet hat.«

»Es war das einzige, in welchem Leute umkamen.«

»Ja, meine Eltern.«

Bruno schaute Kaspar von der Seite an. Keine sichtbaren Regungen.

Bruno sagte: »Das klingt hart.«

»Nicht härter als das vorher, aber schon, ja. Meine Schwester ist bei einer grossen Familie untergekommen. Schien alles gut, dann hat sie begonnen, immer mehr zu essen. Sie ist sehr dick geworden und hat die Tour durch die regionalen Kliniken gemacht. Schliesslich ist sie vor den Zug gesprungen.«

Bruno war irritiert von der Nüchternheit in Kaspars Stimme, als dieser nach einer kurzen Pause fortfuhr: »Man lernt, Dinge zu akzeptieren.«

»Dann hast du auch nie erfahren, wer euren Hof angezündet hat?«

»Nein. Am Anfang wollte ich es unbedingt herausfinden. Aber mein Alter hatte viele Feinde. Und er hatte die Angewohnheit, im Bett zu rauchen. Und dann«, Kaspar stockte kurz, dann fuhr er fort, »passieren Dinge, die wichtiger sind und die Frage verliert an Bedeutung.«

»Was ist aus deinem Bruder geworden?«

»Der war erst im selben Heim wie ich. Als er fünfzehn war, ist er in eine Wohngruppe gezogen. Mit achtzehn ist er wegen eines Überfalls auf eine Filiale der Post in den Knast gekommen. Er behauptete, er habe die Sache ganz allein durchgezogen. Aber ich hab ihn in der Nacht nach dem Überfall gesehen und er war ziemlich auf allem, worauf man sein kann. Die Beute war weg, ich glaube, er ist von irgendwelchen Leuten benutzt worden. Er hatte so ein Talent dazu, verarscht zu werden.«

»Und was tut er jetzt?«

»Ich hab keinen Kontakt mehr zu ihm.«

Miriam und Bruno hatten definitiv die Nase voll von den Architekturbüros, bei denen sie angestellt waren. Genug von ihren Chefs und den nach ihnen stinkenden Häufchen, die sie in den öffentlichen Raum setzten. Ein wenig Erspartes und ein mittlerer Auftrag, der ihnen Arbeit für eineinhalb Jahre sicherte, ermöglichte ihnen den Absprung. Miriam und Bruno gründeten ihre eigene Firma, ALSO. Einige Aufträge aus dem erweiterten Freundeskreis kamen hinzu und es sprach sich herum, dass ALSO eine gute Lösung war, wenn man wenig Geld hatte und etwas Aussergewöhnliches plante.

Zum Beispiel den Umbau eines von einer Frauen-WG bewohnten Hauses in Oberwinterthur zu einer voll funktionsfähigen Bierbrauerei inklusive Abfüllanlage.

Doch Miriam und Bruno verstanden zu wenig von IT. Sie arbeiteten zwar mit den üblichen Adobe- und CAD-Programmen und Bruno machte nebenher Computermusik, wenn es jedoch um Netzwerk- und Hardwareprobleme ging, mussten sie jeweils einen Experten kommen lassen, was ziemlich ins Geld ging. Ausserdem brauchten sie jemanden für das ganze administrative Zeugs. Und jemanden, der sie dazu bringen konnte, halbwegs Ordnung in ihren Maschinen und an ihren Arbeitsplätzen zu halten.

Miriam war nicht begeistert, als Bruno erzählte, er hätte im Eck diesen Kaspar getroffen und mit ihm darüber geredet. Sie nahm ihre Brille ab und putzte sie mit dem Ärmel ihres Pullovers: »Kaspar Hartmann, sagst du, aber nicht der von den Nürensdorfer Hartmanns?«

»Doch schon, aber so wie der klingt, ist er einigermassen geläutert. Und ich glaube, er erfüllt alle Anforderungen.«

»Ach ja, und wo hat er bis jetzt gearbeitet?«

»Praktisch überall.«

»Hat er Referenzen?«

»Nein.«

»Irgendwelche Qualifikationen?«

»Eine nach zwei Jahren abgebrochene Lehre als Hochbauzeichner und danach etwa zwanzig Jobs.« Nach einer kurzen Pause fügte er hinzu: »Erinnerst du dich an die Diskussion, die wir vorgestern in der Küche hatten?«

»Klar, von wegen was Abschlüsse und Zeugnisse und so Dinge wert seien.«

Bruno nickte: »Er meint, er hätte die Lehre im Internet zu Ende gemacht und er würde jede Prüfung bestehen. Ich hab ihm ein paar Fragen gestellt und er hat alle beantworten können. Ausserdem ist er primär für den IT-Bereich zuständig.«

»Ja, und für IT hat er auch keinen Abschluss. Ich weiss nicht, wir haben bei der Konkurrenz eh schon den Ruf, unprofessionell zu sein«, meinte Miriam.

»Du weisst, dass das zum einen Teil an unserer Kundschaft liegt«, wandte Bruno ein, »und zum andern an der Art unserer Projekte. Oder haben wir je irgendwo einen Pfusch abgeliefert?«

Miriam schüttelte den Kopf.

Doch es ging noch eine Weile, bis sie sich unter vielen Vorbehalten dazu bereit erklärte, es mit Kaspar versuchen zu wollen. Sie bestand auf einer Art Test, um festzustellen, ob dieser über die nötigen Kenntnisse in IT und über genügend architektonisches Wissen verfügte.

Kaspar bestand den Test. Selbstverständlich hätte er Miriam im Bereich IT alles Mögliche vormachen können, er kannte sich allerdings auch mit dem neusten CAD-Programm und mit Adobe aus und hatte zumindest eine gewisse Ahnung von Statik und Bauphysik. Mehr jedenfalls, als man von jemandem mit abgebrochener Lehre erwarten würde. Miriam war beeindruckt. Zugleich blieb sie skeptisch, weshalb Bruno meinte, Kaspar habe wahrscheinlich mehr Bau-Praxis als sie beide zusammen, was in der Planung zusätzlich Vorteile bringen würde. Ausserdem würde niemand sonst für den Lohn arbeiten. Miriam nickte, dann sagte sie: »Na dann, meinetwegen. Aber wir machen schon irgendwas falsch. Kaspar weniger zu bezahlen als uns selbst, wäre ungesetzlich.«

Bruno nickte: »Irgendwann müssen wir unser Geschäftsmodell mal überdenken, aber vielleicht schauen wir erst mal, wie das mit Kaspar anläuft. Könnte ja sein, dass es besser wird mit den Finanzen, die IT-Ausgaben sparen wir uns schon mal.«

»Hm ja. Ewig geht das auch nicht mehr, dass Ardiana praktisch gratis nach Sophia schaut«, sagte Miriam und runzelte die Stirn.

Bruno nickte, er verstand, dass es nicht einfach war auf ihre Art zu arbeiten und dabei für ein Kind zu sorgen. Aber sich die Projekte und die Kunden bis zu einem gewissen Grade selbst aussuchen zu können, hatte seinen Preis.

Warum das Eck Eck hiess, war in der langen Geschichte des Lokals untergegangen. Die Lage konnte es nicht sein, denn es lag in der Mitte einer langen, leicht gebogenen Häuserzeile im Stadtkern. Auch im Innern des Lokals hätte man vergeblich nach einem Hinweis auf den Namen gesucht: Im Erdgeschoss befanden sich Küche, Bartresen und ein paar Tische, ein Stockwerk höher die Klos, ein kleines Büro und der Raucherraum. Nichts davon war besonders eckig.

Untrennbar verbunden mit dem Eck war Mark, der sein ganzes bisheriges Leben an diesem Ort verbracht zu haben schien. Breit gebaut, mit etwas schütteren hellbraunen Haaren stand er hinter dem Tresen, die Arme verschränkt, sein im Raum umherwandernder Blick wachsam und ruhig zugleich. Gleich daneben, im hinteren Teil befand sich der Platz der Stammkundschaft, oder des Inventars, wie sie im Eck genannt wurde. Wie Mark gehörte das Inventar zur alten Garde, es bestand aus Achtziger- und Neunziger-Fossilen, die es irgendwie geschafft hatten, sich weder kaputt zu saufen, noch allzu konformistisch zu werden. Ausdrücklich links war man immer noch, nur abgeklärter und dem einen oder der anderen fiel es schwer, sich an heutige, kurzlebigere und ideologisch weniger untermauerte Formen des Widerstands zu gewöhnen. Und im Gegensatz zu früher lag man sich mit der Polizei nur noch selten in den Haaren. Einige Schwierigkeiten gab es mit einem übereifrigen Polizisten, Herrn Merz, der mal wegen des Rauchverbots, mal einer Ruhestörung und mal wegen unerlaubten Trinkens vor dem Haus einmarschierte. Manchmal kam er auch in Zivil herein und man fand ihn im Keller wieder, den er angeblich nach Drogen durchsuchte.

Seit den Achtzigern führte ein Kollektiv das Eck. Mark war es zu verdanken, dass es sich nicht mehr wie zu Anfang KollEcktiv schrieb. Die Kundschaft bestand aus Linksaktivisten und Linkspassivisten, Neo- und Ex-Punks, FCW-Fans, Veganern, Hängern, Sinn- und Asylsuchenden, später auch aus Skatern, Bikern, Snowboardern und Hipstern. Kaum jemand fiel auf, weil hier alle auf irgendeine Weise auffällig waren.

Der einzige, der auf den ersten Blick aus dem Bild stach, war Patrick. Nicht wegen des Bartes, einen solchen trug hier jeder Dritte. Patrick war eine Legende, der mit Abstand beste Downhill-Biker der Region. Bis zu dem Tag, als er bei einer Bike-Tour spurlos verschwand.

Fast ein Jahr lang hörte niemand von ihm.

Dann kam er zurück.

Im Eck tat man damals so, als ob man sich erst grad gesehen hätte.

Mark sagte: »Hallo Patrick.«

Patrick sagte: »Hallo Mark, ein Bier.«

Mark sagte: »Schöner Rollstuhl.«

2

Vierviertel, Bruch, dürre Esche, Knistern, Hieb mit Sanddorn, Schlag Tanne, und dann frage ich mich, wo soll ich hin, es zieht mich in alle Richtungen und wenn ich einen Schritt gemacht habe, spannt sich ein Band um meinen Bauch und ich gehe weiter und das Band spannt sich immer mehr, bis ich den Halt verliere und zurückschnelle und stürze, und ich rapple mich wieder auf und gehe woanders hin, doch es ist immer das gleiche, manchmal gehe ich gleichzeitig in mehrere Richtungen und dann Wumm! Eiche, Halbbruch, Knistern, Reisig.

Bruno war auf dem Weg zur Arbeit, als jemand auf dem Sulzerarreal seinen Namen rief.

Gerda. Mit Kaspar.

Bruno hielt an.

»Hi.«

»Hi.«

»Hi.«

Stille.

Eigentlich war alles klar.

»Bist du morgen im Büro?« fragte Bruno Kaspar, um einfach irgendwas zu fragen.

»Klar«, meinte Kaspar und zog seine grüne Schirmmütze ein bisschen nach hinten.

»Dann bis dann«, sagte Bruno, boxte Gerda im Losfahren leicht in den Oberarm und sagte: »Bis bald.«

Bruno schaltete, offensichtlich mit ein wenig zu viel Druck auf die Pedale, sodass die Kette über den hinteren Zahnkranz raspelte. Gerda, technisch die bessere Radfahrerin als er, würde es registriert haben. Sie würde daraus folgern, dass er angespannt sei. Sollte sie doch, meinte ein Teil Brunos, ein anderer fragte, warum er angespannt gewesen sei, bis sich beide Teile mit ihren Kumpeln trafen, um die beste Linie durch den Stadtverkehr zu finden.

Während er ins Innere Lind fuhr, fragte er sich, weshalb Kaspar nichts davon erzählt hatte, dass sie zusammen waren. Oder Gerda. Andrerseits waren sie ihm auch keine Rechenschaft schuldig.

Bevor er ins Büro trat, hielt er einen Moment lang inne. Er wunderte sich einmal mehr darüber, was für seltsame Tattoos Kaspar hatte, zum Beispiel dieses perspektivisch falsche Kreuz, Klassiker, allerdings für Leute, die zwanzig Jahre älter waren als er, dann ein mit Rosen verziertes »Fuck You« und schliesslich dieses Windrad, das aus vier Fächern bestand und aussah, als hätte es ein Achtjähriger gezeichnet.

Ihr Büro befand sich in einem alten kleinen Waschhaus im Inneren Lind in der Nähe der Geleise. Öffnete man die grün lasierte Eichentür trat man in einen kurzen Flur und darauf in einen grösseren Raum. In dessen Mitte stand ein grosser Tisch, um ihn herum waren drei Arbeitsplätze angeordnet. An der Wand neben dem Eingang befand sich ein länglicher Korpus und darauf das Modell eines zylinderförmigen Gebäudes. Daneben standen Versandrohre in verschiedenen Längen und ein weiterer Korpus mit einem Drucker darauf. Ein paar Schritte weiter führte eine Tür in eine kleine Küche mit Tisch, Stühlen und Kochnische. Die Aussenwände des Büros bestanden aus rostrotem Sichtbackstein. An der Trennwand zwischen Küche und Büro war eine breite weisse Pressholz-Platte angebracht worden, an der verschiedene Fotos und Pläne von Bauprojekten hingen.

Bruno war erst dagegen gewesen, das Haus zu mieten, er meinte, das sei *so* architektenmässig, die Büros in alten schmucken Gebäuden zu haben. Miriam meinte bloss, sie *seien* Architekten.

Bruno war froh, dass Miriam ihn schliesslich überredet hatte, war es doch fast schon idyllisch, hier zu arbeiten. Das Häuschen war umgeben von einem Urwald an wild wuchernden Pflanzen und Sträuchern, die gerade jetzt im Frühsommer um die Wette zu blühen und zu riechen schienen.

Miriam schaute auf ihr Smartphone und sagte: »Das Plexiglas ist ok. Theoretisch sollte es halten bis zu einer Last von zwei Tonnen pro Quadratmeter.«

»Deine Statik-App in Ehren,« sagte Bruno. »aber das Problem ist die Punktlast.«

»Was, denkst du denn, könnte an dieser Stelle eine derart hohe Punktlast erzeugen.«

»Eine Giraffe.«

»In einem Schwimmbad, dazu noch auf einem Dach? Hab ich noch nie gesehen.«

Bruno zuckte mit den Schultern: »Ich vertrau der Sache erst, wenn's mir nicht deine App sondern der Statiker bestätigt hat.«

»Hm ja, genau«, Miriam schnaubte kurz, »der Statiker, für den wir unbedingt Geld ausgeben müssen, noch bevor wir den Auftrag haben.«

Bruno sah sie schräg an und sagte: »In den Richtlinien des Ideen-Wettbewerbs steht, dass bei den ersten drei die Auslagen bis zu einem Betrag von zweitausend Franken gedeckt sind, und ich geh jetzt mal davon aus, dass wir mindestens den dritten Platz belegen.«

Die Tür zu Brunos Altbauwohnung in Winterthur-Töss liess sich nur schwer öffnen. Man musste mit einem Ruck daran ziehen, damit das schwere Holzteil aufschwang und es sogleich wieder abbremsen, damit die Klinke nicht in die Wand einschlug. Davon, dass dies nicht jedem gelang, zeugte ein tiefes Loch in der Rigips-Platte dahinter. Brunos Technik bestand darin, die Tür mit viel Impuls zu öffnen und sie nach einem Griffwechsel sogleich wieder abzubremsen. Alles sehr gekonnt, doch jemand, der vor der Tür stand, war in der Regel überrascht von der Vehemenz, mit der sie geöffnet wurde.

Diesmal war es Kaspar. Er war nicht überrascht.

»Kann ich reinkommen?«

»Klar.«

Bruno führte ihn in die Küche.

»Was zu trinken?«

Kaspar sagte nichts.

Bruno schaute aus dem Fenster: »Worum geht's denn?«

»Gerda.«

»Ja?«

»Sie macht mir Angst.«

»Ok?«

»Sie hat doch mal bei dir gewohnt.«

Bruno fragte sich, ob Gerda den Teil mit ihrer Beziehung ausgelassen hatte. Obwohl, Beziehung war vielleicht etwas zu viel gesagt. Oder zu wenig? Bruno konnte diese Frage noch immer nicht genau beantworten.

Tatsache war: Gerda war zunächst Patricks Freundin gewesen. Als dieser spurlos verschwand, zog sie bei Bruno ein. Sie verbrachten unheimlich viel Zeit zusammen. Und ja, Bruno verliebte sich in Gerda. Dann kam Patrick zurück. Als er erfuhr, dass Gerda bei Bruno eingezogen war, kam er die beiden besuchen. Er liess sich von ihnen im Rollstuhl in die Wohnung hochtragen. Dann zerstörte er ein paar Dinge. Danach sagte er, dass sie ihn wieder runtertragen sollen. Bald darauf zog Gerda aus und sie verloren sich für eine gewisse Zeit aus den Augen.

Bruno sagte zögernd: »Hat sie, ja.«

»Ist dir nichts aufgefallen?«

Bruno war eine Menge aufgefallen. Ihre Anmut, die Art, wie sie die Zähne putzte, wie sie ihr rostbraunes Haar kämmte, wie sie ihr schwarzes Haar kämmte, wie sie ihr blondes Haar kämmte, dass sie die Schuhe nie band, sondern die Senkel immer so locker hielt, dass sie einfach hineinschlüpfen konnte, beziehungsweise bei Sportschuhen, die enger gebunden sein mussten, erst versuchte, die Füsse in den Schuh hinein zu quetschen, damit sie die Senkel nicht öffnen musste, um dann meist schnaubend festzustellen, dass das eigentlich nicht ging, worauf sie fluchend den auf einen Stecknadelknopf zusammengeschrumpften Knoten löste und dann die Schuhe aus Trotz so eng band, dass Bruno sich fragte, ob noch Blut durch den Fuss fliessen konnte, was offensichtlich der Fall war, denn sie schlug ihn bei den meisten Sportarten und ihre Füsse sahen danach genauso geschmeidig und frisch aus wie zuvor. Ausserdem ihre braunen Augen und der dunkle Fleck in der linken Pupille, oder dass sie jedes Mal die Nase rümpfte, wenn sie an einem Heftpflaster roch ...

Er packte all dies in ein beiläufiges Schulterzucken.

Kaspar schaute ihn an: »Weisst du, was sie meint, wenn sie schreibt, ›kein kontakt, modus‹?«

Bruno runzelte die Stirn, doch noch bevor er etwas antworten konnte, meinte Kaspar: »Sorry. War ein Fehler, herzukommen.«

Bruno winkte ab und erzeugte ein paar beschwichtigende Geräusche mit seinem geschlossenen Mund. Kaspar war jedoch bereits aufgestanden und verliess mit einem Nicken die Küche. Bruno wartete darauf, dass die Klinke in die Wand gerammt wurde, doch Kaspar hatte die Tür offensichtlich im Griff, denn abgesehen von einem kurzen Quietschen und Kaspars Schritten war nichts zu hören.

Bruno zog sich um, nahm sein Mountainbike und fuhr von Töss her über die Breite hoch zum Eschenberg. Das Falkentobel lag im Nordwesten des Waldes, in der Nähe des Ortes Sennhof. Oberhalb des Tobels befand sich eine steile Passage, an der Bruno schon öfters gescheitert war. Heute schaffte er sie. Es war nur ein kleiner Teil seiner Rundfahrt, einer Route durch den ganzen Eschenberg, die er im Turnus von etwa drei Monaten fuhr. Alles Single Trails, ein Teil davon bestand aus Pferdewegen und aus bestehenden Pfaden, den anderen baute er selbst: Holz aus dem Weg räumen, den einen oder anderen Busch schneiden, Äste und Steine über zu grosse Löcher legen. Hin und wieder baute er Kurven mit der Klappschaufel, die er immer dabeihatte. Der Trail sollte nicht auffallen. Trotzdem hatte der eine oder andere Waldarbeiter die Reifenspuren schon gesehen. Dies hatte jedoch lediglich dazu geführt, dass einige Stellen mit Schlagholz zugedeckt worden waren. Nägel oder so Zeugs konnten sie nicht streuen, sonst hätte sich das Wild verletzt.

Bruno fragte sich, ob er den Abschnitt nochmal fahren sollte. Er entschied sich dagegen und beschloss, stattdessen eine Kurve auszubessern und ein paar Tonaufnahmen zu machen. Field Recordings, auf die Idee war er vor zwei Jahren gekommen, als er nachts nach einer Tour plötzlich die Geräusche der Fahrt wieder zu hören schien: Das Brechen von Ästen, das Rascheln von Blättern und das Knirschen von Holz, alles fügte sich in seinem Kopf zu wiederkehrenden Rhythmen zusammen. Also nahm er das nächste Mal einen Rekorder mit, um Geräusche aufzunehmen, die er zuhause schnitt und erst zu Rhythmen und dann zu eigentlichen Stücken zusammenfügte. Statt eines Titels versah er sie mit kurzen Beschreibungen: »Schlag, Buche, morsch, dünn, dumpfer Bruch, Eschenzweig, hell, Reisig, Knistern, vielleicht Snare«, oder: »Buche, mittel, grün, kanadische Föhre, korkig, ähnlich wie Styropor, quietschend«. Oft notierte er einen Grundtakt, der allerdings meist von anderen Rythmen überlagert wurde. Die Holzsorten kannte er aus der Materialkunde. Allerdings nahm er es mit deren Bestimmung nicht so genau.

Anfangs lud er die Klänge noch in einen Sampler und spielte sie in verschiedenen Geschwindigkeiten und Tonhöhen ab, doch mit der Zeit versuchte er immer mehr, Originalklänge so zu kombinieren, dass sich neue Harmonien und Rhythmen ergaben. Oder er suchte nach Geräuschen, die selbst schon aus kleinsten Rhythmen und Melodien bestanden.

»Hallo Krüppel«, sagte Gerda, als sie hereinkam und an Patricks Tisch vorbei ging.

»Hallo Schlampe«, sagte Patrick.

Im Eck senkte sich bei diesem Dialog noch nicht mal mehr der Geräuschpegel. Was die beiden miteinander und was sie gegeneinander gehabt hatten – sie waren offenbar darüber hinweg, denn gleichzeitig beugte sich Gerda hinunter und küsste Patrick auf die bärtige Wange.

Bevor sie sich an ihren Tisch setzte, blickte sie hinüber zu Bruno, der bei der Theke stand. Er nickte kurz, und nahm einen Schluck Bier. Eigentlich hatte er nur kurz was trinken wollen. Mittlerweile hatte sich der Laden gefüllt, und er war bei der dritten Flasche angelangt. Neben ihm stand der Schnauzer. Der Schnauzer trug, wie der Name andeutete, einen Schnauzbart, ausserdem war er oft auf Koks oder Thurgau-Speed und laberte daher ziemlich viel.

Der Schnauzer sagte zu Bruno: »Weisst du, was ich hier am meisten mag?«

Bruno schüttelte den Kopf.

»Dass dir hier niemand Fragen stellt.«

Bruno wandte ein, dass er ihm eben eine gestellt habe.

Der Schnauzer sagte: »Yeah, stimmt, cool«, und Bruno schüttelte genervt den Kopf. Er drehte sich zu Mark um, der gerade Flaschen ins Kühlregal stellte, und sagte, dass er nach Hause gehe. Mark nickte: »Viel Glück für morgen.«

»Danke.« Bruno drehte sich um, dann hielt er einen Moment lang inne. Auf dem Weg nach draussen musste er an Patricks Tisch vorbei. Das würde nicht gehen, ohne ein paar Worte zu wechseln, denn mehr als kurz begrüsst hatten sie sich heute noch nicht. Also drehte er sich nochmal um, legte fünf Franken auf die Theke und sagte zu Mark: »Noch eine Flasche.« Dieser zog die rechte Augenbraue hoch und meinte, während er Bruno die Flasche reichte: »Du hast doch gesagt, die Präsentation morgen sei wichtig.«

Bruno winkte ab, bedankte sich für das Bier und ging zu Patricks Tisch.

»Ja, die Leute schwimmen in fünfzehn Metern Höhe und nur einige Zentimeter Plexiglas bewahren sie davon, zusammen mit ein paar Tonnen Wasser auf den Steinboden der Halle zu klatschen.« Vor Bruno standen zwei weitere leere Bierflaschen und drei ebenso leere Schnapsgläser. »Stell dir vor, das Sonnenlicht bricht sich in den Wellen und dem Plexiglas und sorgt auf dem Boden für ständig sich verändernde Bilder.«

»Beeindruckend, ja, das hätte ich dir nicht zugetraut«, meinte Patrick und fuhr sich kurz durch seinen schwarzen Bart.

Die Tür öffnete sich. Kaspar kam herein, ging nach einem Blick durch den Raum zu Gerdas Tisch, legte ihr kurz die Hand auf die Schulter und nahm sich einen Stuhl vom Nachbartisch. Gerda schaute nur kurz und sagte »Hi Kaspi«, dann wandte sie sich wieder ihrem Gesprächspartner zu. Severin war ein aktives Mitglied der SP-Winterthur, der bei einem Start Up arbeitete, das sich auf Marketing für Firmen im Medizinalbereich spezialisiert hatte. Bruno hatte ihn einmal bei einer Podiumsdiskussion zum Thema ›bedingungsloses Grundeinkommen‹ gesehen, wo er ein ziemlich fundiertes Statement abgegeben hatte. Er fand er ihn recht nett, wenn auch ein bisschen langweilig.

Severin rückte widerwillig von Gerda weg, sodass Kaspar seinen Stuhl ein bisschen zurückversetzt zwischen sie stellen konnte. Die Szene wirkte seltsam auf Bruno. Kaspar und er blickten sich einen Moment lang an, während sich Severin zu Gerda hinüber neigte, ihr sein Smartphone entgegenstreckte und sagte: »Wollt ich dir schon lange mal zeigen, weisst du noch, Anti-WEF auf dem Helvetiaplatz, da hinten gleich neben dem Soundmobil, das bist du!«

Patrick stiess seine Faust in Brunos Oberarm. »Hey aufwachen … Denkst du, ihr habt eine Chance mit dem Schwimmbad?«

»Ich weiss nicht, wir sind schlecht im Verkaufen, sagt jedenfalls Miriam. Sie probt schon seit einer Woche für die Präsentation.«

»Ah krass, und die ist morgen, hast du gesagt.« Patrick schaute auf die leeren Flaschen und Gläser, räusperte sich und sagte: »Und da denkst du, es ist gut, wenn zwei Drittel eurer Belegschaft hier rumsäuft.«

»Ach, Kaspar hat damit nichts zu tun und Miriam macht die Hauptsache eh alleine.«

Patrick nickte und sagte in etwas kühlerem Ton: »Wie geht's ihr eigentlich, Miriam? Weiss nicht, wann sie das letzte Mal hier war.«

»Ok, glaub ich.«

»Und dem Mädchen?«

»Auch nicht schlecht, Miriam stellt jeden Monat ein neues Foto auf den Schreibtisch und jede Woche eines auf Instagram. Würd ich ja nicht tun … nimmst du noch ein Bier?«

Patrick schüttelte den Kopf: »Ich sollte …«

»Du musst noch fahren, haha«, sagte einer am Tisch, Patrick lächelte müde durch seinen Bart hindurch und quietschte mit einem Rad.

Bruno fasste erneut den Entschluss, nach Hause zu gehen. Er schaute zur Bar und runzelte die Stirn. Der Schnauzer lehnte sich mit dem Rücken an die Theke, ein Bier in der Hand. Kaspar stand gleich neben ihm. Er bestellte gerade, als der Schnauzer auf Gerdas Tisch zeigte und etwas zu Kaspar sagte. Dieser drehte den Kopf und schaute zu Severin, der die eine Hand auf Gerdas Arm gelegt hatte, während er mit der andern sein Smartphone hielt und mit dem Daumen darüberwischte. Dann stellte er das Gerät auf den Tisch und beide schauten lachend auf den Bildschirm.

Kaspar bezahlte, trug das Bier zu seinem Platz, stellte es auf den Tisch und rammte Severin die Faust ins Gesicht.

Im Eck war schon eine Weile nichts Ähnliches mehr passiert, doch die alten Reflexe funktionierten noch: Zwei Typen kamen und hielten Kaspar fest, während Mark nach dem Knüppel unter dem Tresen griff. Als er merkte, dass er ihn nicht brauchen würde, liess er ihn wieder los und ging zu Severin, der mit den Händen vor dem Gesicht auf dem Boden lag. Bruno schaute erst zu ihm, dann zur Tür, die Gerda gerade hinter sich schloss. Severin richtete sich mit der Hilfe Marks auf und drehte sich zu Kaspar um: »Hätte ich mir ja denken können, dass du bloss so eine dumme Fascho-Sau bist!« Blut und andere Flüssigkeiten rannen über sein Kinn, »Aber nicht mit mir, du Idiot, nicht mit mir, das kriegst du zurück, aber sowas von!« Er langte nach seinem Telefon, auf dem nach wie vor ein Video lief, in welchem Leute mit Anti-WEF-Transparenten zu sehen waren. Dazu lief ein Manu Chao-Song. Severin stoppte das Video und rief die Polizei an. Normalerweise wäre er dafür gleich nochmal gehauen worden, das hier war das Eck und hier wurden keine Bullen gerufen. Doch man machte eine Ausnahme, führte ihn sanft nach draussen und setzte ihn auf einen der Raucherstühle neben der Eingangstür. Ein Angestellter holte Desinfektionsmittel und einen Brotkorb voller Servietten. Er stellte das seltsame Gedeck neben Severin auf einen Tisch. Dann wählte er die Nummer eines Taxifahrers, der angeblich nicht so heikel tat wegen Blut. Nachdem das Taxi bestellt war, sagte er zu Severin: »Das ist billiger als eine Ambulanz und bringt dich ebenso schnell in die Notaufnahme.« Severin nickte, und sagte, so gut das ging, dass er erst noch kurz mit den Beamten reden wolle.

Drinnen hatte man die Spuren des Vorfalls beseitigt und die unterbrochenen Gespräche nach kurzer Zeit wieder aufgenommen. Kaspar wurde immer noch bewacht, was ein bisschen seltsam aussah. Von seiner Wut war ihm nichts mehr anzusehen. Bruno wollte auf ihn zugehen, Kaspar schüttelte jedoch den Kopf und gab ihm zu verstehen, dass er besser gehen solle. Bruno nickte, er war ohnehin zu betrunken, um etwas Vernünftiges tun zu können. Und da war ja auch noch diese

Präsentation. Scheisse. Bruno nickte Kaspar zu und machte sich auf den Heimweg.

Kaspar wurde ebenfalls nach draussen geschoben, nicht nur wegen der Bullen und des auf der Stelle ausgesprochenen Hausverbots, sondern auch, weil die beiden Typen, die seine Bewachung übernommen hatten, rauchen wollten. Sie stellten sich zwischen ihn und Severin, um ein Aufflammen des Konflikts zu vermeiden. Kaspar gab ihnen jedoch zu verstehen, dass er ihm nichts mehr tun würde, auch wenn sie ihn nicht dauernd anstarren würden. Als er nach einer Zigarette fragte, lockerte sich die Stimmung ein wenig. Alle ausser Severin rauchten und niemand sagte etwas, bis sich eine Streife durch die Fussgängerzone tastete.

Bruno war immer noch daran, sein Rad aufzuschliessen, als sie auf seiner Höhe war. Er fluchte.

Der Wagen stoppte und zwei Beamten stiegen aus. Der ältere der beiden zeigte auf das Eck und fragte: »Warst du da drin?«

Er nickte und sagte grinsend: »Jawoll Herr Merz.« Es war nicht das erste Mal, dass er mit dem Stammpolizisten des Eck zu tun hatte. Dieser blickte drohend und machte einen Schritt auf Bruno zu, als den beiden vom Eck her zugerufen wurde, dass sie hier gebraucht würden. Etwas, worauf sie nicht unbedingt reagiert hätten, wäre der Ruf nicht von einem Rollstuhlfahrer gekommen.

Bruno winkte Patrick zu und schickte ein tonloses Danke hinterher, bevor er sein Rad aufschloss und nach Hause schlingerte.

In dieser Nacht klopfte es an Brunos Tür. Er hörte es nicht.

Als er kurz aufstand, um zu pinkeln, merkte er, dass die Tür zum Arbeitszimmer verschlossen war. An ihr klebte ein Post-it: »Ich bleibe eine Weile, wenn ok. Gerda.«

»Ich bin ausgetickt«, sagte Kaspar. Der jüngere Beamte machte das Protokoll. Herr Merz hatte es sich nicht nehmen lassen wollen, im Eck einmal ausgiebig nach dem Rechten zu sehen.

Der Beamte blickte auf: »Ausgetickt. Was genau verstehen sie darunter?«

»Rot gesehen halt, durchgedreht.«

Der Beamte tippte die Worte mit zwei Fingern in die Tastatur, dann fragte er: »Gab ihnen das Opfer einen Grund dafür?«

Kaspar sagte nichts.

Der Beamte schaute ihn fragend an.

»Er hatte so eine Art, und er hat meine Freundin angefasst.«

Wieder schrieb der Beamte und fragte dann: »Und, machte ihre Freundin den Eindruck, dass sie nicht angefasst werden wollte?«

Kaspar schaute weg und biss sich auf die Lippen: »NEIN, VERDAMMT! DEN EINDRUCK MACHTE SIE NICHT! WAS SOLL DIESE VERFICKTE SCHEISSE HIER!« Ein kurzer gepresster Laut war alles was zu hören war.

Nach einer Pause sagte er: »Nein.«

Er atmete nochmal und zählte innerlich fünf Dinge auf, die er wahrnahm.

Jemand kam herein, legte ein Papier auf den Tisch und verliess den Raum wieder.

»Hm, fast kein Alkohol im Blut«, sagte der Beamte.

»Hab ich ja gesagt.«

»Wär vielleicht besser gewesen, sie hätten was getrunken.«

»Wahrscheinlich nicht.«

»Immerhin, das erspart ihnen die Ausnüchterungszelle. Andrerseits bräuchte ich irgendeinen Anhaltspunkt, dass von ihnen keine Gefahr mehr ausgeht. Was ist, wenn sie heute nochmal ›austicken‹«?

Der Beamte schaute auf die Tattoos: »Irgendwie seltsam, das gekritzelte Windrad da auf ihrem Arm, kommt mir ziemlich psychomässig vor.«

»Ich bin kein Irrer, wenn sie das meinen.«

»Das ist nicht genug. Sie wissen, dass Schläge auf den Kopf unheimlich gefährlich sind. Die Leute sehen das ja dauernd im Fernsehen und denken, das sei nicht so schlimm, aber ein Schlag an die falsche Stelle, oder jemand fällt um, das kann übel enden.«

Kaspar nickte und verkniff sich ein »Ich weiss was ich tue«.

Der Beamte schaute in den Computer und sagte: »Sie arbeiten in einem Architekturbüro, haben sie gesagt.«

»Ja.«

»Da ist man wahrscheinlich auch nicht so begeistert, wenn die Angestellten nachts Leute verprügeln.«

Kaspar rollte kurz mit den Augen. Der Beamte hatte längst entschieden, dass er ihn gehen liess, das hier war bloss noch das Einfordern von Respektsbekundungen.

Nach einigen belanglosen Fragen und Feststellungen nickte der Beamte abschliessend und verliess das Büro.Nach einer Weile kam ein anderer herein und sagte, er solle das Protokoll unterschreiben, dann könne er erstmal gehen. Sie würden abwarten, ob das Opfer Anzeige erstatte und dann weitersehen.

Kaspar unterschrieb das Papier, nachdem er es überflogen hatte, und verliess das Büro mit einem kurzen »Ade«.

Als er draussen war, nahm er sein Handy hervor und schrieb Gerda. Sie antwortete nicht.

»Scheisse«, sagte Kaspar.

Sechsachtel, dann unbestimmt, wechselnde Geschwindigkeit, verschiedene Brüche, Birke, unregelmässige, federnde Schläge mit Zweigen, ich weiss, es ist jetzt schon so lange her, aber für mich fühlt es sich oft so an, als wäre es gerade erst geschehen. Meine damalige Therapeutin meinte, ich solle versuchen, alles einfach hinter mir zu lassen. Doch das geht nicht. Wir sind auch mal rausgefahren an den See und sie hat gesagt, ich solle doch jetzt trauern, also habe ich mich ins Gras gesetzt und so getan, wie wenn ich trauern würde, doch ich habe überhaupt nichts gefühlt und mehr als einen nassen Hintern hat mir das nicht gebracht. Die jetzige Therapeutin ist besser, die sagt, dass es halt so lange brauche, wie es brauche. Wir reden immer mal wieder darüber, wenn's drängt. Der Tag wiederholt sich auch heute noch in meinem Kopf: Hm, alles beginnt mit dem Morgenessen und der Nachricht von Patrick, ob wir rauskämen, er habe eine Abfahrt präpariert in der Nähe des Sitzbergs. Du kennst die auch, hast du mal gesagt. Also für mich kam das im fünften Monat natürlich nicht mehr in Frage, aber sie haben mich gebeten, sie kurz hochzufahren, ... auch ziemlich faul von denen, die paar Höhenmeter, und dann bin ich zum Bichelsee gefahren und hab gedacht, ok, warte ich noch am Ende des Trails, bis sie ankommen. Ich weiss es nicht, ich glaube, wenn ich stattdessen nach Hause zurückgekehrt wäre, wären sie nicht in den See gesprungen, die hatten dieses Konkurrenzdings vor allem dann, wenn ich dabei war. Und wenn ich an dem Morgen nicht mit Florim gestritten hätte, vielleicht hätte er dann mehr nachgedacht, langsame träge Abfolge von Reibgeräuschen von grober Tannenrinde, dann schnelle Schläge von trockenem Hartholz mit Tannen-Bass.

3

Bruno fühlte sich trotz Aspirin leicht diesig, nicht nur wegen des Alkohols, sondern auch, weil er die letzten paar Stunden trotz aller Selbstbeschwichtigung bloss noch grübelnd im Halbschlaf verbracht hatte. Das Schwimmbad, Kaspar, und, ach ja, Gerda, das Post-It. Er war fast froh, aufstehen zu können. »Gerda halt«, dachte Bruno beim Frühstück, das aus einem Stück Käse und einer Tasse schwarzen Kaffee bestand. Er weigerte sich zu überlegen, ob es ok war, dass sie hierblieb. In einer Stunde traf er Miriam, und er wusste, dass sie nervös werden würde, wenn sie ihn in seinem Zustand sähe. Und Miriam, nervös an einer Präsentation, das war schlecht. Wenn sie aufgeregt war, stieg bei ihr die Angst, bestimmte Fehler zu machen. Das bedeute zwar, dass sie diese Fehler nicht machte, dafür andere, die ihr schrecklich peinlich waren, was sie versuchte, durch helles Lachen und mehr oder weniger witzige Kommentare zu überdecken. Sie selbst kam sich dabei jeweils vor wie ein schlechter Clown und ihre Stimmung war auf Tage hinaus verdorben. Gleichzeitig hatte sie das Gefühl, dass niemand anders als sie die Präsentationen leiten konnte.

Bruno ging ins Bad und schaute in den Spiegel. In einer Stunde schaffte er es, mindestens den Eindruck zu erwecken, erholt zu sein. Mehr brauchte es nicht.

Begonnen hatte es mit einer miserabel gestalteten Ausschreibung mit dem Titel »Zündende Ideen für urbanes Mallprojekt gesucht«. Es ging um eine alte Industriehalle in Hegi, die zu einem Einkaufszentrum umgebaut werden sollte. Miriam und Bruno lachten darüber und Bruno warf das Papier in den Müll. Kaspar nahm es wieder heraus: »Die Halle kenn ich, ich hab da mal gearbeitet«, sagte er, »aber mal ganz abgesehen davon; überlegt's euch doch, sowas ist für euch die leichteste Art, Geld zu verdienen, ein paar Pläne, ein Exposé, vielleicht ein Modell, fertig.«

»Ja genau«, meinte Miriam, »und dann all die Details, die man geradebiegen muss und am Schluss verklagen sie dich und du gibst das Doppelte der verdienten Summe für Anwälte aus.«

»Eh nicht, wenn was schief geht, dann hängt der Bauphysiker oder der Statiker, du weisst doch wie das läuft.«

Bruno und Miriam schauten sich an und Kaspar fuhr fort: »Euer Geschäftsstil in Ehren, aber achtzehntausend für etwas, wobei ihr alle Freiheiten habt, könnt ihr euch nicht einfach durch die Finger gehen lassen. Seht doch das Ganze als Möglichkeit zur Querfinanzierung von sinnvolleren Projekten.«

Miriam blieb dabei, dass WintInvest, die Bauherrin des Projekts, aus durchschnittlichen Idioten bestehen musste und dass die Beteiligung an der Planung eines Einkaufszentrums für sie rufschädigend sein könnte. Und dann noch Fitness- und Wellnessbereich. Ach ja, und Arbeit hatten sie genug. »Alles spricht dagegen«, sagte sie.

Bruno runzelte die Stirn und sagte: »Was man ihnen zugutehalten muss, ist, dass sie offenbar an einer gewissen Vielfalt interessiert und bereit sind, mit kleineren Unternehmen zusammenzuarbeiten. Wenn ich das richtig verstehe, ist abgesehen von den Vorgaben für die Geschäfte und das Museum noch einiges offen. Und ja, warum nicht mal etwas versuchen? Kein grosser Aufwand, wenn's klappt, super, und wenn nicht, egal.«

Am nächsten Morgen kam Bruno mit der Idee des Dachbads. Er forderte die Pläne der WintInvest an und druckte sie aus. Rund um einen Hof im Zentrum der grossen Halle sollten auf vier Etagen Geschäftsräume entstehen. Im Norden lag der Eingang und im südlichen Teil war ein Museum geplant, das über die beiden oberen Etagen reichte. Im Westen sollte auf der obersten Etage ein Fitness- und Wellnessbereich entstehen. Bruno sah auf den Plänen, dass sich die Rolltreppen nicht, wie üblich, im Hof, sondern direkt in den Läden befinden sollten. Die Idee dahinter war wohl, dass auch die Besucher des Museums und des Fitnessbereiches durch möglichst viele Geschäfte geführt werden sollten. Die Galerie vor den Geschäften war schmaler als üblich und der Steinboden im Zentrum war die einzige grössere Fläche, die frei blieb.

Bruno legte den Plan der obersten Etage vor Miriam hin und sagte, während er gleichzeitig mit einem Marker darauf zeichnete: »Also hier, die eine Hälfte des Bassins und der Einstieg liegt über dem Fitnessbereich und ist gekachelt. Die andere liegt über dem Hof und verfügt über einen Boden aus hochtransparentem Plexiglas, das von einer Stahlfassung gehalten wird. Schwimmt jemand in diesen Bereich, hat er den Eindruck in fünfzehn Metern über dem Boden zu schweben. Und stell dir mal vor, wie das von unten aussieht.«

Miriam war skeptisch: »Und das Bassin selbst ist nicht bedeckt?«

Bruno machte eine Skizze und sagte: »Ich habe an ein isolierendes, ebenfalls transparentes Schiebedach gedacht, damit das Bad bei jeder Witterung und jeder Jahreszeit benutzt werden kann, etwa so …«

Bruno war noch immer nicht ganz wach, als er aufs Rad stieg, doch der morgendliche Fahrtwind änderte dies schnell. Als er Miriam vor dem Sitz der WintInvest auf dem Sulzerareal stehen sah, fühlte er sich schon fast ein bisschen frisch. Während sie sich kurz umarmten, fragte sich Bruno, ob sie schon von der Sache gestern erfahren habe. Nichts an ihrem Verhalten wies darauf hin und Bruno atmete hörbar auf. Miriam sah ihn belustigt an und sagte: »Kein Grund, nervös zu sein.«

Die Präsentation fand in einem Grossraumbüro am Katharina-Sulzer-Platz statt. Draussen hörte man Fahrradfahrer und Leute, die ihre Pause an einem seichten Bassin verbrachten. Vor den Fenstern, die bis hinunter zum Boden reichten, schaukelte ein Lamellen-Vorhang leicht in der Zugluft. Er wirkte gegenüber der restlichen Inneneinrichtung irgendwie billig, unerwünscht. »Wahrscheinlich nachträglich bei Ikea gekauft«, dachte Bruno, »als man gemerkt hat, dass man doch nicht so sehr auf Transparenz setzen wollte, wie ursprünglich beabsichtigt.«

An dem grossflächigen Tisch, um den die einen mit wachsender Anspannung, die andern betont desinteressiert sassen, gab jemand ein Zeichen, jemand anders stand auf, schloss die Fenster per Knopfdruck und drehte an einer knirschenden Stange, damit sich die Lamellen schlossen.

Miriam präsentierte das Projekt praktisch alleine, Bruno steuerte lediglich kurze Erklärungen bei. Es wäre nicht aufgefallen, wäre er nur stumm daneben gesessen, was er am Schluss auch einfach tat. »Hätte ich auch länger bleiben können gestern«, dachte er, dann erinnerte er sich an Kaspar und dachte: »Hm.« Er versank in seinen Gedanken bis er einen dünnen Applaus hörte.

»Als Kenner der kontemporären urbanen Architektur muss ich sagen, dass das, was sie hier präsentieren, äusserst innovativ, ja fast zukunftsweisend ist, was wieder einmal meine Theorie bestätigt, dass unser Gewerbe Frauen ebenso benötigt wie Zement.« Miriam lachte über die seltsame Verbindung von Baumaterial und weiblichem Geschlecht. Es war nicht das erste Mal, dass ein Mann gleichzeitig seine Dominanz zeigen und sie anmachen wollte. Beruf und politische Gesinnung war bei diesen Typen austauschbar.

Leider hatte sie bereits feststellen müssen, dass es einigen Frauen egal war, von wem sie Komplimente kriegten, wenn sie nur welche kriegten und jemanden schon männlich fanden, wenn er behauptete, dass er es sei. Einige standen richtig auf solche Typen, vielleicht gerade, weil sie so durchschaubar waren. Bis sie die Schnauze voll hatten. Gerade letzte Woche hatte Miriam eine Freundin angerufen, die sagte, sie hätte nicht erwartet, dass es so beschissen sein könne, mit jemandem zusammenzuleben, und dass sie Miriam beneide. Miriam legte auf. Die Freundin textete später, dass sie es nicht so gemeint habe und einfach kurz vergessen habe, dass Miriams Mann gestorben sei.

Genauer: ertrunken. Miriam war mit Sophia schwanger, als es passierte. Sie versuchte stark zu sein, was ihr schlecht gelang, wohl auch deshalb, weil Florims Eltern ihr die Schuld am Tod ihres Sohnes gaben. Ausserdem hielten sie sie für eine miserable Mutter, nicht zuletzt, weil sie Moslems waren und Miriam Atheistin. Ihre eigenen Eltern wiederum waren schlecht darin zu verbergen, dass sie lieber ein Enkelkind mit Schweizer Vater gehabt hätten. Nach einem ausgiebigen Streit beschloss Miriam, den Kontakt zu ihnen auf das Nötigste zu begrenzen. Miriams Rettung war Florims Schwester Ardiana. Sie übernahm neben ihrem Studium in Medienwissenschaften einen grossen Teil von Sophias Betreuung. Ausserdem fungierte sie als Puffer zwischen ihren Eltern und Miriam.

Der Bauexperte holte Luft, wahrscheinlich um zu einem weiteren Exkurs über Bau und Frau auszuholen. Miriam würgte ihn ab: »Die Idee mit dem Schwimmbad stammt von ihm.« Sie zeigte auf Bruno, der neben ihr stand und der Mann wandte sich säuerlich nickend ab.

»Gute Präsentation, Miriam, nur, vielleicht sollten wir es uns nicht gleich mit dem ganzen Gremium verscherzen«, sagte Bruno.

»Danke, ich weiss schon wie das läuft.« Miriam nahm ihr zweites Glas Prosecco vom Tisch und schaute Bruno auffordernd an.

Dieser lehnte ab: »Ich trink das Zeug nicht.«

Er war nicht unbedingt in der Lage, andere wegen ihrer Trinkgewohnheiten zu kritisieren, dennoch fand er, dass Miriam und Prosecco sich nicht vertrugen. Möglich, dass ihre Ansprüche an sich selbst normalerweise zu hoch waren, was eine leichte aber stetige Anspannung zur Folge hatte. Nach einem Glas Sekt konnte sich dies jedoch schlagartig ändern, Miriam legte dann bisweilen eine seltsame Art von Frivolität an den Tag, die, so fand jedenfalls Bruno, überhaupt nicht zu ihr passte.

So war er nicht überrascht, als sie plötzlich an ihm vorbeischaute und eine Spur höher sagte: »Oh da drüben ist der Art&Facility-Consultant.«

Bruno sah mit hochgezogenen Augenbrauen zu, wie Miriam zielstrebig durch den Raum ging und etwas zu einem Mann sagte, der sein helles Hemd ziemlich offen trug und damit eher in eine Strandbar passte als in ein Büro. »Vielleicht ein Fan von Miami Vice«, dachte Bruno und schaute aus dem Fenster. Nach einer Weile kam Miriam wieder. Sie lächelte und sagte: »Man muss nur mit den richtigen Leuten reden. Er meinte, er setze sich dafür ein, dass wir den Zuschlag bekämen.«

Bruno schaute auf den Hemdmann. »Und er wollte deine Nummer …«

»Klar, damit er mich benachrichtigen kann, wenn sich etwas ergibt.«

»Klar.«

Miriams Blicke wurden kalt: »Bist du neuerdings mein Aufpasser?«

Bruno schüttelte den Kopf und sagte: »Sorry.«

Eigentlich fand er es gut, dass Miriam wieder Männer ansprach, etwas was sie seit Florims Tod nur selten getan hatte. Aber eben, Prosecco.

Miriam und Bruno beantworteten noch ein paar Fragen und schüttelten ein paar Hände, bevor sie beschlossen, zu gehen. Als sie den Katharina-Sulzer-Platz hinuntergingen, dachte Bruno, es wäre langsam an der Zeit, Miriam darüber aufzuklären, was gestern im Eck passiert war.

»Was hat er?« Miriam blieb stehen. »*Was* hat er?! Und wieso wegen Gerda? Warum ist Kaspar mit Gerda zusammen? Das passt überhaupt nicht, Mann, die soll aufhören sich an alle ranzuschmeissen. Vor allem soll sie mal die Leute in Ruhe lassen, die mit mir zu tun haben!«

Miriam pflanzte ihre Tasche wütend in den Kies des Platzes, sodass es eine kleine Staubwolke gab.

»Vorsicht, dein Laptop«, sagte Bruno und erntete dafür einen aggressiven Blick Miriams, die dazu mit ihrem Unterkiefer mahlte.

»Und warum erzählst du mir das alles erst jetzt?«

»Weil's erst grad passiert ist. Wann hätte ich es denn sagen sollen? In den fünf Minuten vor der Präsentation?«

»Natürlich, verdammt nochmal, oder denkst du, ich könnte mich deswegen nicht mehr konzent ...«

»Nein«, unterbrach sie Bruno, dabei wussten beide, dass er genau das dachte.

Miriam atmete durch. Dann sagte sie: »Das ist total idiotisch.«

Nach einer kurzen Pause meinte Bruno zögernd: »Also nicht, dass dies etwas rechtfertigen würde, die ganze Situation war kompliziert und ...«

»Genau, das rechtfertigt überhaupt nichts«, unterbrach ihn Miriam, doch schien etwas Druck aus ihrer Stimme gewichen zu sein.

Bruno wartete auf die Fortsetzung ihres Satzes, sie kam nicht. Dann hob sie die Tasche auf und sagte, bevor sie sich umdrehte: »Also schau, ich hab keine Zeit für solchen Kinderkram, bringt das in Ordnung.«

Im Weggehen durchsuchte sie die Tasche nach ihrem Handy, nahm es hervor, schaute darauf und steckte es wieder ein.

Bruno schaute ihr verblüfft nach.

Gerda war eigentlich durch mit dem Alleinausgehen. Zuviel Mühsames, zu viel Unangenehmes, zu viele Scheisstypen. Überhaupt zu viel Scheisse. Das ging, solange sie sich zusaufen konnte. Doch irgendwann konnte sie das nicht mehr.

Kaspar war irgendwie anders. Schwer einzuordnen. Keiner dieser Typen, denen das Testosteron aus den Mundwinkeln triefte, auch kein zur Wehleidigkeit neigendes Muttersöhnchen. Und er hatte Scheisstattoos, Gerda mochte Scheisstattoos.

Kaspar hörte zu, aber redete auch gerne. Dabei benutzte er hin und wieder Ausdrücke, die andere nicht benutzten. Er sagte zum Beispiel,

»das ist kein Weltverbrechen« oder er nannte Geschäftsleute im Regen »Schirmherrschaften«. Er war unberechenbar und nett, handelte bestimmt aber nicht bestimmend.

Es war vor etwa einem Monat gewesen. Drei Uhr morgens, sie hockten in einer illegalen Keller-Bar in der Steinberggasse. Gerda hätte schon lange schlafen wollen und trank schon eine Weile nichts mehr. Gleichzeitig hielt sie etwas davon ab, zu gehen. Bloss keine Veränderung. Als Kaspar Anstalten machte, sich von ihr zu verabschieden, nahm sie ihr Smartphone hervor und sagte, sie hätte da mit diesem neuen Online-Game angefangen, das sie ihm unbedingt zeigen müsse. Kaspar meinte genervt: »Ach hör auf, wenn du Spiele magst, gehörst du in den Kindergarten und bist definitiv zu jung zum Ausgehen.«

Sie sagte: »Ich bin ein Jahr älter als du, du Arsch.«

Gleichzeitig fühlte sie sich ertappt. Nicht nur dieses Mal. Sie merkte auch, dass ertappt zu werden nicht so schlimm war, wenn der andere nicht innerlich um einen herumtanzte, mit dem Finger auf einen zeigte und »hehehe« machte.

»Gnömchen«, sagte Gerda.

»Hm?« fragte Kaspar.

»Du bist kein Gnömchen.«

»Da hast du recht«, sagte er immernoch genervt.

Sie nahm seine Hand und sagte: »Ich möchte nicht mehr hier sein.«

Kaspar liess seine Hand in der ihren und blickte sie zweifelnd an, überrascht über den ernsten Klang in ihrer Stimme. Sie verliessen die Bar und gingen zu Kaspar, der im Mattenbachquartier wohnte. Sie hielten sich immer noch. Gerda begann ihren Arm zu schwingen und irgendwann liess sie seine Hand los. Kaspar tat so, als hätte dies nicht viel zu bedeuten.

Als er die Tür zu seiner Wohnung aufschloss, hörte er Gerda hinter sich stossartig ausatmen. Er drehte sich um, und fragte, ob alles in

Ordnung sei. Gerda nickte. Doch in Ordnung war gar nichts. Sie hatte gleichzeitig Angst, hineinzugehen und Angst, dass sich Kaspar umdrehen und sagen könnte: »Weisst du was, vielleicht ist es doch besser, du gehst nach Hause.«

Sie betrat die Wohnung schliesslich mit gesenktem Blick.

»Willst du was trinken?« fragte Kaspar.

»Ähm, klar«, machte sie und dachte, »wie komm ich hier nur wieder raus?«

»Ein Bier?« fragte Kaspar. Als Gerda nickte, ging er zum Kühlschrank und kam mit zwei Flaschen zurück. Er streckte ihr eine davon hin. Sie bedankte sich und lächelte. Kaspar runzelte die Stirn.

Stirnrunzeln war schlecht, bedeutete wieder Angst. Gerda stand auf, fiel Kaspar um den Hals und sagte: »Es tut mit leid.«

»Ach was«, sagte er ein bisschen unlockerer als beabsichtigt, und versuchte, sie zu küssen.

Sie stiess ihn sanft, aber bestimmt weg: »Nein, lieber nicht.«

Er tat so, als wäre er beleidigt: »Ach komm schon ...«

»Nein, wirklich besser nicht.«

»Hab ich was falsch gemacht?«

»Nein.«

»Kannst du irgendwie nicht, oder so?«

»Nein, das ist es nicht. Es ist grad nicht gut.«

»Was ist nicht gut.«

»Küssen und so weiter.«

»Aber du weisst noch nicht mal, wie es ist. Ich weiss es jedenfalls nicht.«

»Ich schon.«

»Vielleicht solltest du mir eine Chance geben.«

»Das hat momentan keinen Zweck.«

»Wenn du meinst.«

Gerda zögerte. Dann zuckte sie mit den Schultern.

»Wir können es schon tun.«

»Aber?«

»Ich werde danach nicht mehr mit dir zusammen sein wollen.«

»Pass doch auf du Idiot«, zischte Patrick. Der Unterschriftensammler, der ihm im Weg gestanden war, blickte auf ihn hinunter, hob sogleich wieder den Kopf, tat einen Schritt zur Seite und sprach eine ältere Frau an, die drei gelbe Einkaufstaschen durch die Marktgasse schleppte. Es war bloss eine Unachtsamkeit gewesen, doch Patrick, dessen Stimmung zuvor schon auf dem Tiefpunkt angelangt war, sagte: »Bei mir funktionieren mehr Gliedmassen als bei dem Hirnzellen.«

Bruno lachte und sah zu Patrick, der jedoch alles andere als erheitert war: »Mich kotzt das einfach an, Scheissleben«, sagte er.

»Versteh ich«, sagte Bruno, »solche Dinge sind mühsam.«

»Alles, vom Aufstehen am Morgen bis zum Schlafengehen nachts ist mühsam, und Imbettliegen eigentlich auch.«

»Ok, du hast eine deiner Krisen, möchtest du allein sein?« fragte Bruno. Patrick zog die Einsamkeit vor, wenn er den Rollkoller hatte. Üblicherweise hatte er den, wenn er seine Bike-Kumpels besucht hatte.

Sie kriegten immer noch regelmässig die WhatsApp-Nachrichten mit den Koordinaten der Kicker und Quarterpipes, die sie im Wald bauten. Bruno und Patrick hatten damals mit den Bike-Partys begonnen, sie waren jedoch schon seit einer Weile nicht mehr aktiv. Bruno hatte nach der zweiten missglückten Landung eines Backflips und des darauf erfolgten Blackouts entschieden, kürzer zu treten. Patrick machte noch weiter bis zu seinem plötzlichen Verschwinden. Als er nach seiner Rückkehr das erste Mal wieder einen Event besuchte, war er erstaunt, wie viele Fortschritte sie in der Zwischenzeit gemacht hatten. Oder sie nahmen einfach höhere Risiken auf sich, was daran liegen mochte, dass inzwischen alles gleich Online gestellt wurde. Hin und wieder blieb einer liegen. Trotz einer Ausrüstung, die annähernd kriegstauglich war. Für diesen Fall stand immer ein Wagen in der

Nähe, mit dem auch Essen, Getränke, Soundanlage, Scheinwerfer und Filmausrüstung transportiert wurden.

Für Bruno war das alles inzwischen zu sehr Party, zu viele Leute, zu viel Pillenzeugs. Solange gesprungen wurde, dröhnte irgendwelches Crossover-Zeugs aus den Boxen. Bruno fand das okay, sie hatten ja selbst die eine oder andere Crossover-Band in den Wald geholt. Seit sie mit einem neuen Veranstalter zusammenarbeiteten, hatten sie allerdings begonnen, die Events mit Goa-Partys zu kombinieren, etwas, was er total unverständlich fand. Goa war hier zwar traditionell Feld-, Wald- und Wiesenmusik, aber passte nicht zu einem Bike-Event. Er hatte Patrick klargemacht, dass er ihn nur heimfährt, wenn sie vor dem Goa-Scheiss verschwinden würden.

Patrick blieb enger mit der Szene verbunden. Einige Zeit nach dem Unfall hatte er sich Videoschnitt und Postproduktion beigebracht und bei einigen Bike-Videos mitgearbeitet. Er liess sich von Freunden regelmässig zu den Partys fahren, wo er begrüsst wurde, als wäre er eine Art Kriegsheld. Alle wunderten sich, wie er es schaffte, trotz seiner Behinderung immer so gut gelaunt zu sein.

Doch eben, wenn er zurückkehrte, sackte Patrick regelmässig ein paar Zentimeter ein. Und dann musste bloss irgendeine Kleinigkeit passieren und er war nicht mehr der Mustertetraplegiker aus dem Werbespot des Reha-Zentrums.

»Vielleicht solltest du da nicht immer nur den lustigen Veteranen geben«, meinte Bruno.

»Hier hat einer die aktuellen Ausgaben von Reader's Digest und Psychologie Heute aber ganz gründlich gelesen«, sagte Patrick.

»Ich meine ja bloss. Wär was anderes, wenn sich die Leute auch für dein jetziges Leben interessieren würden.«

»Tun sie ja, weisst du wie viele Filme ich für die schon mitproduziert habe.« Er schaute hoch zu Bruno: »Hast du nicht noch was anderes zu tun?«

»Ich hab zuvor gefragt, ob du allein sein willst.«

»Ich will nicht allein sein, ich will bloss, dass du abhaust.«

Patrick war laut geworden. Ein paar Leute drehten sich nach ihnen um und schauten Bruno mit strafenden Blicken an.

Eine Frau Mitte vierzig kam auf sie zu, musterte Bruno abfällig, legte die Hand auf Patricks Schulter und fragte: »Kann ich ihnen helfen?«

»Kannst du Windeln wechseln oder hast du eine Sexualbegleiterinnenausbildung?«

Die Frau nahm die Hand von seiner Schulter.

»Dann nicht.« Patrick rollte davon.

Zehn Minuten später war Bruno zuhause, das Handy auf dem Küchentisch vibrierte kurz und auf dem Display erschien das übliche »sorry«.

Kaspar hatte kaum geschlafen und den Morgen damit verbracht, die Decke anzustarren. Er hätte es vorgezogen, mit Kater aufzuwachen. Neben der willkommenen Strafe der Kopfschmerzen hätte er sich wenigstens für die kurzen Momente des Dahindämmerns der Illusion hingeben können, dass alles nicht so schlimm sei. So blieb ihm nur die nackte Tatsache, dass er es vergeigt hatte.

Er wohnte im zweiten Stock eines Mietshauses im Mattenbachquartier. Zwei Wochen hatte Gerda bei ihm gewohnt. Naja. Teilweise. Ihre Tasche hatte in der Ecke des Schlafzimmers gelegen. Offenbar hatte Gerda sie in der letzten Nacht noch geholt. Als Kaspar aufstand, vermied er es, in die Ecke zu schauen.

Er stand in der Küche, als Brunos Text kam. Offenbar hatte er die Sache von gestern mit Miriam besprochen. Er schrieb, Kaspar solle sich wegen der Anstellung bei ihnen vorerst mal keine Sorgen machen. Er las die SMS und schickte ein »Danke« zurück. Dann zog er sich an und ging sein Rad holen, das immer noch in der Nähe des Ecks stand. Als er am Lokal vorbeiging, schaute er durchs Fenster und fragte sich, ob er hineingehen und versuchen sollte, die Sache zu klären. Allerdings hatte er Hausverbot und noch dazu keine Idee, was er sagen sollte. Besser also, er liess es für den Moment bleiben. Er schloss sein Rad auf, ein altes Coronado, und klapperte ziellos durch die Stadt, bis er sich schliesslich in Wülflingen auf eine Bank an der Eulach setzte und ins Wasser starrte. Üblicherweise nützte es in solchen Situationen, wenn er Laufen ging. Doch er konnte sich nicht dazu aufraffen. Er fühlte sich beschissen und genau das hatte er verdient.

Es war schon spät, als er zurückkehrte und obwohl er nichts anderes als eine leere Wohnung erwartete, war er masslos enttäuscht, als er eine solche vorfand.

»Scheisse«, sagte Kaspar. »Verdammte Scheisse nochmal.«

Er nahm ein Bier aus dem Kühlschrank, öffnete es und setzte sich an den Küchentisch. Er nahm einen Schluck und prustete ihn wieder aus. Es hätte ihm helfen sollen, sich noch schlechter zu fühlen, aber er empfand den Bierdunst, der sich auf seine Hände senkte, als angenehm.

4

Gerda wohnte bereits seit zwei Tagen bei Bruno und dieser hatte sie noch nicht zu Gesicht bekommen. Entweder einer von beiden war weg oder aber die Tür zu Gerdas Zimmer war zu.

Natürlich hätte Bruno die Tür öffnen können und nachsehen, ob sie da war. War ja schliesslich seine Wohnung. Doch er tat es nicht. Sie hatte ihm mal erklärt, dass sie mehr Raum für sich brauche als andere: »Und damit meine ich einen Raum für mich, verstehst du. Kein Eintritt, ausser ich wünsche es.«

»Das versteh ich nicht«, hatte er damals gesagt.

»Manchmal machen mir alle Angst.«

»Auch ich?«

»Gerade du.«

»Wir sind sowas ähnliches wie ein Paar, meintest du doch.«

»Gerade deswegen.«

»Telefonieren?«

»Auf keinen Fall!«

»Und was soll ich tun, wenn ich nichts von dir höre?«

»SMS schreiben.«

»Erscheint mir ziemlich absurd, jemanden anzutexten, der zwei Meter von mir entfernt in einem Bett liegt.«

Bruno und Gerda schrieben sich manchmal über zwei Tage nur Textnachrichten. Manchmal lagen sie getrennt von einer Wand im Bett und schrieben sich eine Gutenacht-SMS. Nach einigen Tagen kam Gerda aus dem Zimmer, umarmte Bruno und sagte »danke«.

Bruno tat das Gleiche wie er damals getan hatte. Er schickte eine SMS: »lebenszeichen?«

»piep«

Ihre Art zu sagen, dass sie noch Zeit brauchte. Bruno erinnerte sich daran, dass er sich früher nie wirklich mit diesen künstliche Trennungen abfinden konnte. Gleichzeitig stellte er zufrieden fest, dass ihm Gerdas Rückzug momentan überhaupt nichts ausmachte.

Tanne, dürr, Eichenschlag, Birke, morsch, Dreiviertel, ich laufe. Da bin ich drauf gekommen, als ich nach Bassersdorf zur Arbeit musste und ich mir kein Bus-Ticket leisten konnte. Ich bin einfach gerade durch den Wald gerannt, hat mich zwar mehr Zeit gekostet, als wenn ich der Strasse entlang gelaufen wäre, aber ich geriet dabei in eine Art Rausch und darum hab ich's immer wieder gemacht. Ich laufe los, meist im Lindberg, seit ich hier wohne, erst wie in Zeitlupe, Mondlandung, lange hohe Schritte und dann immer schneller, erst über den Kiesweg in den Wald und irgendwann springe ich ins Dickicht und renne weiter, einfach weiter, egal welches Hindernis im Weg steht, ein Baumstrunk, ein dicker Ast, Büsche, ein totes Tier oder ein Müllsack, immer rennen, aufrecht, gebückt oder fast auf allen vieren, bis ich nicht mehr kann und hinfalle. Ich bin auch schon ohnmächtig geworden. Einmal bin ich aufgewacht und hab gemerkt, dass ich die Hand gebrochen habe, doch da war kein Schmerz, nichts, und ein andermal hatte ich eine offene Wunde über der Stirn. Ich konnte meinen Finger hineinstecken und den Schädelknochen ertasten. Ich bin nach Hause gerannt und hab die Wunde genäht. Spezialnadel und -Faden habe ich immer zuhause und du weisst ja, ich hab viel aus dem Internet gelernt. Manchmal spüre ich die Narbe beim Haaransatz, wenn ich die Mütze in die Stirn ziehe, weiche Eiche, knirschen, Tanne, Birke, morsch.

Gerda hängte die Tasche um und fuhr los. Neben ihrer Arbeit als Fachangestellte Gesundheit im Kantonsspital arbeitete sie einen Nachmittag in der Woche für Ivan, Inhaber einer kleinen Velokurierfirma. Glücklicherweise war hier der ganze Kurier-Hype vorbei. In ihrem Umfeld war es egal, ob man mit dem Rad durch die Stadt raste oder

Löcher in Metall stanzte oder auf einer Sozialberatungsstelle arbeitete. Gerda schraubte sich die Steigung hoch, bis sie zur Adresse gelangte, die ihr übermittelt worden war.

Frau Tulsa war eine Rentnerin, die ihre Wohnung nicht mehr verlassen wollte und auch sehr ungern jemanden hereinliess. Gerda durfte sie nur einmal betreten, dann nie wieder. Dennoch verlangte Frau Tulsa regelmässig nach ihr. Wahrscheinlich, weil sie kommentarlos die Einkaufsliste und die Geldscheine nahm, die unter dem Türspalt durchgeschoben wurden und ebenso kommentarlos die Taschen mit den Einkäufen und dem Wechselgeld vor der Tür abstellte.

Gerda suchte nach der Haftcreme für Frau Tulsa, als sie Kaspars grüne Schirmmütze am anderen Ende des Regals entdeckte. Sie hoffte, er würde sich nicht umdrehen, doch genau dies geschah. Er schaute erwartend zu ihr herüber. Dann setzte er sich in Bewegung und kam auf sie zu.

Sie standen sich gegenüber.

Er sagte: »Das Schweigen, Dilemma.«

Hatte sie mal lustig gefunden. Jetzt offensichtlich nicht mehr.

Er sagte: »Haftcreme?«

»Ja, für Frau Tulsa. Weisst du, die Einkäufe, ich mach die Einkäufe für Frau Tulsa, die Witwe, die ihre Wohnung nicht verlässt, komische Frau, die wohnt oben bei …«

»Sorry, du kannst mir Arschloch sagen oder ›Fick dich‹, aber diese Weglabern-Kacke hab ich nicht verdient.«

Gerda schwieg und Kaspar fragte: »Sollen wir vielleicht mal richtig reden?«

»Ich weiss nicht was es zu reden gäbe.«

»Vielleicht, dass ich einen Scheiss gemacht hab, und du seither verschwunden bist und nicht mehr ans Telefon gehst und …«

»Du hast jemanden geschlagen wegen mir und darüber haben wir geredet.«

»Schau, ich war an der Bar, und der Schnauzer schaute zu euch rüber und meinte, ob es mir eigentlich nichts ausmache, wenn der Typ da meiner Freundin an die Titten greife. Ich hab zwar nichts gesehen, als ich mich umgedreht habe, aber ich kenn den Typ Mann, ehrlich, und ich möchte nicht, dass jemand meine Freundin belästigt.«

»Pfff, ja super, der grosse Beschützer, danke. Und eben, du hast ja nichts gesehen. Severin hat überhaupt nichts getan.«

»Wie gesagt, ich hab einen Scheiss gemacht.«

Als Gerda nichts sagte, fügte Kaspar an: »Du hast mich auch schon mal geschlagen.«

»Ja, aber das ist etwas anderes.«

»Wieso?«

»Ich hatte Angst, dass du gehst und nicht mehr kommst, und im Moment sah ich keine andere Möglichkeit, dies zu zeigen.«

»Hast du damals schon gesagt, und ich hab es damals schon nicht verstanden.«

Gerda sagte nichts.

»Aber du hast dich entschuldigt und dann war alles vergessen.«

»Ja offensichtlich nicht vergessen, sonst würdest du es mir nicht unter die Nase reiben.«

»Du weiss schon, wie ich das meine.«

»Nein und ich hab auch kein Interesse daran, noch länger zu reden, schon gar nicht, wenn du mich hier zwischen den Regalen mit deinen Fragen in die Enge treibst.«

»Ich treib dich nicht in die Enge.«

»Ich fühle mich aber in die Enge getrieben.« Nach einer Pause sagte sie: »Hauen macht mir Angst.«

»Aber wenn du selbst haust, kriegst du keine Angst ... oder fühlst du dich jetzt wieder in die Enge getrieben?«

»Ja, und du verstehst mich nicht und ich mag nicht erklären und ich muss los, sonst wird das Zeugs hier kalt oder warm oder egal.«

»Gerda!« Kaspar hielt sie am Arm fest und wusste im selben Moment, dass dies ein Fehler war.

»Lass mich«, sagte sie kalt und fixierte ihn mit den Augen.

Eine Kundin war stehengeblieben, allerdings ohne etwas zu sagen. Sie hatte Mühe, die Szene richtig einzuschätzen. Kaspars Tattoos waren für sie ebenso verwirrend wie Gerdas schwarze Radhosen und die Telefonnummer auf ihrem T-Shirt.

Gerda sagte: »Soll ich den Security-Typen da drüben rufen oder reicht dir der Ärger, den du schon am Hals hast?«

Kaspar drehte den Kopf und sah einen offensichtlich gerade zum Leben erwachten Wachmann. Er liess sie seine Finger von ihrem Oberarm klauben.

Gerda drehte sich um und ging davon. Sie schaute dabei auf den Einkaufszettel, als wäre nichts gewesen.

Kaspar wollte ihr erst folgen, doch da stand der Security-Typ, der seiner Haltung zufolge zu jeder Heldentat bereit war. Als Gerda an ihm vorbeiging ohne ihn anzuschauen, huschte ein Hauch von Enttäuschung über sein Gesicht. Als sie aus dem Blickfeld war, schien seine Lust an irgendeiner Intervention gänzlich verflogen zu sein. Er stellte sich breitbeinig zur Seite, die Hände vor seinem Becken verschränkt. Kaspar schüttelte den Kopf und ging in die entgegengesetzte Richtung davon.

Gerda stellte die Tasche vor Frau Tulsas Tür, klingelte zweimal und stieg die Treppe hinunter.

Frau Tulsa, die hinter der Tür gestanden hatte, öffnete diese mit einem argwöhnischen Blick ins Treppenhaus, nahm die Einkäufe und trug sie, nachdem sie die Tür wieder geschlossen hatte, in die Küche. Dann rief sie die Zentrale an und fragte, ob mit der Fahrradfrau alles in Ordnung sei.

Schlag, dumpf, tief, Reisig, Brombeer, Knacken, hell, Fichte, Knarzen, natürlich, hätte ich schneller reagiert und wäre ich eine bessere Schwimmerin gewesen, dann hätte alles anders kommen können, und ja, ich muss zugeben, wenn Patrick mich nicht rausgeholt hätte, wäre ich vielleicht auch ertrunken und Sophia mit mir. Ich überlege mir noch heute, was ich anders hätte machen können, vom Morgen bis dahin, wo ich im Wasser stehe: Das erste, was mir einfällt ist diese SMS. Florim war normalerweise derjenige, der immer gesagt hat, keine Handys am Tisch, weil ich doch gern auch mal so Instagram checke oder so, aber diese SMS hatte er ja unbedingt lesen müssen und ich hab ja nicht protestiert oder so. Vielleicht hätte Patrick jemandem anders geschrieben, wenn Florim nicht reagiert hätte. Sein Fon hab ich nie mehr angesehen seither, irgendwo muss es noch rumliegen, wahrscheinlich in einer der Heilsarmeekisten, da hab ich all seine Sachen reingetan, tiefe Basis mit hohen Knacksern, Schlag tief, kurz, hart, Knistern.

Als Bruno nach Hause kam und an Gerdas Zimmer vorbeiging, vibrierte sein Handy: »Kannst reinkommen.«

Bruno legte seinen Rucksack in die Küche, ging zurück zum Arbeitszimmer und öffnete die Tür. Gerda sass auf dem Bett mit dem Rücken an der Wand und blickte zu ihm hin. Sie trug immer noch das Kurier-T-Shirt, unter den Augen waren Schlieren von schwarzem Eyeliner, die den dunklen Fleck in der linken Pupille auf seltsame Weise betonte.

»Ich muss schlimm aussehen«, meinte sie.

»Als Darstellerin in Shaun of the Dead nicht schlecht.«

»Lass den Scheiss, du bist nicht lustig.«

»Soll ich dir was bringen?«

»Nein.«

»Wasser?«

»Pfff, wenn's sein muss.«

Er ging in die Küche, füllte ein Glas Wasser und brachte es Gerda.

»Willst du reden?« fragte er, um sogleich die Antwort zu erhalten, die er in etwa erwartet hatte: »Nein, weiss eh nicht, warum heute alle reden wollen.«

»Wer wollte denn noch reden?«

»Ach egal.« Sie nahm einen Schluck Wasser.

»Soll ich wieder gehen?«

Ihr »nein« kam ein wenig zu schnell, deshalb fügte sie an: »Ausser natürlich, du hast was Besseres zu tun, Holzfriemelsachen oder so.« Sie schaute ihn an: »Sooorry! Ich mein das nicht abschätzig.«

»Kein Problem, und ich hab grad nichts wahnsinnig Wichtiges zu tun.« Bruno zog den Stuhl unter dem Schreibtisch hervor und setzte sich darauf.

»Sieht aus, als hätte sich überhaupt nichts verändert, seit ich weg bin«, meinte Gerda, »hast du das Zimmer nicht mehr benutzt?«

Bruno schaute sich um: »Glaub nicht.«

»Hm.«

»Das hat nichts zu bedeuten, ich hab mich einfach anders eingerichtet, und das Zimmer irgendwie ... vergessen.«

»Das klingt nach Luxusleben«, Gerda, noch immer mit feuchten Augen, wechselte in einen leicht hochnäsigen Ton: »So ›Oh das Zimmer im Westflügel hab ich ganz vergessen, vielleicht sind da meine Polo-Hosen‹.«

Bruno lachte.

»Will er nicht mal nachsehen, James, die karierten, und bring er mir doch gleich auf dem Rückweg mein Glas Latour 1982 aus dem Salon.« Gerda lächelte und rieb sich gleichzeitig die Augen trocken.

Bruno fragte: »Hast du was von Kaspar gehört?«

Gerda kamen wieder die Tränen.

»Mistkerl!«

»Wieso jetzt?«

»Das machst du immer! Blablabla und dann Finger in die offene Wunde.«

»Wie schon gesagt, du musst über nichts reden, wenn du nicht willst.«

»Hast du gar nicht schon gesagt, ... gar nicht«, Gerda verschränkte die Arme.

Bruno sagte: »Seltsam, du bist seit drei Tagen hier und wir haben schon die gleichen Diskussionen wie damals.«

»Dieses Zimmer ist auch genau gleich.«

»Soll jetzt das Zimmer daran schuld sein?«

Gerda schnaubte bloss. Dann schloss sie die Augen, atmete durch und schaute Bruno an: »Hattest du nicht diese Präsentation?«

Bruno war überrascht: »Wusste gar nicht, dass du davon weisst.«

»Patrick hat etwas gesagt, ich hab ihn gestern gesehen.«

»Aha.«

»Und?«

»Ja-a, ging ganz gut denke ich. Miriam hat das Reden übernommen, ich hätte mich eigentlich gar nicht vorbereiten brauchen.«

»Und kriegt ihr die Sache?«

»Sieht nicht schlecht aus. Miriam sprach noch mit einem aus der Projektleitung.«

»Gab es Prosecco?«

Bruno lächelte kurz. Miriam und Gerda ertrugen einander nicht. Nicht mehr, um genau zu sein. Sie waren beide etwa gleichzeitig zu ihrer Gruppe gestossen. Es war die Zeit, als sie begannen, in den Wäldern Kicker zu bauen und Partys zu feiern. Auf den ersten Blick waren sie sich auffallend ähnlich. Beides Jungsfrauen, sportlich, schlank, beide kurze Haare, Miriams allerdings schwarz und gelockt und Gerdas gerade und mit wechselnden Farben. Miriam war bei den Sprüngen nicht ganz so risikofreudig wie Gerda, dafür liess sie beim Downhill die meisten Konkurrenten hinter sich. Sie teilten kräftig aus oder winkten mit einem müden Lächeln ab, wenn ihnen jemand zu nahe kam, verschworene Freundinnen.

Doch Bruno hatte damals den Eindruck, dass Miriam einfach so tat, als wäre sie wie Gerda. Es überraschte ihn deshalb auch nicht, dass sie sich zu verändern begann, als Florim auftauchte. Sie liess die Haare wachsen und wurde, wie einige fanden, freundlicher. Ausserdem lernte sie ein bisschen albanisch. Florims Familie stammte aus dem Kosovo.

Gerda trieb Miriams Veränderung zur Weissglut. Sie fühlte sich verraten. Sie schlief nach einer Party mit Florim, obwohl sie wusste, dass Miriam sich in ihn verliebt hatte. Danach verlor sie das Interesse an beiden. Miriam und Florim kamen schliesslich zusammen und blieben es auch. Gerda entschuldigte sich später bei Miriam, und damit war die Sache für sie erledigt.

Nicht aber für Miriam. Immer wenn Gerda anwesend war, hetzte sie mit zusammengekniffenen Lippen in der Gegend herum und wirkte wie eine Vorortsmutter, die gerade ihre Kinder mit dem SUV von der Kita abholte, während zuhause der Tumbler lief und auf dem Herd eine Kürbissuppe kochte. Gerda konnte dies nicht ausstehen und kultivierte in Miriams Anwesenheit ihren »Fick dich! Oh so süss! Hau ab du Arsch«-Modus, weil sie wusste, dass dies wiederum Miriam hasste. Irgendwann lernten die beiden, einen gewissen Abstand zu halten und schliesslich verabschiedeten sich Miriam und Florim von der Gruppe.

»Es war nicht so schlimm«, meinte Bruno.

Gerda setzte sich ein wenig auf und begann: »Hat sie ...?«, doch Bruno unterbrach sie: »Sorry, wenn du was über Miriam sagen willst, lass es, ich hab keine Lust auf dieses ›Bibbi und Tina streiten sich um Maharadscha‹-Zeug.«

»Ja klar, Bruno, der Friedenstifter«, schnaubte sie.

»Es gibt Leute mit schlimmeren Angewohnheiten.«

»Ich weiss nicht.«

»Was ist denn so schlimm daran?«

»Es nervt. Und ich versteh's nicht. Ich weiss überhaupt nicht mehr, was ich dir alles angetan habe, und nun tauche ich auf und kann einfach so bei dir wohnen. Ein Wunder, dass du mir nicht deine Zahnbürste und deine Unterwäsche gibst.«

»Nur damit wir uns recht verstehen, jetzt wirfst du mir vor, dass du hierbleiben kannst?«

Gerda verzog das Gesicht: »Oh Bruno ist wieder in seiner ›nur damit wir uns recht verstehen‹-Stimmung.«

»Hör auf, mich nachzuäffen, Gerda!« sagte Bruno so ruhig wie möglich und Gerda wiederholte seinen Satz, indem sie ihn noch mehr nachäffte und dabei die Hände hob und waagrecht vom Körper wegstreckte sodass sie aussah wie eine indische Bauchtänzerin nach dem Konsum einer Flasche Haarwasser.

»Ok, wären wir wieder soweit.« Bruno wusste, dass die Situation eigentlich alles andere als lustig war. Den Lachreiz, den er unterdrücken musste, war ebenso ein Ausdruck der Verzweiflung wie Gerdas Versuch, sich aus dem Netz sich bekämpfender Gefühle zu befreien.

»Ich mach mir einen Kaffee, willst du auch welchen?«, sagte Bruno mit einer etwas flachen Stimme, um das Einzige tun zu können, was in dieser Situation half, nämlich den Raum zu verlassen.

»Ach, was weiss ich«, Gerda haute mit der Hand aufs Bett, eine kleine Staubwolke entstieg dem Fixleintuch und wanderte durch den Streifen Abendsonnenlicht, der quer durchs Zimmer reichte. Zwischen Bruno und Gerda entstand eine dünne, glitzernde Wand.

Was Patrick nach dem Unfall am meisten fehlte, war dieses Gefühl des Vollkommenfokussiertseins. Erst versuchte er es mit einem Bike mit Schalensitz. Er hätte damit leben können, dass er sich vor und nach einer Abfahrt helfen lassen musste und dass für den Fall eines Sturzes immer jemand dabei sein musste. Aber die Kommentare nervten ihn, alle meinten, sagen zu müssen, dass er jetzt noch viel besser fahre als vorher, dabei wusste jeder, dass auch die beste Federung nicht die Beine ersetzte. Ein TV-Team, das einen Bericht drehen wollte über den »Behinderten, der den Berg besiegt« bewarf er nach einem Sturz mit Schlamm. Er mietete sich daraufhin ein Handbike mit drei Rädern, liess Stollen-Pneus montieren und nahm den Bus Richtung Brütten. Er fuhr zum Start eines Trails, von dem er wusste, dass er breit genug war für das Handbike. Schon kurz nach dem Start stellte er fest, dass er zu wenig Übung hatte, er liess die Bremsen dennoch los. Glücklicherweise hatte er ein Handy dabei. Und glücklicherweise hatte er am Fuss des Abhangs, den er runtergestürzt war, Netz, sodass ihn Bruno und zwei andere Kumpel aus seiner Lage befreien konnten. Patrick wusste, dass er nicht jede Woche ein Bike zerlegen konnte, ausserdem sagte ihm seine Wirbelsäule, dass derartige Erschütterungen nicht unbedingt das Beste seien.

Also beschloss er, es für eine Weile lockerer zu nehmen und vermehrt auf der Strasse zu fahren. Er entdeckte dabei, dass eine hohe Geschwindigkeit gepaart mit dem Sauerstoffüberschuss im Blut für ein besseres Gefühl sorgte als Behindertendownhill. Er kaufte sich schliesslich ein Handbike für die Strasse und dazu einen Satz Räder mit Stollenpneus für die Touren durch das Gelände.

5

»Du Mark ...?« Kaspar hatte beide Hände auf den Bartresen gelegt. Mark drehte sich um und presste die Luft aus dem Mund. Dann drehte er sich wieder um und fuhr fort, die Kaffeemaschine zu putzen.

»Das war richtig, richtig scheisse von dir«, sagte Mark.

»Ich weiss.«

Nach einer halben Minute fragte Mark: »Was willst du? Du hast Hausverbot.«

»Weisst du, wo man diesen Severin finden kann?«

»Lass ihn in Ruhe.«

»Ich will mich nur entschuldigen und halt fragen, ob wir das irgendwie ohne Anzeige regeln können.«

Mark drehte sich zu Kaspar um: »Naja, mach dir da nur nicht zu viele Hoffnungen.«

»Mach ich mir nicht.«

»Er arbeitet bei Medtext, ist da in der Firmenleitung, glaube ich. Ich sag dir das, weil ich annehme, dass du nicht noch mehr Scheisse bauen willst. Du willst doch nicht noch mehr Scheisse bauen, oder?«

»Nein.«

»Besser für dich.«

»Kann ich einen Kaffee haben?«

»Du hast Hausverbot.«

»Schon klar, danke für die Auskunft.«

Mark antwortete mit einem Kopfnicken in Richtung Tür.

Es dauerte eine Weile, bis Gerda Bruno in die Küche folgte. Sie sagte: »Tut mir leid.«

Er sagte: »Schon ok.«

»Nein ich meine es wirklich. Ich kann es selbst oft nicht ausstehen, wenn ich modus bin.«

Er schaute sie an: »Früher hat mich das die Wände hochgetrieben, aber wir sind nicht mehr zusammen, und jeder kann machen und sagen, was er will. Und wenn ich nicht mehr will, dass du da bist, dann sag ich es.«

»Danke, und Bruno, ich weiss wirklich nicht, warum ich manchmal so durch die Gegend schwinge wie eine Abrissbirne.«

»Du weisst, was Miriam sagen würde.« Der Satz hätte sie noch vor Minuten dazu getrieben, ihm das Gesicht zu zerkratzen.

Jetzt schaute sie auf den Boden: »Wozu soll ich zu einem Therapeuten. Ich war ja nach so einem Medikamentending mal in der Klinik, aber das war scheisse, hat überhaupt nichts gebracht. Ausserdem ...«, sie grinste debil und Bruno lachte und sagte: »Martini.« Niemand konnte die Figur aus »Einer flog über's Kuckucknest« so gut nachmachen wie Gerda.

»Ich weiss nicht, Gerda, aber die Tatsache, dass du den Martini drauf hast wie niemand anders, heisst irgendwie nicht, dass man sich nicht helfen lassen soll. Und möchtest du wirklich deine abschliessende Meinung zu Psychiatrie aufgrund eines Films bilden, der mehrere Jahrzehnte alt ist und noch dazu Sex mit einer Minderjährigen als Kavaliersdelikt verkauft.«

»Nein. Aber hundertmal alles wiederkäuen macht es auch nicht besser.«

»Das sollte eigentlich nicht so sein. Erzählen solltest du gar nichts müssen, wenn du nicht willst.«

»Oh, das hab ich aber anders erlebt. Nicht in der Klinik, zugegeben, da hat sich schon einiges getan, deshalb hab ich ja auch eingewilligt, eine ambulante Therapie zu machen. Aber der Typ natürlich gleich in der ersten Sitzung ›Sie müssen darüber reden, können sie das ein bisschen detailreicher beschreiben‹, ich glaub, der hat sich einen runtergeholt nachher. Ab da hab ich nur noch gesagt, ›lesen sie halt im Netz den ganzen Missbrauchskram durch, gibt eh alles, verdammt nochmal.‹ Er meinte: ›So kommen sie nicht weiter, Frau Jegen‹, und ich so: ›Ich entscheide, wann ich weiterkomme‹. Und irgendwann haben sie dann genug von dir.«

»Klar, du bestimmst, wie schnell du vorankommst, alles andere ist Entmündigung.«

»Aber ganz definitiv. Ich bin mir da vorgekommen wie ein Kleinkind, ausser, dass er mir ›Sie‹ sagte. Das ist ja das ganze Verlogene daran. Sie tun so, wie wenn sie dich für voll nehmen würden, aber sie denken immer noch einen drauf, möglichst schnell eine Diagnose und dann hören sie dir eh nicht mehr zu und ..., ja, ich möchte meinen Kaffee immer noch schwarz mit Zucker.«

»Zwei Löffel?«

»Ja.«

»Vielleicht waren es wirklich die falschen Leute, Miriam hat auch gemeint, dass es erst bei der dritten Therapeutin besser geworden ist.«

»Vielleicht ist es eh von selbst besser geworden und dann war zufälligerweise die dritte dran. Und sowieso, wir haben verschiedene Dinge im Schlepptau.«

Bruno nickte und Gerda fuhr fort: »Viele Leute, die ich kenne, haben einen Weg aus irgendeiner Scheisse gefunden, er hat sie möglicherweise vor Schlimmerem bewahrt und einige möchten, dass die ganze Welt das erfährt. Das ist ok. Aber wenn du andern beginnst vorzuschreiben, welchen Weg sie nehmen sollen, dann beginnst du spiessig zu werden.«

»Klar«, meinte Bruno, »am Schluss bekriegen sich die Opfer.«

»Ein Moment«, protestierte Gerda, »ich bin kein Opfer, nur damit das klar ist.«

»Damit mein ja ich nicht, dass du dich nicht als solches fühlen willst.

Aber wenn Leute, denen irgendwas angetan wurde, sagen, sie seien keine Opfer, heisst das nicht, also, ist das nicht eine Art versteckter Täterschutz?«

»Siehst du, Bruno, genau solche Dinge sind mir total egal. Nur weil mir Scheisse passiert ist, bin ich noch lange kein Opfer.«

Bruno nickte zögernd, sodass Gerda anfügte: »Was ich jedenfalls nicht brauche, ist jemand, der mir vorschreibt, als was ich mich selbst sehen soll.«

Sie schwiegen eine Weile, dann sagte Gerda: »Ich kann auch nichts dafür, dass alles immer so kompliziert ist.«

»Was meinst du?«

»Mann, ist doch klar.«

»Die Sache mit Kaspar?«

»Ja, der Idiot.«

»Hm.«

»Was hm? Sag's einfach.«

Bruno zögerte: »Die Szene im Eck. Das hat mich ein bisschen an früher erinnert. Weisst du noch, als wir am Sleaford Mods-Konzert im Salzhaus waren und ich gedacht habe, du fändest es toll, wenn ich dir Divide and Exit schenke?«

»Dunkel ja.«

»Ich bin vom Merchandising-Stand zurückgekommen und du warst mit diesem, ähm, weiss auch nicht, egal, mit diesem Typen am Reden. Ich hab dir das Album gegeben und du hast es nicht mal angeschaut bevor du es in deine Tasche gesteckt hast. Ich fand das so richtig fies und hab mit Patrick was getrunken, und am Schluss hab ich es auf der Bar in einer Bierlache liegen gesehen.«

»Hast du es noch?«

»Ich hab es kaputtgemacht, und eine Bierflasche.«

»Siehst du, das ist eben der Unterschied. Wenn dir so was passiert, machst du Dinge kaputt und Kaspar schlägt Gesichter zu Brei. Und er hat ja gesagt warum: Er dachte, Severin hätte mich belästigt, und er wollte ihm zeigen, dass er mich nicht anfassen soll oder so. Mann, ich bin wirklich sowas von durch mit diesem Beschützerscheiss. Denn wenn ich etwas gelernt habe, dann ist es das: es gibt keine Grenze zwischen Beschützenwollen und Besitzenwollen.«

»Ich wollte eigentlich sagen ...«

»Ja, ja, dass man sich nicht so verhält wie ich, yo, mea culpa, und du bist ein besserer Mensch als ich, Orden an die Brust, zufrieden?«

»So hab ich's nicht gemeint. Aber du weisst ja nicht erst seit gestern, wer Kaspar ist, und irgendwie sollte es dich da ja nicht überraschen, wenn sowas passiert.«

»Nein, wir hatten darüber geredet und Vergangenheit hin oder her, seit er hier aufgetaucht ist, ist nichts mehr passiert. Aber klar ja, aus irgendeinem Grund musste er mal in so einen Anti-Aggressions-Kurs.«

»Ok?«

»Er hat seinen Lehrmeister in den Arm gebissen.«

»Bei Lehrmeistern gibt es natürlich Gründe.«

»Es gibt keine Gründe.«

»Natürlich, es gibt immer einen Grund, oder mehrere, aber wenn man einen Grund hat, heisst das noch lange nicht, dass es einen Zweck hat, etwas zu tun.«

»Ja, das meinte ich eben.«

Bruno schaute skeptisch.

»Mann, ich drück mich einfach nicht so kompliziert aus.«

»Sollen wir eine Redepause machen?«

»Ok.« Gerda nahm einen Schluck Kaffee. Sie nahm eine Packung Marocaine aus ihrer Hosentasche und fragte: »Stört es dich?«

Bruno wusste aus Erfahrung, dass sich die Frage nicht auf die Zigarette bezog, sondern auf den Beutel Gras, den sie kurz darauf hervorholte.

»Rauchst du immer noch dieses Indoor?«

»Ja. Ich hab's zwischendurch mit anderem versucht, macht aber keinen Spass, also, das heisst, es wirkt nicht.«

»Ich mein nur, das Zeug hier hat nichts zu tun mit dem Hippie-

Lalala-Gras von früher. Es stinkt auch viel mehr. Patrick hatte es letztens richtig ausgedrückt: Es riecht wie verwesende Schnecken in einer kaputten Bierflasche, die im Pissoir einer Hafenkneipe liegt.«

»Schön, das machst du auch immer noch, originelle Sätze mit Quellenangabe, ja nichts für dich in Anspruch nehmen, was dir nicht gehört.«

»Das findest du auch doof?«

»Ja, aber irgendwie auch nett, muss ich zugeben. Wenigstens hab ich jemanden gefunden, der das praktisch ohne Pestizide anbaut und nicht so viel dafür verlangt. Leider wandert der bald aus.«

Miriam schaute in den Spiegel. Sie betrachtete ihre Zähne und verzog das Gesicht. Dies war einer jener Momente, in denen sie sich über sich nervte. Oder besser gesagt über eine frühere Version ihrer selbst. Im Gegensatz zu Leuten wie Bruno, die einen weiten Bogen um grössere Veranstaltungen machten und mehr als tausend Leute auf einem Haufen als depersonalisierend empfanden, mochte es Miriam früher, in der Menge aufzugehen und zu sehen wie ihr Ich langsam zerfloss. Das ging besser in Zürich als in Winterthur, wo alles Technoartige ein Nischendasein fristete.

Und es ging länger, wenn man MDMA und Speed nahm.

Und das war schlecht für die Zähne.

»Ich wundere mich woher du die Unverfrorenheit nimmst, hier aufzutauchen.«

Kaspar stand in der Ecke des Büros in der ersten Etage des Medtext-Gebäudes und schaute abwechselnd auf Severin und auf den Birnbaum vor dem Fenster. Die Stimme Severins klang nasal, aber er redete klar und ruhig. Eine Kompresse bedeckte die Nase und den mittleren Teil der Stirn.

»Ich kann dir das nicht verdenken«, sagte Kaspar und zuckte mit den Schultern.

»Wie hast du mich überhaupt gefunden?«

»Im Eck wissen sie, dass du hier arbeitest.«

Severin machte einen Punkt auf ein Blatt Papier: »Und da denkst du, du kämst mal ein bisschen betteln?«

Kaspar wollte sich trotz des unangenehmen Untertons in Severins Stimme nicht provozieren lassen. Er kratzte sich am Oberarm, etwas, was er im Skills-Training gelernt hatte.

Severins Blicke fielen dabei auf das Kreuz-Tattoo. Als Kaspar nichts sagte, meinte er: »Du willst mir nicht etwa drohen ...«

»Nein, klar will ich dir nicht drohen«, unterbrach ihn Kaspar, »ich möchte eigentlich nur sagen, dass mir die ganze Sache leidtut und fragen, ob wir das ...«

»Nein, können wir nicht. Ich zeig dich an und zwar, weil Leute wie du sonst nichts lernen.«

Kaspar schwieg einen Moment. Dann sagte er: »Vielleicht willst du wissen, wie es dazu gekommen ist?«

»Interessiert mich eigentlich nicht.« Severin schaute auf ein Exposé vor ihm. Er unterstrich einen Satz, und damit sein Desinteresse an dem, was Kaspar zu sagen hatte.

»Ok, dann wie gesagt, es tut mir leid.« Kaspar drehte sich um und ging zur Tür.

»Hey, bleib stehen«, Severins Tonfall wurde ein bisschen versöhnlicher: »Spuck's aus, wenn's unbedingt sein muss.«

»Ich war eh schon geladen, weil Gerda zwei Tage praktisch verschwunden war und dann mit dir im Eck sass. Ich hab mich wie ein Störfaktor gefühlt, also bin ich zur Bar gegangen und dann hat der Schnauzer ...«

»Willkommen im Neandertal, bist du einer von denen, die ihre Frauen an den Haaren durch die Strassen ziehen?«

Kaspar beherrschte sich. »Ich versuche, es nicht zu sein.«

»Da musst du noch einiges lernen.«

»Ich weiss.«

»Lass mich jetzt in Ruhe. Ich muss arbeiten.«

»Ok.« Kaspar wollte die Tür öffnen. Er wusste, dass Severin es darauf anlegte, ihm zu zeigen, dass er der Stärkere sei. Nicht auf der freien Wildbahn, das wusste er, und zwar nicht erst seit dem Faustschlag ins Gesicht, aber hier und wahrscheinlich in den meisten Lebensbereichen.

»Äh Kaspar«, der Mund unterhalb des Verbands grinste: »Scheiss Tattoos übrigens, vor allem das Windrad.«

Kaspar schloss die Tür. Er verzog sein Gesicht und verliess das Glas-Ziegelstein-Gebäude an der Ruhtalstrasse. Er zündete sich eine Zigarette an, zog den Rauch tief in die Lunge hinunter und ging in das nahegelegene Pärkchen. Er setzte sich auf eine Bank, schloss die Augen und rauchte die Zigarette zu Ende. Er drückte sie aus, atmete tief durch. Eins nach dem andern. Die fünf Dinge, die er wahrnahm, waren Autoverkehr, Rosenduft, Vogelgezwitscher, der Lärm einer nicht allzu weit entfernten Baustelle und ein Kind, das schrie.

Langsam entspannte er sich. Er hatte einige Zeit darauf verwendet, das Image des Schlägers loszuwerden, es hatte ihn jedoch immer wieder eingeholt. Aggressions-Training, ja, Gesprächstherapie, klar, dann die Hoffnung, alles sei jetzt anders, Freude, Leichtsinn und schliesslich die nächste Prügelei. Einige Male schon, doch die letzte gute Phase hatte wirklich angedauert. Und nun wieder der ganze Scheiss. Alles war Gift, alles war starr, und mehr tun als abwarten konnte er nicht. Scheisse. Bus, Gras, Baulärm, Kirchenglocken, alte Frau.

Er erhob sich und machte sich auf ins Innere Lind. Wenn schon alles beschissen war, dann konnte er sich gleich noch Miriams Tirade anhören.

Sie schaute auf, als er ins Büro hineinstapfte, nahm die Kopfhörer aus den Ohren und sagte: »Was ist denn mit dir los?« Kaspar erwiderte nichts und Miriam fuhr fort: »Bruno meinte, du kämst heute nicht. Du siehst auch nicht gut aus.«

Er war verwirrt, das war nicht unbedingt das, was er erwartet hatte. Er sagte zögernd: »Ich wollte über die Sache im Eck reden, vielleicht ...«

»Ach das, ja, das geht natürlich nicht«, sagte sie streng und wechselte mit ihren Blicken zwischen Kaspar und dem Bildschirm hin und her.

Kaspar nickte und blieb stumm stehen. Er schaute auf die Hülle der selbstgebrannten CD neben ihrem Computer die mit »WTC I & II« angeschrieben war. Verwirrt fragte er: »Hörst du dir den Einsturz der Twin Towers an?«

Miriam stutzte, dann lachte sie: »Nein, ›Well Tempered Clavier‹ von Kimiko Ishizaka, ich treff mich mit jemandem, der Bach mag und ich wollte mir das eh schon immer mal anhören. Krass, die Maschine hier ist die letzte mit CD-Rom.«

Kaspar nickte und wartete ab. Nichts. Dann meinte Miriam etwas abwesend: »Also, du weisst ja, unsere Kundschaft, hm? Die Hälfte verkehrt im Eck. Also: Schlägerei und so, ganz schlecht, wirklich.«

Sie blickte wieder auf den Bildschirm und Kaspar sagte: »Ich weiss, ich war vorher bei dem und hab mich entschuldigt.«

»Besser. Besser so«, Miriam nickte, dann schaute sie wieder zu Kaspar und murmelte: »Ich muss arbeiten.«

Kaspar verabschiedete sich und ging.

Ardiana, Florims Schwester, war eine Art Ersatzvater für Sophia. Mit ihr wollte sie Fussball spielen und Feuer machen, basteln und rumtollen. Miriam hatte gegen diese Rollenverteilung eine Zeit lang angekämpft, dann liess sie es bleiben. Sie war nach der Geburt wegen Florims Tod oft total unbrauchbar gewesen, das wusste sie, und dass Sophia das ganze so gut überstanden hatte, war nicht zuletzt Ardiana zu verdanken. Sie vermittelte zwischen Miriam und ihren Eltern und dachte über Sophias Erziehung glücklicherweise etwa so, wie sie selbst. Miriam stellte sich manchmal vor, was Sophia täte, wenn sie in Gefahr wäre. Sie war sich nicht sicher, wahrscheinlich würde sie zu Ardiana und nicht zu ihr rennen.

»Danke, dass du kommen konntest«, sagte Miriam, »Sophia hat

vorher noch was von Ohrenschmerzen gesagt, wenn du das ein bisschen im Auge behalten könntest.«

»Ich hab keine Ohrenschmerzen«, sagte Sophia.

»Du möchtest raus?« Ardiana lächelte kumpelhaft und sie nickte.

»Aber nicht zu lange«, sagte Miriam scheinbar ernst und drückte ihrer Tochter einen Kuss aufs Haar. »Und eh«, sagte sie, »ich bin nicht weit weg und um halb zwölf spätestens wieder da.«

»Lass dir Zeit«, sagte Ardiana und schaute Miriam streng in die Augen während sie sie zur Tür hinausschob, »und hab Spass!«

Leibach wartete beim vorderen Brunnen am Graben auf sie. Er war mit dem Fahrrad gekommen. Miriam schaute es kurz an. Alte Gewohnheit, Leute nach ihren Rädern zu beurteilen. Es war gebraucht, frühe 90er Jahre, fünf Gänge, leicht abgefahrene Pneus, verschiedene Schmutzspuren, Kette geölt, regelmässig benutzt. Überraschend eigentlich, sie hätte Leibach in eine Gehaltsklasse getan, in der das Fahrrad, wenn überhaupt vorhanden, viel kostet und wenig gefahren wird.

»Hab ich den Test bestanden?«, fragte Leibach.

»Kommt drauf an, was du erreichen willst.«

»Zusammen essen.«

»Ok, Wohin?«

»Treme.«

»Da war ich noch nie, aber ich hab was darüber gelesen, klang sehr interessant.«

»Es hat auch erst grad aufgemacht, sie kochen vegetarisch und zum Teil ziemlich exotisch, verwenden allerdings nur regionale Produkte.«

Der Laden war auf unaufdringliche Art hipsterig, im Raum standen Vintage-Möbel und das Menu stand auf Schiefertafeln, die an den beige getünchten Wänden hingen. Lediglich die Verzierungen auf den hellblauen Kacheln hinter dem Tresen aus Massivholz erinnerten entfernt an das Viertel in New Orleans, nach dem das Restaurant benannt war.

Als sie bestellt hatten, fragte Miriam, was Leibach eigentlich genau von Beruf sei und dieser antwortete, seit kurzem sei er Dozent für Kunstgeschichte an der Uni Bern. Er fügte an, dass es dazu momentan nichts allzu interessantes zu sagen gebe und fragte im Gegenzug, wie Miriam zur Architektur gefunden habe. Miriam nippte an einem Aperol-Spritz den der schlanke bärtige Kellner zusammen mit einem IPA für Leibach gebracht hatte, und begann von ihrem von Pillen und Partys begleiteten ZHAW-Studium zu erzählen, das sie am Tag in Winterthur und in der Nacht in Zürich absolviert hatte.

Das Essen kam überraschend schnell. Sie probierten und nickten sich zu.

Miriam nahm ein Brötchen aus dem Körbchen und biss hinein.

Leibach schaute sie an. »Und, wie schlag ich mich bis jetzt?«

Sie schnitt ein Stück Linsen-Cake ab, tauchte ihn in die kreolische Sauce mit schwarzem Knoblauch und schob ihn in den Mund. Sie sagte: »Mmmh«, dann, »hmm, ich bin mir noch nicht ganz sicher bei dir, ehrlich gesagt. Du arbeitest für eine Firma, die mir ziemlich suspekt ist, von der ich aber gerade achtzehntausend will …«

Leibach lachte: »Bei mir ist das bezüglich der Firma ziemlich ähnlich, nur dass mein Honorar viel kleiner ist. Ausserdem möchte ich betonen, dass ich nicht angestellt bin … ok, mach weiter!«

»Ich finde dich sympathisch.«

»Danke, das beruht auf Gegenseitigkeit.«

»Du siehst nicht schlecht aus und bist witzig.«

»Copy. Paste.«

»Hm.«

»Zu angestrengt witzig?«

Miriam nickte.

Leibach senkte den Kopf. Schliesslich sagte er: »Ok, stell mir Fragen.«

»Was für welche?«

»So Fettnäpfchen-Sachen.«

Miriam zögerte, dann fragte sie: »Ist dein Name wirklich Hugo Leibach?«

Leibach machte ein erstauntes Gesicht und fragte. »Weshalb sollte ich einen falschen Namen nennen?«

Miriam winkte ab und schaute auf Leibachs Hände. Kein Ring an den Fingern. »Hast du eine Freundin?«

»Nein, habe ich natürlich nicht, sonst würd ich, ehrlich gesagt, nicht hier sitzen?«

»Aber?«

»Wieso aber?«

»Weil es immer ein ›Aber‹ gibt.«

»Ok, gut, ja, ich war schon einmal verheiratet, zwei Kinder. Und du?«

Leibach blickte Miriam an.

Sie wich seinem Blick aus und fragte schnell: »Äh, magst du Mozart?«

Er zögerte einen Moment, dann sagte er: »Uh knifflig, lass mich raten: Ein einfaches ›Ja‹ heisst, ich bin so ein Durchschnittsklassikhörer und Mozart ist einer der wenigen Namen, die ich kenne, ausserdem tanze ich zu ›Amadeus‹, was ok ist, aber auch geschlossen zu ›Jeannie‹, was nicht so super ist, wenn man Falcos Vermarktung dieses Titels bedenkt.« Leibach holte mit einem kurzen Blick auf Miriam Luft, dann fuhr er fort: »Sag ich nein, bin ich einer jener Möchtegern-Kenner, die sagen, Beethoven sei genial und ein bisschen Brahms mag ich auch, aber Mozart ist einfach zu oberflächlich, etwas für Schweizer Radio-1-Hörer.«

»Ich hab nur einfach irgendwas gefragt, jetzt allerdings interessiert mich wirklich, was du von Mozart hältst.«

»Mozart hat ein paar sehr gute Sachen geschrieben, die aber oft zu schnell gespielt werden, also sehr vereinfacht ausgedrückt: zu viele Töne.«

»Ich würde sagen, du bist ein Klugscheisser, wenn du möglicherweise auch recht hast.«

Leibach lächelte: »Seh ich ein. Nächste Frage.«

»Wie sieht's aus mit dem Auftrag?«

Leibach schob den Teller beiseite und schaltete auf Geschäftston. »Also, ich hab ja schon gesagt, dass es gut aussieht. Die Investoren haben ausdrücklich gesagt, dass die Mall überregionale Bedeutung haben soll. Und ich würd sagen, ein Schwimmbassin als Dach über dem Hof, der auf diese Weise wie durch eine Wasserlinse hindurch beleuchtet wird, dürfte nicht unwesentlich dazu beitragen. Die wollen ja einerseits exklusive Mieter anlocken, andererseits soll die Mall ein Magnet werden für Kulturtouristen, die das Museum besuchen wollen. Irgendein reicher Typ, dessen Name sie noch nicht mal mir gesagt haben, möchte seine Sammlung da unterbringen, wobei, was ich so gehört habe, zählt der zur jüngeren Internetprominenz, also ist mit einer schnell zusammengebastelten Renommiersammlung zu rechnen, weshalb ich den tatsächlichen kulturellen Wert bezweifle, aber eben, ein zwei super teure Sachen werden schon dabei sein, und deshalb werden sie auch einigermassen erfolgreich sein damit. Früher wäre dieser Spagat zwischen Wellness, Konsum und Kultur nicht möglich gewesen, doch heute …«

»Sorry, wenn ich dich kurz unterbreche …«

Leibach schaltete wieder auf Ausgeh-Ton: »Ich weiss, ich labere manchmal zu viel, man hat mir schon gesagt, ich soll das nicht beim ersten Date tun, grad als Mann, ich finde allerdings, hey Emanzipation und so.«

»Wäh Date, wäh Emanzipation.«

Leibach zuckte mit den Schultern: »Date geschenkt, bei Emanzipation bleibe ich, gerade weil's scheinbar altmodisch ist. Viele Frauen sind sich heute nicht bewusst, wie wacklig und jung die Rechte sind, die sie als selbstverständlich erachten. Sie finden ›ja, Porno, cool‹ und eben, ›Emanzipation, wäh‹. Und oft nur, weil sie entweder Angst haben, als verbiestert zu gelten oder aber mit der Ausnutzung des weiblichen Körpers aufgewachsen sind und denken, es sei am Einfachsten, sich damit zu arrangieren und möglicherweise davon zu profitieren.«

»Ist Selbstausbeutung nicht so etwas wie ein Menschenrecht?« warf Miriam dazwischen.

Leibach schob den Teller wieder vor sich hin: »Vielleicht. Ich sollte mich wahrscheinlich aus der Diskussion raushalten, ist die Sache von Prostituierten und Pornopersonal, sich da mal ausgiebig zu äussern. Nur, Freier werd ich nie richtig cool finden.«

»Kann ich verstehen.«

Leibach lächelte und sagte: »Du wolltest, glaube ich, etwas zu Kunst und Kommerz sagen.«

»Genau. Ich trenne das selbst auch gerne, solange aber Kommerz Kunst nicht korrumpiert, finde ich die Verbindung nicht ganz so schlimm. Was ich mich allerdings frage, ist, ob eine Konzeptsache wie die Mall hier überhaupt eine Chance hat. Nicht mal dieses Nouvel-Projekt wurde realisiert, was ich übrigens gut finde weil Nouvel doof ist. Nur, in Winterthur hängt teure Kunst in neoklassizistischen Gebäuden, oder? Und gebaut wird konzeptlos, schau dir den Bahnhofplatz an, Stadttor, altes Bahnofsgebäude, Pilzdach, Coop, Archhöfe, das ist eine einzige Rumpelkammer. Bestimmte Leute mögen diesem Durcheinander zwar einen gewissen Reiz abgewinnen, doch es spricht nicht dafür, dass diese Stadt wirklich einen Plan verfolgt. Zumindest nicht im Zentrum.«

Leibach nickte: »Es gibt schon verschiedenen Bestrebungen, dies zu ändern. Trotzdem, ich habe meine Hoffnung in eine vernünftige Baupolitik verloren, als die Stadt die Halle 52 verkauft hat. Ja, genau die, welche gleich gegenüber der WintInvest lag. Ich kann mir nicht vorstellen, wie jemand, der irgendetwas von Industriegeschichte, Kunst oder Architektur versteht, oder der auch nur ein Auge im Kopf hat, nicht versteht, dass diese Halle einer der aufregendsten Orte der Stadt war. Die Dimensionen, die Ziegel, die zur Schalldämmung mit den Löchern nach vorne verbaut worden sind, und die Gerüche, die einen bis ins neunzehnte Jahrhundert zurückriechen lassen, jeder müsste gemerkt haben, dass das hier die einzige Stelle ist, wo Winterthur wirklich Grossstadt ist. Und was geschieht? Die Halle wird abgerissen und es entsteht ein Gebäude der Zürcher Hochschule für angewandte Wissenschaften!«

Miriam lächelte, überrascht von der Vehemenz, mit der Leibach gesprochen hatte: »Wenigstens lassen sie die Halle 53 stehen. Und das neue Gebäude ist nach einer Hebamme benannt.«

Leibach trank einen Schluck Bier, dann sagte er: »Die positivste und negativste Eigenschaft dieser Stadt ist seit Jahrzehnten ihre Bedeutungslosigkeit. Man wird in Ruhe gelassen. Gleichzeitig kann das Leben hier etwas langweilig werden. Doch als ich das erste Mal in der Halle 52 war, habe ich, so blöd das klingen mag, wirklich etwas für diese Stadt gefühlt.«

»Krass. Das ist mir hier noch nie passiert«, meinte Miriam. »Glücklicherweise ist die Fabrikhalle, die umgebaut werden soll, nicht so hübsch. Und sie steht nicht im Zentrum sondern in Hegi. Ich frage mich jedoch, wo ihr die mondäne Kundschaft für den exklusiven Grossmarkt hernehmen wollt.«

»Weiss ich nicht. Und ja, vielleicht hast du Recht und das Projekt hat keine Chance. Ich denke, ich sag das morgen der WintInvest. Sorry wegen des Auftrags.«

Miriam lachte.

Der Kellner kam und fragte, ob sie eine Nachspeise wünschten. Sie sahen sich an und lehnten gleichzeitig ab. Sie bestellten stattdessen einen Espresso und einen Grappa. Der Kellner sagte, sie hätten verschiedene, und Leibach meinte, er solle einfach einen bringen, den er empfehlen könne. Jetzt kam er Miriam doch ein bisschen alt vor. Gleichzeitig dachte sie, dass sie es auch mal lassen könne, dauernd in der Kontrollzentrale zu sitzen und zu warten, ob irgendwo eine Warnlampe aufblinkte.

»Klar möchte ich den Auftrag, also möchten wir ihn, aber es wäre gut, wenn wir etwas in einem Rahmen realisieren können, der auch funktioniert. Wir machen eh schon einen Spagat, weil unsere Kundschaft ... na, lass es mich so sagen: Als ich das letzte Mal am Graben ein Treffen hatte, stand da ein Teil unserer Kunden und demonstrierte, während die Polizei an einem Fenster über der Loge stand und heimlich filmte. Möglich also, dass die Sache für uns nach hinten losgeht, vor allem, wenn sie nicht funktioniert.«

Der Kellner brachte Kaffee und Grappa, sie bedankten sich und Leibach meinte: »Letztendlich bin ich in einer ähnlichen Lage. Die WintInvest hat mich hinzugezogen, weil ich einige Arbeiten zu Kunst, Stadtentwicklung und Social Mapping geschrieben habe. Und ich habe zugesagt, weil ich grad Mühe habe, die Alimente zu bezahlen. Aber unter meinen Kollegen Kunstprofessoren sind solche Aufträge eher verpönt. Dennoch, bei genauem Durchsehen schien mir das Projekt einigermassen okay zu sein und es schadet nichts, mal etwas zu tun, was man sonst nicht tut.«

Miriam dachte: »Wenn er mir jetzt zuzwinkert oder mich vieldeutig anschaut, steh ich auf und gehe«, aber nichts dergleichen geschah.

Leibach sagte: »Erzähl mir mehr über diese Demo am Graben. Ich wohn ziemlich im Kraut und hab das nur am Rande mitbekommen. Das heisst, ich hab noch nie mit jemandem gesprochen, der da war.«

»Da gibt's eigentlich nicht viel zu sagen, es war die Protestdemo gegen den unverhältnismässigen Polizeieinsatz an der Tanzdemo, die Leute standen da am Graben rum mit Transparenten, Bier und Musikanlage. Alles war friedlich, also hätten sie das Videomaterial, das sie gedreht haben, gar nicht benützen dürfen. Aber sie haben's trotzdem getan, wahrscheinlich, um noch ein paar Leute dran zu kriegen, die ihnen an der Tanzdemo durch die Lappen gegangen waren. Musste ja wer bezahlen für die Zürcher Krawall-Kavallerie, die sie gerufen haben.«

»Wie gesagt, ich weiss zu wenig darüber, ich hab nur die lächerlichen Beweise gesehen, die sie vorgelegt haben, um die Gewaltbereitschaft des Tanzvolks zu zeigen. Hast du in dem Fall auch eine Busse gekriegt?«

»Nein, ich war mit Freunden da und keiner musste zahlen. Ich denke, sie haben irgendwo eine Grenze gezogen und die drangenommen, die eh schon in einer Datenbank waren.«

»Sorry, es ist später geworden«, sagte Miriam.

Ardiana winkte ab: »Kein Problem, ich muss morgen nicht allzu früh raus.« Nach einer kurzen Pause fragte sie: »Wo wart ihr denn?«

»Im Treme.«

»Lustig und ich hab grad noch alte Folgen Homicide geschaut.«

»Homicide?«

»Basiert auf dem Buch von David Simon, der hat auch ...«

»Ardiana!«

»Treme und The Wire ...«

»Ardiana, ich weiss, du studierst Medienwissenschaften, aber ich bin müde«, sagte Miriam und lächelte dabei, sodass Ardiana sie argwöhnisch anschaute und fragte: »Mann oder Drogen?«

Miriam sagte betont nüchtern, dass keines von beidem der Fall sei. Dann musste sie wieder lächeln und Ardiana sagte: »Ich sag's zwar schon zum hundertsten Mal, aber trotzdem: Du brauchst kein schlechtes Gewissen zu haben, wenn du wen kennenlernst.«

»Ich weiss, Ardiana«, Miriam schickte ein etwas aufgesetzt wirkendes Gähnen nach und Ardiana ging zur Tür.

Miriam folgte ihr und machte sie auf.

»Sophia hat gemeint, das Ohr täte nicht mehr weh. Ich hab mal reingeschaut und es schien ganz in Ordnung zu sein. Hab lediglich eine kleine Rötung gesehen.«

»Danke Ardiana, sowieso für's Einspringen.«

Ardiana küsste Miriam auf die linke Wange und ging.

Miriam ging ins Bad, putzte sich die Zähne und verzog dabei hin und wieder den Mund. Irgendwas stimmte da drin nicht, doch sie wollte sich den Abend nicht verderben lassen. Sie zog ihr Nachthemd an und ging ins Schlafzimmer. Im Bett liess sie die Blicke auf der Zimmerdecke ruhen, über die einige Schatten hinweghuschten.

Rieseln von Nadeln, Stampfen auf Eiche, weisst du überhaupt noch, wie diese ganze Bike-Sache angefangen hat? Ich bin mir da recht unsicher. War es Patrick, der die erste Party veranstaltet hat im Wald? Oder doch du? Wir konnten uns die Freunde in diesen Käffern ja nur begrenzt aussuchen. War Gerda auch von Anfang an dabei? Die hat mich ja beeindruckt damals, also, bevor es schwierig wurde. Wir hängten unten bei der Quarterpipe in der Nähe der Hauptstrasse rum, ich hatte da ja noch ein BMX. Obwohl, die Pipe konnte man dafür ja nicht gebrauchen. Für was anderes eigentlich auch nicht. Ich hab dann meinen Eltern gesagt, dass ich ein Mountain Bike will. Mein Vater war Pilot, der hatte immer ein schlechtes Gewissen, weil er nie da war, drum hat er mir gerne Dinge gekauft. Meine Mutter war da schon kritischer. Doch schliesslich willigte sie ein und ich kriegte das Bike. Sie sagte, das sei die Belohnung dafür, dass ich nicht sitzengeblieben sei im Gymnasium. Und Sport sei gut für die Gesundheit. Aber naja, Gesundheit, ich meine, was die sich alles gebrochen haben später und ja, mit dem Thurgau-Speed hab ich da auch angefangen, du bist ja nicht so der Speed-Typ gewesen, eher Trinker, und sowieso eher der einsame Wolf, oder? Fleischiger Ton, human, Fichte, trocken, wie Knochen.

6

Gerda schleppte sich nachmittagsmüde durch den Flur der chirurgischen Abteilung. Sie unterdrückte ein Gähnen, als sie in den Pausenraum trat, wo zwei Pflegefachfrauen sassen und Kaffee tranken. Sie schauten kurz auf und sagten »Hallo«. Gerda glaubte in deren Stimmen ein bisschen Spott mitzuschwingen zu hören. Wahrscheinlich lag es daran, dass sie als Fachangestellte Gesundheit auf einer der untersten Stufen eines immer noch von hierarchischen Strukturen durchwachsenen Betriebes arbeitete.

Auf dem Flur kam ihr Simone, die Stationsleiterin entgegen. »Hi Gerda«, sagte sie, nachdem sie sie kurz gemustert hatte.

Gerda blieb stehen: »Hattet ihr viel zu tun in den letzten zwei Tagen?«

»Geht so«, sagte Simone, »und du? Du siehst ein bisschen geschafft aus.«

Gerda winkte ab: »Ja, war ein bisschen stressig die letzten Tage, obwohl ich zuhause war. Ziemlich blöd, was?«

Simone nickte kurz, lächelte und sagte: »Die Sitzwache im Zimmer 618 ist ausgefallen, kannst du das übernehmen?«

»Klar, aber dann muss jemand meine Patienten übernehmen.«

»Haben wir schon organisiert.«

»Worum handelt es sich denn?«

»Heroinabhängiger, Speichenbruch.«

»Entzug?«

»Wird substituiert. Schau, dass er sich die Infusion nicht rausreisst und abhaut.«

»Ok.«

Gerda ging zum Zimmer 618, öffnete die Tür und trat ein. Im Raum miefte es. Der Mann im Bett hatte den Kopf zum Fenster gedreht.

»Hallo«, sagte Gerda, als sie beim Bett angekommen war.

Der Mann blieb stumm und rührte sich nicht.

Sie öffnete das Fenster einen Spalt. Strassenlärm und das Quietschen eines rangierenden Zuges drangen in das Zimmer.

»Nicht«, die Stimme klang dünn.

»Wir müssen leider hin und wieder das Fenster öffnen, Herr, ...« Gerda schaute auf das Namensschild am Bett, »Herr Zimmermann.«

Der Mann murrte und stöhnte während sich Gerda seinem Arm widmete: »Darf ich mal? Ich muss nachsehen, ob mit der Infusion alles in Ordnung ist.«

»Wenn's sein muss«, sagte Zimmermann, immer noch mit geschlossenen Augen und streckte seinen Arm aus: »Die Infusion ist ja unheimlich wichtig, die kommen dauernd rein wegen der Infusion. Aber ich hab das Gefühl ihr interessiert euch eher für den Schleppscheisser.«

»Schleppscheisser«, wiederholte Gerda, »lange nicht mehr gehört, den Ausdruck. Sie sind schon eine ganze Weile unterwegs, was?«

»Kann man sagen, und ich bin es wieder, sobald ich hier raus bin, kannst du mir glauben.«

»Hm, es hat wohl keinen Zweck, wenn ich sowas sage wie ›nehmen sie doch die Gelegenheit wahr‹ oder so.«

»Nein.«

»Dacht ich mir.« Gerda kontrollierte das Pflaster und rümpfte kurz die Nase. Dann betrachtete sie den restlichen Arm, tatsächlich, schlimme Abszesse, halb vernarbt und momentan trocken, aber es sah so aus, als würden sie geradezu darauf warten, wieder zu nässen und seltsam aussehende Sekrete auszuscheiden, Zimmermanns Arm bestand aus vielen kleinen Horrorfimszenen.

Die Haut in Zimmermanns Gesicht wiederum war gelblich und grau. Leber, dachte Gerda, was sonst.

»Wir interessieren uns lediglich für die Infusion, weil ihr anderer Arm im Gips steckt und damit nicht mehr so viele Orte übrigbleiben, an denen wir eine stechen können.«

»Das ist euer Problem.«

»Ein bisschen schon auch ihres.«

»Du warst nie süchtig, was?«

Gerda sagte nichts.

Zimmermann öffnete kurz die Augen und sah sie an. »Na ja, offenbar nicht ganz in der Scheisse, sonst würdest du wissen, dass mir total egal ist, wo ihr mich stecht und ob ich abkratze, oder ob ihr mich nochmal aufpäppeln könnt, damit ich rausgehen und wieder irgendwo in der Scheisse landen kann.«

Gerda schaute zum Fenster hinaus: »Wie auch immer, man hat mir gesagt, ich soll hierbleiben, Sitzwache.«

»Sieht so aus, als hättest du das grosse Los gezogen.«

Gerda setzte sich auf den Stuhl neben dem Besuchertisch. Sie zog ein Magazin zu sich hin, drehte es und las den Titel Heim & Hobby, als sie Zimmermann würgen hörte. Sie nahm die Nierenschale, ging hinüber und hielt sie unter Zimmermanns Kopf. Die Portion Erbrochenes, die aus seinem Mund kam, war zwar klein, aber stank wie eine Wagenladung Sonderabfälle aus dem Tiermedizinischen Institut. Er atmete oberflächlich, Puls und Blutdruck waren jedoch ok. Also entsorgte sie den Inhalt der Nierenschale im Klo und setzte sich wieder an den Tisch neben Zimmermanns Bett.

Gerdas Handy vibrierte. Sie nahm es aus der Tasche. War zwar sonst nicht erlaubt bei der Arbeit, doch bei der Sitzwache war man bei allem nicht allzu streng. Hauptsache, man schlief nicht ein. Und das versuchte sie gerade zu vermeiden.

Severin hatte geschrieben:

»wie geht's?«

»ok, wie geht's der nase?«

»matsch, aber nichts bleibendes«

»immerhin«

»hoff ich wenigstens«

»ja«

»treffen? »
»arbeit und nicht in stimmung«
»...«
»tut mir leid wegen kaspar«
»neandertaler ...«
»ja klar. trotzdem. geht nicht ohne so gerichtscheiss, oder?«
»glaub nicht«
»hm«
»treffen später?«
»vielleicht«

Schlag, dumpf, morsche Buche, drei helle Schläge, dazu Knistern und Rascheln, leiser werdend mit weiteren dumpfen tiefen Schlägen, Scham, sie lähmt alles. Wenn ich mich schäme, muss ich mich ergeben. Es ist etwas Grösseres, das mich dann im Griff hat. Aber ich habe nicht das Gefühl, dass es etwas Gutes ist. Denn gleichzeitig ist da etwas, dass sich aus diesem Griff befreien will und dieses Etwas scheint mir echter und richtiger zu sein. Aber, um sich zu befreien, muss es wild um sich schlagen und dabei gehen manchmal Dinge kaputt, Birkenast, stramm, mitteldunkel, Knacken, Tanne, hell, Dreiachtel.

Als Bruno zur Arbeit kam, sass Kaspar an einem wiederbelebten Zeichenbrett vor den Plänen für eine Galerie zwischen zwei Häusern an der Salstrasse, einem renovierten Mehrfamilienhaus und einem Neubau in Quaderform mit leicht abgerundeten Ecken. Er kolorierte die Pläne mit Aquarell-Farbe, etwas, was er seit Langem mal wieder hatte tun wollen, weil es ziemlich das Einzige war, was er damals an der Lehre gemocht hatte.

Bruno fragte Kaspar, ob er wisse, wann die Modelle für die Galerie und das Schulhaus kämen und dieser antwortete: »In den nächsten paar Tagen.«

Bruno nickte und ging in die Küche, um einen Kaffee aufzusetzen.

Miriam hatte die Finger locker auf der Tastatur liegen, während sie aus dem Fenster kuckte.

»Alles ok?« fragte Bruno, als er eine Tasse Kaffee vor sie hinstellte. Miriam machte den Versuch, gelangweilt zu wirken, doch Bruno merkte, dass ihr irgendwas auf der Zunge lag.

Er fragte: »Hat er dich angerufen?«

Miriam schaute auf und fragte: »Wer?«

»Na wer wohl, Herr Weiss.«

»Wer?«

»Miami Weiss, der Hemdmann.«

Miriam schnaubte: »Nein und du bist sooo nicht lustig.«

»Aber?«

»Ich hab ihn angerufen.«

Bruno zog kurz die Augenbrauen hoch, dann fragte er: »Und, hat er was wegen des Auftrags gesagt?«

»Nicht direkt, Kaspar hat auch schon gefragt.«

»Und?«

»Ich hab ihn nicht wegen der Mall angerufen, sondern weil ich mit ihm ausgehen wollte.« Bruno versuchte, so ausdruckslos wie möglich zu schauen und Miriam fuhr fort: »Ich war mir voll bewusst, was ich tue und überhaupt, du bist der letzte, dem ich Rechenschaft schuldig bin.«

»Klar«, sagte Bruno so neutral wie möglich.

»Und du kannst auch gleich aufhören mit diesem Ton, Bruno, echt, vielleicht täuschst du dich und es gibt auch noch anständige Leute. Ich wäre nicht so früh nach Hause gegangen, wenn er nicht irgendwann gefunden hätte, dass es sehr schön gewesen sei, wir aber nichts überstürzen sollten.«

Es war nicht ganz so gewesen, doch die Grundrichtung stimmte.

»Und«, fuhr sie fort, »wir sind, was den Auftrag betrifft, extrem professionell gewesen. Ich hab auch nicht vergessen, dass die Idee von dir stammt. Übrigens, ist der Bericht des Statikers schon gekommen?«

Bruno räusperte sich: »Nein, da gibt es einen Aufschub, ich wollte den freiliegenden Bereich nochmals vergrössern und hab ihm die neuen Masse erst gestern geschickt.«

»Auch nicht gerade gratis«, meinte Miriam.

Bruno winkte ab: »Wird kaum ins Gewicht fallen.«

Miriam schüttelte den Kopf: »Und wenn wir den Zuschlag nicht kriegen? Muss nur irgendwer was gegen uns haben, und wir sind raus, auch wenn's jetzt einigermassen gut aussieht.«

»Trotzdem«, sagte Bruno, »und überhaupt, du meintest doch der Hemd ... wie heisst der eigentlich?«

»Hugo Leibach.«

»Ok, du meintest doch, dieser Leibach sei sich ziemlich sicher, dass wir ...«

»Wir haben abgemacht, dass wir Ausgaben in dieser Höhe zusammen besprechen.«

»Ja, aber wir haben auch abgemacht, dass wir dich an Sophia-Tagen nicht stören, wenn's kein Notfall ist. Kaspar und ich dachten, dass sei keiner.«

Kaspar schüttelte den Kopf: »Kein Notfall. Definitiv nicht.«

»Ach«, Miriam machte eine wegwerfende Geste, »ich hab keine Lust, mit euch rumzustreiten, ... das nächste Mal schickt ihr eine SMS und ich schau dann, ob ich mich stören lasse.«

Gerda hatte ihr Peugeot-Damenfahrrad beim Kunstmuseum abgestellt. Sie nickte und trat einen Schritt zur Seite, als Severin mit seinem Volvo P1800 S schräg auf den Gehsteig fuhr. Während sie einstieg, schob er seine Sonnenbrille über die Stirn und parkte sie im blonden Haar. Von dem Zwischenfall mit Kaspar zeugte eine breite Kompresse auf der Nase und etliche Blutergüsse im Augenbereich. Er sagte »Hi«, während er mit einem kurzen Quietschen auf die Strasse fuhr.

Gerda sagte: »Hey.«

Er schwieg lächelnd.

Gerda schaute sich um: »Alter Sportwagen, hm?«

Er drehte den Kopf zu ihr: »Stammt aus den frühen Siebzigern, das Modell, nicht gerade typisch für einen SP-Politiker, ich weiss, aber du hast ja bereits gemerkt, dass ich eher, naja, unkonventionell bin.«

»Zugegeben, ich hätte was anderes erwartet.«

»Siehst du, so kann man sich täuschen. Ich hab nach meinen neusten Erfahrungen mit deinem Freund auch nicht erwartet, dass du je eine Ausfahrt mit mir machst.«

Gerda zuckte mit den Schultern und schnallte sich an. Severin setzte seine Brille sorgfältig wieder auf die Nase und klopfte auf das Armaturenbrett: »Wie auch immer, das ist mein Baby. Die Alternative wäre ein Karmann-Ghia gewesen, super Wagen, aber dann habe ich gedacht, das ist mir zu filmmässig kultig.«

Gerda schaute ihn ein bisschen verständnislos an. Dann fragte sie: »Wie geht's der Nase?«

»Ok. Tut schon noch ein bisschen weh, ich hab allerdings gute Schmerzmittel.«

Gerda schaute skeptisch: »War die nicht gebrochen?«

»Schon, offensichtlich ist's ein unkomplizierter Bruch.«

»Hm. Und das tut nicht weh mit der Sonnenbrille?«

»Es geht, ich hab die anpassen lassen.«

Gerda nickte und fragte nach einer Weile: »Du willst Kaspar immer noch anzeigen?«

Severin ging vom Gas und schaute hinüber zu Gerda: »Du bist nicht deswegen hier, oder? Sonst dreh ich gleich um.«

»Nein, ich dachte nur, vielleicht überlegst du dir das nochmals.«

»Mal sehen, ich glaub nicht.«

Gerda schaute Severin an, während sie versuchte, ein Häutchen auf ihrer Lippe abzuknabbern.

»Dein Freund hat's auch schon versucht.«

»Ich weiss momentan nicht, ob ich einen Freund hab«, sagte Gerda.

»Aha.« Severin wechselte die Spur. Nach einer Weile sagte er: »Ich versteh eh nicht, was du an dem findest. War sicher nicht nur an dem Abend so drauf. Überhaupt, was habt ihr alle mit diesen Schlägertypen.«

Gerda hatte das Häutchen abgebissen und sie schmeckte ein bisschen Blut an der Stelle: »Vielleicht sind wir manchmal einfach ein bisschen dumm.«

»Schon gut. Ich will ja auch nichts Genaueres hören. Aber das geht mir extrem auf den Sack, muss ich sagen.«

»Was denn genau?«

»Na Gewalt, vor allem gegen Frauen und Kinder.«

Sie fuhren an der Müllverbrennungsanlage vorbei und in Gerda zog sich etwas zusammen, sie schüttelte kurz ihren rechten Arm und atmete einmal tief durch. Sie schaute durch die Windschutzscheibe nach links und sagte nach einer Weile: »Hegi.«

Severin schaute aus dem Fenster und sagte: »Ist ziemlich gewachsen, als ich hierherzog, gab's das alles noch nicht.«

Gerda schwieg. Severin tippte auf sein Handy, Musik kam aus den Boxen und er sagte »Arcade Fire.«

Gerda sagte neutral: »Hm.«

Er hatte wahrscheinlich ein bisschen mehr erwartet. »Ich war am Konzert im Juni, das ging ziemlich ab.«

Gerda nickte und schwieg, Severin schaute sie an und fragte: »Oder magst du die nicht?«

»Was?«

»Arcade Fire.«

»Doch, klingt ok, ich hör sonst eher so Minimal.«

»Hab ich leider nicht, aber wir können auf Spotify wechseln, wenn du möchtest, ich hab eh frei Internet.«

Gerda winkte ab: »Nein, ich mein's so, klingt ok.«

Nach einer längeren Pause fragte sie: »Fährt der eigentlich schnell, der Wagen?«

»Für heutige Verhältnisse nicht unbedingt, doch er hat eine ziemlich hübsche Beschleunigung.«

Gerda schaute ihn herausfordernd an: »Mach mal!«

Severin drehte den Kopf und grinste. Dann schaute er wieder nach vorne und sagte: »Da vorne hinter der Kuppe kommt eine Gerade.«

Als sie die Kuppe erreicht drückte Severin das Gaspedal durch. der Volvo röhrte und Gerda wurde in den Sitz gedrückt.

»Geiles Gefühl!« rief Severin durch den Lärm und Gerda rief: »Yeeeh!«

Nachdem er den Fuss vom Gas genommen hatte, sagte er, »hundertsechzig auf der kurzen Strecke, ist nicht schlecht, wär sogar noch schneller gegangen.«

Gerda sagte: »Krass.«

»Wenn du in einem neueren Wagen so schnell fährst, merkst du's überhaupt nicht, hier merkst du jeden Strich, den der Tachozeiger hochklettert.«

»Und vor allem ist da noch ein Zeiger und nicht nur so eine doofe Digitalanzeige.«

»Eigentlich eine seltsame Aussage für jemanden, der sagt, er höre praktisch nur Elektro, aber ja, genau.«

»Darf ich rauchen?«

»Wenn du das Fenster öffnest.«

»Ach ja«, fügte er nach einem Moment hinzu, »kannst du autorauchen, also so, dass die Asche nicht reinfliegt, weil sorry, da bin ich ein bisschen heikel.«

»Ja, ich habe es lernen müssen.«

Severin bog rechts ab und Gerda sagte: »Elgg.«

Severin nickte. »Da kommen meine Grosseltern her.«

»Leben sie noch?«

»Mein Grosspapa ist vor drei Jahren gestorben und meine Grossmama wohnt hier im Altersheim.«

»Magst du sie?«

Severin wirkte ein bisschen weniger locker als gewollt: »Ja.«

Gerda schlug auf ihre Schenkel. »Dann besuchen wir sie!«

Er schaute Gerda mit zugekniffenen Augen an. »Ich weiss nicht, ich geh da recht oft vorbei und sie hat's gut, ist ziemlich luxuriös, und viele, na, so Aktivitäten.«

Gerda lachte und sagte: »Egal. Altersheim!«

Severin fuhr ins Dorf hinein, bog rechts ab und stellte den Wagen auf den Besucherparkplatz des Altersheims.

Gerda stieg aus und Severin lehnte sich hinüber um ihre Tür von innen abzuschliessen. Als er ausstieg, sagte er: »Keine Zentralverriegelung.«

Gerda stutzte, doch sie konnte nicht genau sagen, warum.

Frau Rossi sass im Garten an einem Gusseisentisch mit weissem Tischtuch, vor sich eine Tasse Tee. Sie drehte ihren Kopf, als Severin und Gerda in den Garten traten, und betrachtete sie durch schmale Augenschlitze. Sie lächelte, doch als sie an den Tisch traten, verdüsterte sich ihr Gesicht: »Ich wusste nicht, dass das so schlimm ist mit deiner Nase, Junge.«

Severin schob die Sonnenbrille wieder ins Haar, winkte ab und sagte: »Ach, halb so wild.« Dann gab er ihr einen Kuss auf die Wange und sagte: »Hallo Oma.«

Severin ignorierte das wissende Nicken seiner Grossmutter und zeigte auf Gerda: »Das ist Gerda, eine Freundin.«

Frau Rossi hob ihren dünnen Arm.

Gerda nahm ihre Hand. »Guten Tag, Frau Rossi.« Der Händedruck der Frau war stärker und länger als Gerda es erwartet hätte. Die beiden Frauen blickten sich an.

Dann liess Frau Rossi Gerdas Hand los, drehte sich Severin zu und sagte: »Sie ist eine Gute.«

Gerda lachte kurz und setzte sich, während Frau Rossi sich wieder zu ihr hindrehte und ihre Augen zusammenkniff. Gerda folgerte daraus, dass sie sagen wollte: »Nur nicht übermütig werden, Mädchen.«

Sie sagte zu ihrem Enkel: »Ich habe nicht mit dir gerechnet.«

»Wir waren in der Gegend und da dachten wir, wir könnten kurz vorbeischauen.« Gerda stellte fest, dass sich Severins Stimme leicht verändert hatte, seit sie hier waren. Sie wusste nicht genau, was es war. Hörte sie sich vielleicht etwas jünger an? Gleichzeitig verzichtete er darauf, diesen lauten überdeutlichen Alte-Leute-Ton anzuschlagen, was sie angenehm überraschte.

Frau Rossi lächelte und meinte schliesslich: »Severin, holst du dir und Gerda etwas zu trinken und mir noch einen Kaffee?«

Severin nickte und schaute fragend Gerda an, die sich für eine Cola entschied.

Als er ein paar Schritte von ihnen entfernt war, lehnte sich Frau Rossi über den Tisch und fragte: »Woher kennen Sie Severin, Gerda?«

Sie antwortete zögernd: »Ich kenn ihn noch nicht lange, wir haben vor kurzem das erste Mal miteinander gesprochen.«

»Wo?«

Gerda war überrascht und sagte zögernd: »Im Eck, also in einem Lokal.«

»Und jetzt macht ihr eine Ausfahrt?«

»Genau.«

Frau Rossi lehnte sich zurück: »Severin ist ein guter Mensch, ich weiss das, ich hab ihn aufgezogen. Ich hatte mehr Glück mit ihm als mit meinen eigenen Kindern. Meine Tochter ist in so einer Kommune gelandet, oder Sekte, ich weiss es nicht. Jedenfalls haben wir Severin da rausgeholt. Bei seinen Kindern war mein Mann ja ein Grobian, so Zucht und Ordnung, aber das mit Severin hat er richtig gemacht. Ich hab Paul gesagt, du bist kein Grobian mehr jetzt, und es hat genützt, oder er ist einfach aufs Alter sanfter geworden.«

Gerda hörte Frau Rossi zu, die weitererzählte und sie dabei durch ihre schmalen Augen genau zu beobachten schien. Krass, was die alte Frau alles in die kurze Zeit hineinpacken konnte, dachte sie, als Severin mit einem Tablett zurückkam. Er stellte die Getränke und den Kaffee auf den Tisch. Frau Rossi legte die Hand auf Severins Arm und sagte: »Danke.« Dieser schob den Kaffee näher zu ihr hin und sie nickte.

Sie sagte: »Sie müssen wissen, dass Severin einen Teil der Kosten hier übernimmt.«

Severin winkte ab: »Oma, bitte.«

Gerda nickte anerkennend.

Er zuckte mit den Schultern: »Sie haben mir die Ausbildung finanziert, und naja, Oma wird dich schon über den Rest informiert haben.«

Gerda lächelte.

»Leben ihre Grosseltern noch?«, fragte Frau Rossi nach einem Schluck Kaffee.

Gerda hörte auf zu lächeln. »Nein.«

»Oh, alle vier tot?«

»Also ein Grossvater lebt noch, aber ich habe keinen Kontakt zu ihm.«

»Das ist schade. Naja, ihr könnt es euch wahrscheinlich einfach nicht mehr vorstellen, dass Verwandtschaft das Wichtigste ist.«

Nach einem Seufzer schaute sie Severin an: »Wie läuft's eigentlich im Geschäft?«

Als dieser antworten wollte, beugte sie sich wieder leicht hinüber zu Gerda und sagte: »Ich war ja so stolz, Gerda, als Severin ins Kader von dieser Medizinalfirma aufgenommen wurde. Was man heute nicht alles kann; Haut züchten, früher wäre man dafür ins Gefängnis gekommen oder als Hexe verbrannt worden.«

Severin ergänzte: »Es ist eine kleine Firma, von richtigem Kader kann da eigentlich nicht geredet werden. Und wir machen nur die Medienarbeit für Medizinal-Firmen«, er wandte sich Gerda zu, »vorwiegend Start-ups.«

»Was habt ihr eigentlich noch vor?«, fragte Frau Rossi Gerda.

»Ach«, meinte Severin, »wir fahren ein bisschen durch die Hügel und dann essen wir irgendwo, vielleicht draussen, wenn's trocken bleibt.«

Frau Rossi nickte lächelnd, doch ihre Augen blieben ernst, während sie auf Gerda ruhten: »Sie sind eine Gefährliche, Gerda.«

»Wie bitte?«

»Eine Gute und eine Gefährliche.«

»Wie meinen sie das genau?«

Frau Rossi lächelte und sagte: »Sie verstehen mich schon. Passen sie auf sich auf.« Sie hielt kurz inne, dann fuhr sie fort: »Mir haben sie das auch gesagt, und ich war irgendwann stolz darauf. Als wir herzogen, eine siebenköpfige Familie, haben ja alle gemeint, wir wären Italiener, wir kamen jedoch aus Sempach und ich war damals sechs Jahre alt. Mein Vater war ein Säufer und natürlich haben wir immer Ärger gekriegt, wenn der was verbockt hatte. Aber ehrlich gesagt, ich glaube nicht, dass es einen Unterschied gemacht hätte, wenn er kein Säufer gewesen wäre. Ich glaube, die anderen Kinder haben es einfach genossen, uns an Bäumen festzubinden, Schafsdärme um unsere Hälse zu binden und uns mit Kuhmist zu bewerfen.«

»Oma, jetzt ist aber gut«, unterbrach sie Severin.

Schenkeleiche, Knorrigkeit, knackknack, Sechsachtel, mein Leben, manchmal kommt es mir so unwahrscheinlich reich vor, alles prasselt auf mich ein, und ich kann mir kaum vorstellen, wie so etwas möglich ist, so und nicht anders würde ich es mir wünschen, alles läuft, alles dreht sich, alles strömt gleichzeitig auf mich ein und ich kann es nicht mehr ordnen, es geht immer weiter und hört nie auf, alles ist im Fluss und der Fluss treibt eine riesige Maschine an und alle Rädchen drehen sich und dann ist es, wie wenn jemand einen Stock hineinwirft und alles knarzt und stockt und das Flusswasser wird giftig und die Fische sterben und der Weizen verdirbt und alle verhungern und schliesslich ist da eine teerige Schwärze, in der nichts mehr geht und dann bin ich froh wenn ich irgendwo ein Versteck habe, in das ich mich zurückziehen kann, Buchenbruch, Schlagverhau, Laub, träge.

Als sich Gerda in den Sitz des Volvo plumpsen liess, atmete sie durch und sagte: »Puuuh.«

Severin drehte den Zündschlüssel.

»Ich mag sie«, sagte Gerda, »aber sie ist ziemlich happig.«

»Happig?«

»Ja.«

Severin fuhr aus der Einfahrt. Er hielt kurz an und winkte zu einem Fenster hoch. Daraufhin setzte er die Sonnenbrille auf und bog in die Strasse Richtung Hofstetten ein. Während sie die Anhöhe hochfuhren, sagte er nichts, sondern konzentrierte sich ganz auf die Strasse. Er lächelte vor jeder Kurve und nickte, fast so, als würde er einen guten Freund begrüssen.

Oben angekommen sagte Gerda: »Ich weiss allerdings nicht, was sie mit dem ›gefährlich‹ meinte. Vielleicht eher gefährdet. Ach egal.«

Severin zuckte mit der Schulter und murmelte: »Sie sagt manchmal so Dinge.«

Gerda nickte kurz, dann fragte sie: »Was ist eigentlich aus deinen Eltern geworden?«

»Die sind nach Thailand gezogen, nachdem die Gruppe sich aufgelöst hatte.«

»Was war das denn für eine Gruppe?«

»Das war so eine Hippie-Sekte.«

»Scheisse, waren das nicht die, die kurze Zeit das Eck übernommen hatten, also vor dem Kollektiv? Das hat mir mal einer erzählt, dort hingen so Schilder ›Liebe ist keine Privatsache‹ und die Frauen liefen in so Tiki-Stoff rum. Man sagte oben war sowas wie ein Hippie-Puff.«

»Ich glaub nicht. Ich weiss nur dass der Anführer so ein Künstler war. Hat viel mit Schlangen gemalt und auch Kunstwerke mit lebendigen Schlangen gemacht, die dann verendeten. Ich hab mich nicht so damit befasst, mir wird eh schlecht wenn ich an den ganzen Scheiss denke. Jedenfalls wanderte er später in den Knast, weil er dachte,

Kindersex sei auch Kunst, und die Gruppe hier löste sich auf. Meine Grosseltern hatten schon kurz nach meiner Geburt mit einem richterlichen Beschluss erwirkt, dass meinen Eltern das Sorgerecht entzogen wurde. Früher hab ich sie dafür gehasst, aber später habe ich es verstanden. Als ich sechzehn war, gab mir meine Oma all die Briefe, die meine Mutter an mich geschrieben hatte.«

»Was stand drin?«

»Total wirres Zeugs, ich gab mir Mühe es zu verstehen, aber schlussendlich hatte ich noch nicht mal das Gefühl, dass sie die Briefe an mich geschrieben hatte. Sie nannte mich Galaxis.«

Sie schwiegen, bis Gerda auf eine Bank am Waldrand zeigte und fragte: »Da?«

Severin nickte und parkte auf einem kleinen Kiesplatz, auf dem nur ein losgekuppelter Pflug stand. Sie gingen stumm zum Waldrand hoch und setzten sich auf eine Bank. Gerda kramte Gras, Tabak, Karton und Papierchen hervor und drehte einen Joint. Severin nickte anerkennend. Gerda rauchte an, nahm ein paar Züge und gab ihn Severin.

Dann sagte sie: »Ich mag nicht gross drum rumreden. Was hast du letztens damit gemeint, dass du so die eine oder andere Quelle hättest? Mein jetziger Verkäufer zieht weg und bei allen andern ist's zu teuer.«

Severin nahm einen Zug, behielt den Rauch kurz unten, blies aus und gab Gerda den Joint zurück. Er sagte mit matter Stimme: »Recht stark.«

Gerda nickte und wartete darauf, dass Severin fortfuhr. »Ok«, meinte er schliesslich, »ich kann's nicht versprechen, aber ich hab da eine Beziehung. Ist für mich aus persönlichen Gründen nicht ganz unproblematisch, doch das muss dich nicht kümmern. Die wären ziemlich günstig, doch sie verkaufen nur im grossen Stil.«

Gerda blies den Rauch aus und sagte schnell: »Das ist kein Problem, ich nehm viel und kenne noch andere Leute, die Interesse hätten.« Dies war ein bisschen zu schnell gekommen, Gerda wollte nicht gierig erscheinen, also fügte sie hinzu: »Also natürlich nur, wenn's dir wirklich nichts ausmacht. Du bist ja in der SP, weiss nicht, ob sich das gut verträgt, Drogen und Politik …«

»Klar«, unterbrach sie Severin, »es wär nicht gut, wenn jetzt bekannt würde, dass ich in grösserem Stil deale, aber grundsätzlich bin ich ja auch für eine Liberalisierung der Drogenpolitik.«

»Ich möchte einfach nicht, dass du Probleme bekommst.«

»Schon gut, lass das mal meine Sorge sein.« Severin nahm noch einen kurzen Zug und reichte Gerda den Joint zurück: »Jetzt ist mir auch klar, weshalb du eine gute Quelle brauchst.«

»Ist nicht nur das, ich verdiene einfach zu wenig.«

»Wieso, was machst du denn?«

»Fachangestellte Gesundheit im Spital und Kurier für einen Kumpel.«

»Was?« Severin schien ehrlich überrascht. »Warum machst du nicht was Besseres, du hast doch mindestens Matur?«

Es dauerte ein Weilchen, bis Gerda den Rauch ausgeblasen hatte, dann winkte sie ab: »Nein, ich bin überall rausgeflogen wegen irgendeinem Scheiss. Die FaGe-Lehre hab ich knapp geschafft, aber auch nur, weil man dort extrem nachsichtig war, was Fehlzeiten betraf. Und mehr arbeiten geht irgendwie nicht, … also schon, wenn ich den Konsum hochschraube.«

»Gut«, sagte Severin, »also ich frag mal nach. Eben, die mögen mich nicht so besonders und ich weiss nicht, ob das für die interessant genug ist.«

»Also, ich kenn wirklich Leute im Eck, dazu auch Bike-Partyveranstalter und einige Leute, die mal was anderes wollen, als ewig dieses Thurgau-Speed, bei dem womöglich noch die Frauenfelder Ndrangheta ihre Finger im Spiel hat.«

Laub, morsche Buche, Siebenachtel, stumpfer Schlag, mein Alter hat mich oft nicht in die Schule gelassen. Weil ich ihm helfen sollte oder als Strafe oder auch einfach so. Was hätte ich tun sollen. Ich hab Schullernen nie richtig gelernt. Ich glaube auch, es gibt Leute, die brauchen keine Lehrer, um sich Wissen anzueignen. Und die sollten ihre Kenntnisse genauso anwenden können wie alle andern. Früher gab es doch dieses Schreckensbild von Schülern mit Hauben auf dem Kopf, die von einem riesigen Computer mit Wissen versorgt werden. Und ja, man sagt immer, die Schule hat eine soziale Funktion. Aber seien wir ehrlich, die Schüler lästern über die Schule, die Lehrer lästern und die Eltern tun es auch. Ich kenne einige Leute, die kaum die reguläre Schulzeit überstanden haben und die heute nächtelang vor dem Computer sitzen und sognannte Dokus schauen. Zugegeben, einige von denen sind schon sehr empfänglich für alle möglichen Verschwörungssachen. Doch ich glaube auch, dass man sich im Netz gewisse Instinkte aneignen kann und dann wahrscheinlich besser geschützt ist vor irgendwelchem Schwachsinn als jemand, der bloss auf seine Schulbildung vertraut. Ich finde, es sollte Prüfungen geben, zu denen man auch ohne Schulausbildung zugelassen wird. Aber die gibt's wahrscheinlich nie, weil mit Bildung viel Geld verdient wird. Und offensichtlich herrscht die Meinung vor, dass es gar nicht genug Bachelorarbeiten geben kann, die niemand liest. Naja, die Leute zahlen dafür dass sie beschäftigt sind. Bildung ist Opium fürs Volk, Esche, kaputt, Verästelungen, Hiebe.

7

Kaspar stand neben der Kochnische, als sein Telefon klingelte, er runzelte die Stirn, dann drückte er die Ruftaste und hielt es sich ans Ohr.

»Hallo.«

»Hier ist Severin.«

Kaspar schloss instinktiv die Tür zum Büro. Bruno war zwar nicht da und Miriam hatte Kopfhörer auf, trotzdem ...

»Woher hast du meine Nummer?«, fragte er mit gedämpfter Stimme.

»Was spielt's für eine Rolle, woher ich deine Nummer habe. Oder hat dein Wille zur Wiedergutmachung etwa nachgelassen?«

Kaspar merkte, wie der Ton in Severins Stimme in seinen Schultern eine Spannung erzeugte. Es war wie ein Band, das mit einem Spanner festgezurrt wurde. Ritsch ratsch. Er sagte: »Ich kann jetzt nicht so gut sprechen, kann ich später zurückrufen?«

»Ehrlich gesagt passt mir das nicht so gut, aber keine Angst, du brauchst nur zuzuhören.«

»Mach schnell.«

»Du bist nicht etwa ein bisschen gestresst oder so? Das wäre eher ungünstig.«

Kaspar biss die Zähne zusammen und sagte nichts.

»Also folgendes, ich habe mich entschieden, dich nicht anzuzeigen. Allerdings nur, wenn wir das zu meiner Zufriedenheit regeln können.«

»Was meinst du damit?«

»Na ja, ich hab eine gebrochene Nase, der Arzt meinte, dass wahrscheinlich keine Operation nötig ist, aber man weiss ja nie. Und ich habe Schmerzen. Ich würde eigentlich gerne etwas unbezahlten Urlaub nehmen, damit ich mich erholen kann.«

»Wieviel?«

»Zehntausend.«

Kaspar zögerte, dann sagte er: »Ich hab nicht so viel Geld.«

»Deshalb gebe ich dir auch eine Woche Zeit, um es zu besorgen.«

»Ok. Hm, danke.«

»Ach ja, und bar.«

Kaspar schwieg.

»Ich nehme das mal als Zeichen des Einverständnisses.« Severin beendete den Anruf und Kaspar verliess die Küche. Das Band blieb gespannt.

Patrick sass in der Gartenwirtschaft des Dos Santos. Er hatte sein Notebook dabei und klickte sich durch die Szenen eines Bike-Films, den sie die Woche zuvor in der Nähe von Steg gedreht hatten. Sie fuhren über einen schmalen Trail, der entlang eines felsigen Steilhangs verlief. Patrick wusste, wie gefährlich die Stelle war. Für jemanden, der sie nicht kannte, sahen die Szenen allerdings ziemlich unspektakulär aus. Er fragte sich gerade, wie er der Crew vermitteln sollte, dass das Material nichts hergab, als eine Nachricht auf dem Bildschirm erschien.

»interessiert an dreh und postproduktion von unterwasseraufnahmen?«

»wieviel?«

»7000«

»sehr aufwendig?«

»es geht«

»ok«

Bruno wachte spät und unerholt auf.

»Krass, wie siehst du denn aus?«, sagte Gerda, als er zerzaust und ein bisschen wacklig in die Küche kam.

Er verzog das Gesicht und sagte matt: »Kannst du nicht das Fenster ganz öffnen, wenn du rauchst?«

Gerda machte eine ihrer ›Oh, oh‹-Gesten. Was all die Typen nur mit Rauchen und Fenstern hatten.

Dann öffnete sie beide Fensterflügel und setze sich wieder, während Bruno die Augen zukniff, vor dem Tageslicht in den Flur zurückwich und seine Trainingshosen hochzog.

»Bist du nochmal weg gestern?« fragte Gerda überflüssigerweise.

Bruno nickte mit trübem Blick.

Gerda schüttelte den Kopf und blätterte im aktuellen Loop. Nach einer Weile sagte sie: »Mann, ich werde alt, ich kenn die Hälfte der Bands hier drin gar nicht mehr.«

Bruno stand im Türrahmen, unschlüssig, ob er ins Bad gehen oder erst einen Schluck Saft trinken sollte.

Ohne aufzuschauen, sagte Gerda: »Lustig, du kratzt dich immer noch zwischen den Beinen, wenn du nicht weisst, was du tun sollst.«

Bruno ging ins Bad, wusch sich das Gesicht und ging aufs Klo. Als er zurück in die Küche kam, wirkte er um Einiges frischer.

»Ihr arbeitet nicht so oft?« meinte Gerda.

»Momentan reichen bei mir dreissig Stunden die Woche«, sagte Bruno ruhig.

Er goss sich eine grosse Tasse Kaffee ein und setzte sich an den Tisch.

Nach einer Weile fragte Gerda: »Was meinst du Bruno, ist es eigentlich in Ordnung, wenn ich hier wohne, bis ich etwas gefunden habe?«

Bruno nickte und fragte gleichzeitig: »Was ist mit Kaspar?«

»Ich mag nicht an Kaspar denken.«

»Ok.« Bruno zuckte mit den Schultern, momentan wollte er vor allem in Ruhe seinen Kaffee trinken.

In diesem Moment knallte Gerda das Loop auf den Tisch und schnaubte: »Scheisse, du hast dich wirklich kein bisschen verändert! Du findest immer noch alles ok und verstehst immer alles, das ist widerlich, bist du nicht wenigstens einmal baff, verstört, oder zumindest wortlos?«

»Weiss nicht«, sagte Bruno. »Wortlos bin ich manchmal schon. Wenn etwas Schlimmes passiert, zum Beispiel. Nicht, weil ich von meinen Gefühlen überwältigt bin, sondern, weil ich in dem Moment keine habe. Das ist eigentlich ein schöner Zustand.«

Gerda schaute ihn prüfend an: »Hast du was genommen oder woher kommt der plötzliche Redeschwall?«

»Aspirin, oder vielleicht der Kaffee? Ich dachte nur, ich erkläre mal, wie ich in etwa funktioniere, vielleicht hilft das irgendwie.«

»Nein. Ich versteh immer noch nicht, warum du alles verstehst«, sagte Gerda und blickte Bruno an: »Sowieso, du bist komisch heute.«

»Schon möglich.«

Gerda zuckte mit den Schultern und blätterte um:

»Wow«, sagte sie plötzlich, »in drei Wochen spielen Exakt im Eck.«

Bruno stellte die Kaffeetasse auf die Ablage und sagte: »Nicht möglich, zeig mal her!«

Gerda reichte ihm das Loop. »Krass«, meinte Bruno, dann stutzte er, »und irgendwie seltsam, dass Mark nichts davon gesagt hat. Sonst redet er schon Monate zuvor über irgendwelche Konzerte, die er veranstaltet. Und gerade Exakt.«

Tatsächlich war Exakt eine von Marks Entdeckungen gewesen. Baldachin, Funke und Taxi, Synthesizer, Bass und Schlagzeug. Mark brachte sie gegen alle Widerstände ins Eck, das damals noch ein strikter Post-Punk- und Hardcore-Laden war. Doch der harte Elektroclash kombiniert mit scheinbar sinnlosen ins Mikro geschrienen Phrasen wie »Ein Moment Herr Konsument!« oder »Bodenfrost, Dosenkost!« überzeugte schon nach dem dritten Stück die hartgesottensten Polit-Punker.

Exakt waren das erste Gesprächsthema von Mark und Bruno, das sie ihren zehnjährigen Altersunterschied vergessen liess. Mark schickte Baldachin sogar die erste Holz-CD, die ihm Bruno aus Spass mal gegeben hatte. Baldachin war begeistert und schrieb damals Bruno, dass er mehr über diese Trail-Tracks erfahren möchte.

»Egal, ich hab später eh noch eine Kollektiv-Sitzung, da seh ich ihn«, sagte Bruno und schaute nochmal kopfschüttelnd auf die Ankündigung. »Ich hab wirklich schon lange nichts mehr von Baldachin gehört. Ich dachte schon, Exakt hätten sich getrennt.«

»Das waren wir, Bruno.«

Bruno lachte kurz.

Gerda wartete einen Moment, dann fragte sie: »Bist du eigentlich die ganze Zeit solo geblieben?«

»Schon, also nichts Festes. Wollte ich nicht. Höchstens vielleicht mit der Rad-Frau.«

»Die Rad-Frau?«

»Ich war auf einer Tour durchs Tösstal, so die hundertzwanzig Kilometer viertausend Höhenmeter-Sache ...«

Gerda winkte ab: »Interessiert mich nicht, was das genau für eine Tour war.«

»Jedenfalls kam sie mir in der Nähe des Bachtels entgegen und ich stieg ab, weil der Trail da recht schmal war.« Bruno biss in seinen Toast.

»Und?«

»Wir haben ein bisschen geredet und dann sind wir weitergefahren.«

»Ist das alles?«

»Hmm, es war so etwas an ihr. Ich musste ein paar Mal an sie denken und bin, wenn ich zurückschaue, doch öfters in der Gegend biken gegangen als vorher. Als ich sie dann plötzlich wiedersah, war ich ziemlich überrascht. Wir sind stehengeblieben und haben nicht viel gesagt.«

»Und dann seid ihr ins Unterholz. Krass. Und dann?«

Bruno rückte auf seinem Stuhl hin und her: »Sie wollte nicht so mit Telefon und Facebook-Freunde und so. Aber wir sind uns dennoch einige Male wieder begegnet.«

»Wie das denn, das Gebiet ist doch ziemlich gross?«

»Ich bin, ehrlich gesagt, damals sehr oft in der Gegend biken gegangen. Irgendwann traf ich sie nicht mehr an. Dann kam der Winter und dann habe ich diesen Eschenberg-Trail angefangen.«

»Wie hiess sie?«

»Erika Frieden. Ich habs mal auf einem Ausweis gesehen, der aus ihrem Rucksack herausgefallen war.«

»Und du hast nicht ...?«

»Doch natürlich, aber in der Gegend gab es niemand, der so hiess, und eine grössere Suche zu starten, fand ich idiotisch. Und falsch.« Bruno räumte sein Geschirr weg und stellte es in den Abwaschtrog. Er drehte sich zu Gerda um. »Ich möchte noch ein wenig Musik machen, bis ich gehen muss, kommst du zurecht?«

»Ich glaub schon. Elektroholz?«

Bruno nickte.

»Eigentlich schade, du warst ein ziemlich guter Gitarrist. Und Keyboard hast du auch gespielt.«

»Tu ich immer noch, aber momentan macht mir das mehr Spass.«

»Lass mal was hören.«

»Klar.«

»Ach ja, und Bruno, ich zahl auch was für das Zimmer, wenn ich wieder mehr habe.«

»Mach dir keinen Kopf«, sagte Bruno während er sich wegdrehte. »Wenn du was tun willst, der Abwasch wäre fällig.«

»Klar.«

Bruno schaute über die Schulter. Gerda schien eine Spur zu fröhlich zu sein. Beim Hinausgehen sagte er: »Lass die Fenster offen.«

Er ging in sein Zimmer, setzte sich vor den Computer und startete das Sequencer-Programm, mit dem er seine Holz-Stücke bearbeitete. Er brachte nicht allzu viel zustande, im Wesentlichen lud er die Samples seiner letzten Tour in die Bibliothek und arrangierte verschiedene Knacklaute, sodass sie einen Polyrhythmus ergaben, der an Merengue erinnerte. Trotzdem vergingen zwei Stunden, bis er das Dokument sicherte. Dann begann er sich anzuziehen.

Zweiviertel, regelmässige Schläge von dürren Birkenstöcken auf einen Buchenstumpf, Tannenzapfen über Schnittkante, synkopisch, ich hab immer wieder das Gefühl, ich hätte ihn noch zurückhalten können, sagen, ›lass einfach Patrick da reinspringen, du musst ja nicht mehr bei jedem Scheiss mittun.‹ Andrerseits, so Sachen haben sie andauernd gemacht und als sie da im Wasser waren, hat doch alles so harmlos ausgesehen, und ich hab gedacht, ›die sind halt einfach auf was drauf, – hm, so geht das dann nicht weiter, wenn das Kind da ist.‹ Davon, dass Florim rot war und quaddlig, hab ich gar nichts gesehen. Und nachher, als er weg war, ... hast du das auch schon bei jemandem erlebt? Also, dass der Mensch im Bild fehlt? Ähm, ist schwierig zu erklären, es ist wie eine Lücke in der Welt, kein wirkliches Loch aber ein Ort, wo die ganze Realität hineingesogen wird. Also hab ich die Realität aus Patrick wieder herausprügeln wollen, bis ich nicht mehr konnte. Und der, also, er hat sich überhaupt nicht gewehrt und das wirkte für mich so, als wäre er froh, dass er Prügel bekam. Und so ist Patrick normalerweise nicht, oder? Schliesslich sind sie gekommen und haben ihn gefragt, wo's genau passiert sei und dann ist der Taucher in den See und mich haben sie mitgenommen und Patrick auch. Ihn haben sie ja stundenlang verhört. Mich haben sie auch wegen der Drogen gefragt, aber ich hab gesagt, ich sei schwanger und sicher nicht so bescheuert, Drogen zu nehmen, das haben sie mir dann geglaubt, und als sie endlich gemerkt haben, dass Florim der Vater ist, haben sie auch den Ton gewechselt, Tanne, Kammer, Rieseln, Tannennadeln, schmirgeln, Bass mit morscher Birke.

Bruno trank in der Küche ein Glas Wasser, als die Hausglocke läutete.

Kaspar war wiederum auf das schwungvolle Öffnen der Tür vorbereitet. Er hatte seine Mütze abgenommen und wischte sich den Schweiss vom kurzrasierten Kopf.

»Hi«, sagte Bruno mit unterdrückter Stimme und schaute kurz in Richtung des Arbeitszimmers.

Situationen wie diese hasste er. Er konnte diese Art von Spannung nicht ertragen. Der eine Pol dieser Spannung befand sich hinter der verschlossenen Zimmertür. Der andere stand vor ihm.

»Was gibt's?« fragte Bruno.

»Ich hab ein Problem.«

»Ich muss gleich los. Wenn du willst, besprechen wir das auf dem Weg in die Stadt. Hast du dein Rad dabei?«

»Nein.«

»Ok«, Bruno schaute auf sein Handy, »Ich bin relativ früh dran, dann stoss ich halt.«

»Wenn's dir nichts ausmacht.«

»Geht schon, lass uns gehen.« Bruno schob Kaspar vor sich hin und schloss die Wohnungstür.

Nachdem Bruno sein Rad aufgeschlossen hatte und sie ein paar Schritte gegangen waren, fragte er: »Gut, was ist es?«

Kaspar sagte nichts und Bruno fuhr fort: »Ok, dann habe ich was zu sagen. Also, Gerda wohnt vorübergehend bei mir. Sie sagte zwar, sie wolle nicht, dass das die Leute wissen, weil jemand vorbeikommen könnte, den sie nicht sehen kann oder will. Ich schätze dich aber so ein, dass du das nicht tun wirst. Du bist ja jetzt gekommen, ohne zu wissen, dass sie hier ist, oder?«

Kaspar runzelte die Stirn, dann nickte er. Schliesslich sagte er: »Das ist alles eine riesige Scheisse.«

»Was genau?«

»Das mit Gerda, mit diesem Severin, alles.«

Bruno beobachtete den Mittagsverkehr und Kaspar fuhr fort: »Ich weiss ja, du bist sowas wie der Ex von Gerda, und es ist doof mit dem ganzen Scheiss zu dir zu kommen. Ich weiss auch, was du gedacht hast, als du uns zusammen gesehen hast.«

»Was habe ich denn gedacht?«

»Du hast gedacht, wir beide würden uns kaputtmachen. Wenn du es also sagen willst, tu es.«

»Ich muss es nicht sagen, aber ja, gedacht hab ich es.«

»Weil du es uns nicht zutraust, ein Paar zu sein.«

»Das trau ich euch schon zu, gleichzeitig seid ihr offensichtlich Persönlichkeiten, die leicht ausser Kontrolle geraten. Aber ihr glaubt beide immer wieder, ihr habt alles im Griff.«

»Haben wir auch.« Kaspar setzte seine Mütze wieder auf.

»Ja, für neunundneunzigkommaneunneun Prozent der Zeit schon. Und ich versteh auch, dass es für euch unheimlich wichtig ist, dass ihr alles selbst bestimmt, nur, wenn ihr in nullkommanulleins Prozent der Zeit alles kaputtmacht, was bringt es dann, in der restlichen Zeit die Kontrolle zu haben? Vielleicht solltet ihr anfangen, die Leute ernst zu nehmen, die sagen, ihr sollt euch helfen lassen.«

»Hab ich ja, mir helfen lassen, und ich bin dran, den Rest auch noch in den Griff zu bekommen. Das geht auch nicht«, Kaspar schnippte mit den Fingern, »einfach so. Aber darüber wollte ich eigentlich gar nicht reden.«

»Worüber dann?«

Bruno schob sein Rad über eine Baumwurzel, die den Gehsteig bis in die Mitte aufgerissen hatte. Die Glocke gab ein kurzes Klingeln von sich. Kaspar zögerte einen Moment und sagte: »Severin meinte nun doch, er wolle die Sache aussergerichtlich regeln und ich kann irgendwie nicht anders, als darauf einzugehen.«

Bruno spürte, wie sein Handy vibrierte. Er nahm es im Gehen aus der Hosentasche und schaute auf das Display.

Gerda: »?«

War klar. Er schrieb »alles ok« während er Kaspar fragte: »Wieso genau musst du darauf eingehen?«

»Ich habe schon zu viele Flecken in meinem Lebenslauf.«

»Du hast keinen Lebenslauf.«

»Du weisst, was ich meine. Schau Bruno, mir gefällt's ja bei euch, aber vielleicht möchte ich irgendwann doch noch den Hochbauzeichner machen, oder eine andere Ausbildung, damit ich irgendeinen

Wisch habe. Ausser bei euch scheint man das überall zu brauchen. Und ich weiss ja auch nicht, ob Miriam nicht plötzlich doch findet, dass ihr mich nicht braucht.«

»Und wo genau liegt das Problem?«

»Ich hab zu wenig Geld, um auf den Vorschlag eingehen zu können. Severin verlangt Zehntausend, aber ich hab nur knapp zwei. Ich bitte dich nicht, mir was zu leihen, oder so viel vorzuschiessen. Vielleicht kannst du mir aber irgendeinen Rat geben.«

»Kleinkredit? Du bist ja immerhin bei uns angestellt.«

»Habe ich versucht, die wollten mir nichts geben. Ich hatte früher immer Schulden und ja, mein aktueller Arbeitsvertrag hat sie nicht beeindruckt.«

»Hm. Strassenmusik?«

»Ich war mal Ersatzschlagzeuger bei einer Speed-Metal-Band, allerdings mit Betonung auf Speed. Ich dachte, vielleicht hättest du eine Idee für einen Nebenjob, ich kann ziemlich vieles.«

Brunos Handy vibrierte.

Gerda: »?!«

»...«

Kaspar schielte auf Brunos Handy und dieser meinte: »Gerda hat dich gesehen und will wissen was los ist. Ich hab sie auf später vertröstet.«

Kaspar sagte nichts.

Bruno überlegte, dann fragte er: »Wieviel Zeit hast du?«

»Eine Woche, hat er gemeint.«

»Warum? Braucht er Geld?«

»Ich glaube, es geht ihm darum, ein bisschen auszukosten, dass er mich in der Hand hat. So eine Art späte Rache.«

Nach einer Pause meinte Bruno: »Ich weiss, du hast keinen Kontakt zu deinem Bruder, aber könnte der nicht aushelfen? Was macht der überhaupt?«

»Er arbeitet als Maurer. Und er ist bei der ICF.«

Bruno hob die rechte Augenbraue.

Kaspar schaute auf den Boden und sagte: »Ich finde das besser als Knast.«

Bruno sagte: »Du hast wahrscheinlich recht.«

»Er hat mir geholfen, als ich im Dreck steckte. Mit dem Missionieren hielt er sich zurück. Und ein paar Dinge, die er sagte, haben mir auch eingeleuchtet.«

»Zum Beispiel?«

»Einmal sagte er, dass er zu jeder Minute weiss, dass er geliebt wird, egal, was er gerade macht oder was immer er angestellt hat. Als ich das hörte, fühlte ich etwas wie Sehnsucht nach diesem Gefühl, als würde es etwas sein, was ich nie kriegen würde. Ich beneidete ihn um die Ruhe, die er ausstrahlte.«

»Ich weiss in etwa, was du meinst.«

»Ich bin einmal zu so einem Event mitgegangen. War nichts für mich. Aber ich bin ihm dankbar.«

»Und weshalb kannst du ihn nicht fragen?«

»Er hat mal gesagt, ich dürfe ihn dreimal enttäuschen. Scheint so eine Christensache zu sein, er sagte oft dreimal.«

»Und?«

»Es waren einige Male mehr. Das heisst, ich würde mich besser fühlen, wenn ich alles verlieren würde, als wenn ich ihn nochmal um einen Gefallen bitten müsste. Ausserdem hat seine Frau erwirkt, dass ich einen Mindestabstand von dreihundert Metern zu ihnen halten muss.«

Bruno schaute ihm stumm in die Augen und Kaspar sagte: »Ich hatte was versteckt dort. Aber sie haben Kinder und die sind neugierig.«

Bruno blieb stehen. »Was denn?«

»Eine Pistole.« Als Kaspar Brunos Blick sah, fügte er an: »Das Magazin war leer.«

»Wozu hattest du eine Pistole?«

»Wozu ich eine habe, meinst du?«

Bruno sagte zögernd: »In dem Fall, ja.«

»Ich hab mich mit seltsamen Leuten rumgetrieben, das wusstest du ja schon. Und von meiner Familie hab ich auch schon erzählt, oder?«

Bruno nickte und schob sein Rad wieder an.

»Ich hab die Waffe nicht gekauft, um irgendwelche Überfälle zu machen, wenn dich das beruhigt. Weiss nicht, ich glaube, es war das ständige Klima der Bedrohung. Und ich wollte Selbstbestimmung haben.«

»Und wozu brauchst du da genau eine Waffe? Um dich gegen irgendwelche Angreifer zu verteidigen, hier bei uns, das ist doch total absurd?«

»Ich weiss, und doch, ich kannte schon Leute, die ...«, Kaspar hielt inne, dann sagte er: »Aber das war nicht die Hauptsache. Selbstbestimmung, das bedeutete für mich auch, dass ich mich jederzeit umbringen konnte, wenn ich das wollte. Seit ich die Waffe habe, bin ich ruhiger. Im Moment weiss ich noch nicht mal genau, wo ich die Munition hingetan habe.«

Sie gingen weiter stadteinwärts. Für eine Weile schwiegen sie. Bruno wechselte von Zeit zu Zeit den Griff am Lenker, um das Handgelenk zu lockern. Schliesslich fragte Kaspar: »Wie geht's Gerda eigentlich?«

»Ich weiss nicht genau, ich denke, nicht allzu schlecht.«

Kaspar nickte: »Ich find's gut, dass sie bei dir ist.«

Bruno schaute ihn an.

»Besser als woanders auf alle Fälle. Ich vermisse sie extrem. Ich kann nicht so gut, also reden über so Dinge. Ich hab ihr ein paar Mal geschrieben, doch sie hat bis jetzt nicht darauf reagiert. Ich begreif ja, dass sie nicht irgendwo in einem Laden mit mir reden will, es macht mich dennoch fertig, dass sie auf nichts antwortet.«

»Ich versuch mal, sie darauf anzusprechen; du weisst ja, viel bewirken wird das kaum.«

Kaspar schaute ihn an: »Nur um sicher zu gehen, wie sieht's denn aus, wenn du plötzlich deine Gefühle für Gerda wiederentdeckst?«

Bruno winkte ab: »Wir waren ja nicht mal richtig zusammen.«

Kaspar legte kurz den Kopf zur Seite, dann nickte er zögernd und sie gingen eine Weile nebeneinander her, bis Bruno sagte: »Ich könnte höchstens Mark fragen, die suchen eine Aushilfe.«

»Im Eck?« Kaspar lachte kurz. »Ich hab da Hausverbot.«

»Als Gast. Nein, im Ernst, ich kann mit Mark ziemlich gut und wenn ich quasi für dich bürge, könnte es vielleicht klappen. Allerdings fürchte ich, dass du in einer Woche kaum so viel verdienen wirst, wie du brauchst, du hättest jedoch eine Sicherheit mehr und vielleicht kann man mit diesem Severin auch nochmal reden.«

Kaspar schaute misstrauisch: »Ich glaub wirklich nicht, dass Mark ... also, er schien ziemlich angepisst zu sein.«

»Lass mich mal schauen.« Bruno blieb stehen und sagte: »Ich muss da lang.«

Er stieg auf das Rad, hielt kurz inne und meinte: »Sagen wir mal, das klappt im Eck und sagen wir mal, ich würd dir den Rest vorschiessen, wie kann ich sicher sein, dass du nicht wieder austickst oder dich doch an den Ort erinnerst, wo du die Munition hingetan hast?«

»Kannst du nicht, doch ich versuch mein Bestes.«

»Das ist ehrlich, aber wenig.«

»Ich meine es so, ich versuch wirklich alles, was ich kann!«

Breitholz-Generator, Underdog, Sägespäne, Tannenbauch, Grind, schnell, es ist ja nicht nur die Sache mit dem See, schon vorher, Patrick hat Florim immer zu allem möglichen Irrsinn angestiftet und mit ihm gespielt. ›los Florim, höher, die Gap schaffst du!‹, und ich musste ihn zweimal zusammenkratzen und das letzte Mal war ich schon schwanger, obwohl, wir haben's damals noch niemandem gesagt. Einmal bin ich allein zu Patrick gegangen und hab ihm gesagt, dass er Florim nicht immer irgendwas ins Hirn pflanzen solle und ihm vor allem nicht dieses billige Speed geben. Patrick hat mir zwar zugehört, ja, aber er hatte immer diesen Gesichtsausdruck, du siehst ja manchmal nicht, was sein Mund macht hinter dem Bart und ich hatte das Gefühl, dass der mich die ganze Zeit angrinst, Lorbeer-Schranz, Lindentrott, Zweiviertel, Rubato, Rinde.

Auf dem Weg zum Eck schrieb Bruno Gerda, dass alles soweit ok sei.

Sie antwortete nicht.

Bruno fragte sich einmal mehr, weshalb er überhaupt bei den Kollektiv-Sitzungen dabei war. Er begann regelmässig im Eck zu verkehren, als die Tanzsportjugend, wie seine Generation hier bisweilen genannt wurde, das Lokal für sich entdeckte. Wahrscheinlich war er im Kollektiv so etwas wie deren Vertreter, obwohl er sich von jeder Art von Tanzveranstaltung fernhielt. Oder Mark hatte ihn damals einfach nur gefragt, weil er niemand anders finden konnte. Bruno kam es so vor, als verlaufe die Sitzung heute besonders zäh. Er hatte Mühe, die Augen offen zu halten. Silbe, die Kellnerin, stupste ihn an: »Ich hab dir gestern gesagt, du sollst nach Hause gehen. Versuch wenigstens so zu tun, als wärst du wach.«

Man beriet über die neue Lüftungsanlage, darüber, wie man neue Mitglieder für den Soli-Fonds finden könnte und ob man im Männerklo wieder einen Spiegel anbringen sollte. Ausserdem waren zwei Libanesen beim Dealen erwischt worden. Weil es sich um Asylsuchende handelte, beschloss man, erst im Wiederholungsfall ein Hausverbot auszusprechen. Brunos Kopf wurde schwerer und er tauchte kurz weg. Ein »Aufwachen, Sport-Lümmel« weckte ihn und er quittierte mit einem »Klappe, Linksspiesser«. Silbe machte den Vorschlag, Schwanzab, die Spezialabfüllung der Frauen-Brauerei in Oberwinterthur ins Sortiment zu nehmen. Wegen des Namens des Bieres, offensichtlich eine Anspielung auf die hier verpönte Marke Chopfab, entschied man sich dafür, obwohl die wenigsten das Bier kannten.

Der Kassier, der schon eine Weile auf seinem Stuhl hin und her gerutscht war, ergriff schliesslich das Wort und schnauzte Mark an, weil dieser offensichtlich mit Bands Gagen abmachte, ohne Rückfrage mit dem Team zu halten. »Ich habe erst im Loop davon erfahren, dass Exakt hier spielt und dann eine SMS von Mark erhalten, in dem lediglich stand: ›Exakt 1500.‹ Ich kann's euch zeigen, ich hab die SMS noch.«

Einige grinsten.

»Jaja, lustig, was ...«, die Stimme des Kassiers wurde um eine Terz höher, »aber das können wir uns nicht leisten.«

Bruno erwiderte, er solle einen Teil davon aus dem Werbebudget bezahlen, die Band kriege bestimmt viel Aufmerksamkeit in der Presse, wenn sie hier das einzige Konzert in der Umgebung spiele.

»Es gibt nicht nur deine Velo-Fritzen in dem Laden hier und ausser denen interessiert sich niemand für diesen Elektro-Kram«, sagte der Kassier und Mark meinte, er hasse Velofahren, und nach Exakt würde sich jeder Club der Umgebung die Finger lecken.

Bruno fuhr fort: »Und wir kriegen sie für ... für wieviel?«

»Einsfünf«, sagte der Kassier und Bruno fuhr fort, »also für den Viertel von dem was sie sonst nehmen. Das geht auch bloss, weil Mark nicht nur die ersten Exakt-Konzerte in der Schweiz organisiert hat, sondern auch die Band der Bassistin, äh ...«,

»Telefunken«, sagte Mark.

»Ja, Telefunken, veranstaltet hat, als sich sonst kein Schwein dafür interessierte.«

»Bruno hat recht«, meinte Silbe, über die Hälfte des Kollektivs nickte und die Sache war beschlossen.

Nach der Sitzung brachte Mark Bruno einen Lindenblüten-Eistee. Bruno bedankte sich, obwohl er in der trüben Flüssigkeit ein Brusthaar mit Wurzel schweben sah.

Mark setzte sich ihm gegenüber an den Tisch: »Danke Bruno.«

»Gerne, und nicht ganz uneigennützig, wie du weisst. Ausserdem hätte ich da noch eine Sache.«

»Schiess los.«

»Ihr sucht doch noch immer eine Aushilfe?«

»Ja, hast du wen?«

»Kaspar.«

»Euer Schläger?«

»Exakt.«

Mark lachte. Als er merkte, dass es Bruno ernst meinte, runzelte er die Stirn: »Uh, heikel.«

»Ich weiss.«

Mark schaute in seinen Kaffee und Bruno schilderte in kurzen Zügen seine Unterhaltung mit Kaspar. Ausserdem gab er zu bedenken, dass dieser noch nie Ärger gemacht habe, obwohl er schon eine Weile im Eck verkehre. »Vielleicht kannst du es als eine Art der Wiedergutmachung verkaufen, Aushilfe ist ja ziemlich der mühsamste Job hier.«

Mark wiegte den Kopf hin und her.

Bruno sagte: »Überleg's dir.«

»Werd ich möglicherweise. Magst du den Eistee nicht?«

»Da schwimmt ein Brusthaar drin.«

Kaspar fühlte sich ein bisschen besser, als er ins Büro kam. Miriam schaute ihn bloss an, sagte aber nichts. Er setzte sich vor seinen Bildschirm und sie arbeiteten beide stumm für eine Weile.

Miriam schaute hin und wieder über den Bildschirmrand.

Dann rollte sie mit ihrem Sessel ein wenig nach links, legte die Arme auf den Tisch und faltete die Hände.

Kaspar sass aufrecht in seinem Stuhl und schaute sie an. Sie sahen für einen Moment aus wie ein Bild in einer Broschüre zum Thema »Der korrekte Umgang mit Untergebenen bei disziplinarischen Massnahmen«.

Miriam sagte: »Nochmal kurz wegen letztens.«

Kaspar nickte: »Ja.«

»Ich hab mir da ja so meine Gedanken gemacht.«

Kaspar nickte wieder.

Miriam wartete einen Moment, dann schoss es aus ihr heraus: »Du bist aber auch ein Vollidiot!«

»Ich weiss.«

»Ich meine es!«

»Ich auch.«

»Aber«, sagte sie ruhiger, »es ist nicht das erste Mal, dass sowas passiert, wenn Gerda irgendwo auftaucht.«

Kaspars Blick wurde ernster: »Ich glaub nicht, dass man sie hierbei für irgendetwas verantwortlich machen sollte.«

»Jaja, ich versteh schon, Gerda wird nie für irgendetwas verantwortlich gemacht, sieht offenbar auch Bruno so, doch wenn ich mal irgendeinen Fehler mache, dann ..., ach egal, ich finde das ungerecht und ich find es auch entmündigend jemandem gegenüber, wenn man ihn nie zur Verantwortung zieht.«

»Da magst du schon recht haben, aber in diesem Fall bin einfach ich schuld und sonst niemand.«

Miriam atmete aus, schaute Kaspar an und sagte etwas ruhiger: »Ok, um es nochmal zu sagen, solche Dinge können wir uns nicht leisten, schon gar nicht im Eck. Gestern meinte einer zu mir, ob unsere bevorzugte Architekturrichtung neuerdings der Brutalismus sei.«

Sie legte kurz ihre beiden Handflächen auf den Tisch, dann rollte sie den Sessel wieder hinter ihren Computer.

Nach einer Weile fragte Kaspar: »Hat sich der Statiker gemeldet?«

Miriam schaute auf: »Stimmt, ja, hab ich vergessen. Also, ja, er bestätigt, wart, ich hab hier den Ausdruck, ›dass die Toleranz der Aussparungen für den Stahlrahmen auch bei grossen Temperaturunterschieden ausreichend ist‹. Tausendfünfhundert für das Ganze, hoffentlich kriegen wir den Zuschlag.«

Kaspar wollte etwas sagen von wegen subjektives Sicherheitsbedürfnis von Bauherren. Er liess es bleiben.

Nach etwa einer Stunde kam Bruno. Er betrachtete Miriam und Kaspar, die beide schweigend vor ihren Maschinen sassen, sagte »Hi« und erntete dafür ein kurzes Nicken von Miriam. Kaspar schaute einen Moment lang fragend, Bruno nickte und machte mit seiner Hand eine vage Geste.

Miriam fragte: »Was?«

Bruno sagte: »Die Chance, dass Kaspar einen zweiten Job kriegt, um Severin eine Genugtuung zu zahlen.«

Miriams Pupillen richteten sich nach einer Rolle wieder auf den Bildschirm.

Bruno setzte sich an seinen Arbeitsplatz, zog das Gutachten zu sich hin und überflog es nickend.

Nach einer Weile fragte er Miriam: »Hast du eigentlich etwas von diesem ...«

Miriam fuhr ihn an: »Leibach! Lern endlich diesen verdammten Namen!, und nein, er ist an einer Tagung in Helsinki.«

Borke, Tropfen von Blättern nach Regen, unbestimmt, feucht, Birke, dumpf, es ist nicht Angriff oder Flucht, wann begreifen das diese Idioten endlich! Es ist Angriff, Flucht oder Starre! Fight, flight, freeze! So funktioniert der Alarmapparat. Heisst das Alarmapparat? Naja, du weisst schon, was ich meine, das nächste Mal, wenn du einen Unfall siehst, also wenn du überhaupt noch einen siehst, was ich dir natürlich wünsche, also nicht einen Unfall unbedingt, ach, du verstehst mich schon, dann beobachte mal, wie viele Leute einfach nichts machen. Das ist ja nicht unbedingt sinnvoll, ausser, du hast es mit einem Raubtier zu tun, das dich nur sieht, wenn du dich bewegst, aber es ist absolut normal. Leute, die in einer solchen Situation nichts tun, befinden sich meistens einfach im Überlebensmodus. Bei mir gibt's auch viele Dinge, die mich total einfrieren lassen. Ein Teil von mir geht dann weg von allem, und schaut auf das Geschehen, das so in Zeitlupe dahinfliesst. Er dreht Filme, die er später in meinem Kopf abspult. Oder auch nicht. An vieles habe ich mich jahrelang nicht erinnert. Nicht verdrängt oder sowas, das war nicht in meinem Gedächtnis. Und plötzlich ist es wieder da, nur fetzenhaft, manchmal ist es ein Film in Zeitlupe und ohne Ton. Manchmal höre ich aber auch nur den Ton, oder ich rieche etwas. Das ist ziemlich unheimlich und wenn ich versuche, davon etwas zu beschreiben, kriege ich Angst. Grosse Angst, als fehlte mir die Erlaubnis, etwas davon wirklich festzuhalten und gleichzeitig bekomme ich Zweifel an diesen Erinnerungen, weil sie so anders sind. Wobei, jemand hat mal gesagt, der Zweifel ist ein Zeichen dafür, dass diese Erinnerungen richtig sind, schon paradox, wenn du an dir zweifelst, liegst du richtig. Da hast du auch voll die guten Karten, wenn du mal jemanden anzeigen willst oder so, Schlag, Tanne, Eiche, Tanne, Tanne, Eiche.

Bruno stellte den Rucksack in den Flur, ging in sein Zimmer, zog seine Jacke aus und warf sie auf den Kleiderhaufen neben seinem Bett. Dann ging er zum Arbeitszimmer, horchte kurz und klopfte schliesslich.

Von der anderen Seite kam ein: »Ja?«

Bruno öffnete die Tür und sah Gerda in einem roten Ganzkörper-Pyjama mit ihrem Smartphone auf dem Bett sitzen. Sie nahm die Kopfhörer aus ihren Ohren.

»Wie geht's dir?« fragte Bruno.

»Ok«, sagte Gerda. »Find ich recht cool, dass du mein Schlafteil behalten hast.«

»Das war keine Absicht.«

Gerda nickte und fragte desinteressiert: »Und, warum war Kaspar hier?«

»Du bist nicht sehr gut darin, gelangweilt zu wirken.«

Gerda schaute Bruno fragend an und dieser merkte, dass sie tatsächlich weit weniger gespannt darauf war, was er zu erzählen hatte, als er aufgrund ihrer SMS angenommen hatte. Er sagte: »Ach vergiss, was ich gerade gesagt habe.«

Gerda sah auf ihr Smartphone und fragte: »Wie geht's ihm?«

»Nicht so super, er sagt, er vermisse dich und du würdest auf nichts, was er schreibt, antworten.«

»Mhm«, Gerda blickte nicht auf.

»Bitte regle das doch irgendwie mit ihm. Ich versteh dich ja, Gewalt und so, doch irgendwie bringt mich das Ganze auch in eine dumme Position.«

Gerda bemerkte: »Zur Kenntnis genommen. Hat er sonst noch was gesagt?«

»Er steckt wegen der Nase in Schwierigkeiten, dieser Severin will ihn nicht mehr verklagen, er verlangt nun zehntausend in einer Woche.«

»Das ist weniger schlimm.«

»Ja, trotzdem noch zu viel für ihn und ich kenn Severin ja nicht, ich fand den ganz ok bisher, aber ich bin mir nicht sicher, ob das dann wirklich vorbei ist.«

»Ich glaub schon.«

»Und weshalb?«

»Weiss nicht, Intuition vielleicht.«

»Vielleicht kann er im Eck arbeiten.«

»Was? Wie das denn? Im Eck? Da halten sie ihn doch alle für einen durchgeknallten Schläger.«

»Mark weiss, dass das nicht der Fall ist und vielleicht kann er den Rest des Teams davon überzeugen, dass man ihm den Versuch ermöglichen sollte, etwas wiedergutzumachen.«

»Aber das Geld kriegt er damit auch nicht rechtzeitig zusammen.«

»Ich hab mit dem Gedanken gespielt, ihm etwas vorzuschiessen.«

»Was hast du?« Gerda setzte sich auf.

»Er ist ja immerhin kein Junkie oder so.«

»Mann, Bruno, echt, nimmst du dafür einen Kredit auf oder was?«

»Warum nicht, ich arbeite und ausserdem sieht's gut aus mit dem neuen Auftrag. Mehr als fünf müsste ich eh nicht aufnehmen.«

Gerda liess sich zurückfallen und knallte mit den Schultern an die Wand. »Ich glaubs einfach nicht. Irgendwer, nein schlimmer, der Ex von deiner Ex reitet sich in die Scheisse und du gibst ihm einfach so ein paar Tausender …«

»Also er arbeitet jetzt schon eine Weile bei uns, und ich kriegs ja zurück.«

»Und woher willst du das wissen?«

»Intuition?«

»Mann, du bist so ein scheiss Messias, nein wirklich, genauso, wie du es verdient hast, dass dich die Leute für zweitausend Jahre anbeten, würd ich dir wünschen, dass dich endlich mal jemand an irgendein Kreuz nagelt.« Gerda schüttelte ungläubig den Kopf: »Scheisse.«

Bruno zuckte mit den Schultern und ging in sein Zimmer, um die Radhosen aus dem Kleiderhaufen zu fischen.

Bruno war ziemlich ausser Atem, als er zu seinem Spot kam. Seine Kondition war schlechter geworden, er hatte im Winter weniger Zeit im Wald verbracht, als er sich gewünscht hätte. Der Streckenabschnitt, den er sich vorgenommen hatte, war eigentlich leicht zu fahren. Einige enge Kurven und kurze Sprünge.

Die Wurzeln bearbeiteten Brunos Dämpfer in einem Takt, den er bereits auswendig kannte. Er hätte allein aufgrund der Rhythmuswechsel sagen können, an welcher Stelle der Abfahrt er genau war. Nachdem er den Abschnitt zweimal gefahren war, packte er das Aufnahmegerät aus und nahm das helle Knacken eines dürren Eichenastes auf. Das Geräusch erinnerte ihn an jenes, das er gehört hatte, als er sich damals den Oberschenkelknochen gebrochen hatte.

Vor zwei Jahren hatte er mit den Loops begonnen. Erst wusste er nicht genau, was er damit tun sollte. Dann kam ihm die Idee, den einen oder anderen Track auf eine schnell zusammengebastelte Homepage zu stellen. Patrick realisierte ein Video zu einem Track, der immerhin einige hundert Male angeklickt wurde. Seither stand Bruno in Kontakt mit einer Handvoll Nerds, die alle selbst ziemlich bizarre Aufnahmen machten. Themen wie Polyrhythmen und Mikromelodik interessierten nicht ganz so viele Leute, deshalb freute es ihn umso mehr, dass Baldachin von Exakt dazugehörte. Dieser war auch der einzige, mit dem er wirklich über die Tracks sprach. Er fragte ihn einmal, weshalb er nicht auch die Radgeräusche in seine Musik integriere: »Du sagtest doch, die Idee sei dir nach einer Tour gekommen.«

Bruno musste überlegen, er hatte sich darüber bis anhin keine Gedanken gemacht. Schliesslich sagte er: »Das Interessante ist ja, dass ich während des Fahrens gar nichts höre. Ich denke, das ist, weil die Fülle der visuellen Eindrücke so gross ist. Das Gehör wird bei mir jedenfalls praktisch ausgeschaltet. Als ich die Geräusche nach der Fahrt gehört habe, waren keine Radgeräusche dabei.«

Baldachin meinte: »Vielleicht so eine Instinktsache, dein Hirn befand alle nicht in der Natur vorkommenden Geräusche als unwichtig und blendete sie aus.«

Bruno nickte: »Möglich, wobei, das Sirren des Rades könnte schon mit Tieren, einer Schlange zum Beispiel oder mit Insekten in Verbindung gebracht werden.«

Bruno wollte das Treffen mit Baldachin zum Anlass nehmen, endlich eine Idee zu verwirklichen, die er schon eine Weile mit sich herumtrug. Er hatte bereits seinen Tascam 488 Portastudio 8-Spur-Rekorder aus dem Keller geholt und mehrere Stunden vor seinen Geräten verbracht.

Bruno bestieg sein Rad und hielt einen Moment inne. Dann fuhr er über die Breite ins Stadtzentrum. Er hatte sich dafür entschieden, Kaspar das Geld vorzustrecken. Nachdem er zur Bank gegangen war, suchte er die Nummer der Firma heraus, bei der Severin arbeitete. Bei Medtext meldete sich dieser gleich selbst.

»Hallo, hier ist Bruno.«

»Bruno wer?«

»Bruno Bekannter von Kaspar.«

Am andern Ende war es still. Dann fragte Severin: »Bist du angestellt um den Preis runterzuhandeln? Dann kannst du gleich wieder auflegen.«

Bruno schwieg für einen Moment. Er hörte, wie es am anderen Ende nervös raschelte. Bruno schloss daraus, dass Severin nicht halb so abgebrüht war wie er klingen wollte. Schliesslich sagte er: »Kaspar hat mich gebeten, dir das Geld zu geben.«

Als es am andern Ende still blieb, fuhr er fort: »Ich könnte es dir bringen.«

Severin zögerte. »Besser, wir treffen uns in der Stadt. Wo bist du?«

»Neumarkt.«

Während Bruno beim Kino wartete, schrieb er Kaspar. Er bekam ein Danke in Grossbuchstaben und die Zusicherung zurück, das Geld möglichst schnell zurückzuzahlen.

Er sah Severin von der Technikumstrasse her auf den Platz kommen. Die entschlossenen Schritte passten nicht ganz zu dessen Blicken, die nervös nach Bruno suchten. Sie fanden ihn schliesslich, und Severin kam eine Spur langsamer auf ihn zu.

Sie begrüssten sich kurz. Das Pflaster bedeckte nur noch die halbe Nase Severins und die Verfärbungen waren etwas zurückgegangen. Er nahm den Umschlag entgegen, drehte sich um und zählte das Geld. Bruno bestand darauf, dass Severin ihm den Betrag quittierte, wenn auch nur auf einem mitgebrachten Stück Papier.

Dieser tat es widerwillig, reichte Bruno das Papier und sagte: »Es geht mir nicht darum, mich zu bereichern oder irgendsowas. Vielleicht spende ich auch einen Teil, aber wie ich schon zu Kaspar gesagt habe, wenn man zu solchen Vorfällen immer ja und Amen sagt, dann ändert sich nie was.«

Bruno nickte, allerdings mit blankem Gesicht, sodass Severin unsicher fortfuhr: »Du weisst ja, dass ich in der Politik bin, und wir sind daran, eine Initiative auf die Beine zu stellen, bei der es um häusliche Gewalt, also alle Formen davon, geht. Vielleicht verwende ich einen Teil des Geldes dafür.«

Bruno sagte: »Was immer du für richtig hältst.« Dann drehte er sich mit einem Nicken um und ging.

8

Gerda hatte abgewaschen und Bruno räumte das Geschirr ein, während sie sich einen Joint drehte.

Sie rückte ihren Stuhl zum Fenster, öffnete es und zündete den Joint an. Während sie den Rauch ausatmete, sagte sie mit gepresster Stimme: »Noch wegen letztens, das ist nicht einfach so eine Laune von mir, dass ich weg muss, wenn jemand zuschlägt. Ich krieg da wirklich Panik. Ich hab das Kaspar gesagt, er hat's offensichtlich vergessen.«

»Mann, atme doch erstmal den Rauch aus, bevor du sprichst«, meinte Bruno, dann fuhr er fort: »Seltsam eigentlich.«

»Was ist seltsam?« fragte Gerda, bevor sie einen weiteren Zug nahm.

»Das mit der Angst. Kaspar ist schon mal vor einiger Zeit hier gewesen und hat ebenfalls gesagt, du würdest ihm Angst machen.«

»Was?« Gerda setzte sich auf und starrte Bruno an. »Was wollte der denn hier?«

»Ich weiss es ehrlich gesagt nicht. Er hat irgendwie nichts Konkretes gesagt, ausser eben, dass du ihm Angst machst, dann ist er ziemlich schnell wieder gegangen. Und er hat gefragt, was es heisst, wenn du schreibst, du seist modus.«

»Hm. Ist doch klar. Kaspar braucht doch selbst manchmal seltsame Wörter.«

»Mir kam es auch seltsam vor. Aber natürlich kann ich verstehen, dass Leute Angst vor dir haben.«

»Ach komm schon, ich geb mir doch die ganze Zeit Mühe, nett zu sein.«

»Du vergisst, dass wir ein paar Monate zusammen waren.«

Gerda lachte. Dann wurde ihr Gesicht ernster, sie nahm einen Löffel vom Tisch und drehte ihn in ihrer rechten Hand: »Du weisst, ich hab mich momentan nicht schlecht im Griff.«

»Was heisst im Griff?«

Gerda legte den Löffel wieder auf den Tisch und deutete mit den Augen auf den Joint: »Ich komm zurecht, mit Kiffen, hin und wieder mit Trinken und Thurgau-Speed, wenn ich wach sein will, aber trotzdem, keine grossen Exzesse. Und keine Viren-Männer.«

»Viren-Männer?«

»Viren, ja.«

»Fragezeichen?«

»Ich hab ihnen früher Vampire gesagt, Blutsauger. Sie machen leer. Kaspar ...«, Gerda schaute kurz aus dem Fenster und fuhr betont nüchtern fort: »Wie gesagt, Kaspar sagt manchmal solche Dinge.«

»Was für Dinge?«

»Pfff, ich sag, der Laden ist voll von Vampiren, er sagt Viren.«

Bruno schaute immer noch fragend.

»Oh Mann, du warst auch schon schneller.« Sie atmete tief ein: »Also, dass Leute, die einen aussaugen, die Energie rauben, als Vampire bezeichnet werden, ist ja nichts neues, oder? Und es gibt tatsächlich Leute, bei denen ich mich wie eine leere Hülle fühle, die so trickfilmmässig in sich zusammenfällt. Aber als Kaspar Viren gesagt hatte, fand ich das plötzlich besser. Weil gewisse Typen bei mir irgendwelche Programme starten, sie nisten sich irgendwo in meinem Kopf ein, und ich beginne anders zu reagieren und anders zu denken. Etwas in mir weiss, das ist schlecht, das macht dich kaputt, aber es nützt nichts. Da ist ein Teil, der sagt, hey geil, hehe, du hast das alles total im Griff und so. Das ist ein doofer, aber starker Teil und ein anderer Teil verstummt und zieht sich zurück. Und dann passiert irgendein Scheiss. Und dann kommt dieser Teil wieder zum Vorschein. Und mit sich bringt er einen ganzen Seesack voller schlechter Gefühle. Wirklich schlechter Gefühle. Und er sagt, du bist das letzte, weg mit dir, leide, stirb!«

»Das klingt nicht sehr angenehm und deckt sich auch nicht sehr mit dem Bild, dass die Leute von dir haben.«

»Ich weiss. Ich hab früher immer gesagt, wenn du Scheisse erlebt hast, dann reicht das ja wohl. Und ich glaubte es ist am besten mich so zu verhalten, als hätte ich nichts davon erlebt. Das kann nach aussen ziemlich stark wirken. Aber es ist auch anstrengend. Denn gleichzeitig verkrieche ich mich manchmal und stemme ich mich gegen die Türen, gegen die all die Scheisse drückt.«

»Das merkt man von aussen tatsächlich nicht, man stellt höchstens fest, dass du plötzlich von der Bildfläche verschwindest.«

»Ja, wenn ich nicht mehr kann. Ich habe dann das Gefühl, dass ich am Sichersten bin, wenn ich ganz allein bin, und misstraue allem und jedem.«

»Du machst es deinen Freunden aber manchmal auch ziemlich schwer, dir zu vertrauen.«

»Du weisst nicht wie schwierig es ist, euch zu vertrauen.«

»Euch?« sagte Bruno, während er den Müllsack aus dem Eimer nahm und ihn zuband.

»Dir, Kaspar, egal.« Gerda nahm noch einen Zug und behielt den Rauch für eine Weile in ihrer Lunge. Dann blies sie ihn in die Abendluft hinaus und sagte: »Ich mag nicht mehr reden.«

Bruno schaute sie an. Vielleicht war es das der letzte Satz gewesen, vielleicht auch das ›egal‹, jedenfalls merkte er eine leichte, doch widerstandsfähige Genervtheit aufsteigen.

Gerda drehte sich zu ihm um und fragte: »Was ist?«

»Nichts, ich steh nur da mit dem Müllsack in der Hand und sehe dir beim Kiffen zu.«

Gerda schnaubte: »Wenn du was sagen willst, sag es.«

Bruno winkte ab, die schlechte Laune hatte sich in ihm bereits häuslich eingerichtet und sie war erfahrungsgemäss kein besonders guter Gast bei Gesprächen mit Gerda. Sowieso, er hatte mit Miriam abgemacht, um wegen des Umbaus an der Salstrasse aufs Bauamt zu gehen.

Danach war er mit Kaspar bei der Mall-Halle verabredet. Dieser hatte gemeint, bei einem seiner dreissig Jobs habe er da im Untergeschoss gearbeitet.

Und gleich wieder eine Situation, die Bruno nervte; mit Miriam vor dem Amt für Städtebau rumstehen und dann kommt Patrick angerollt: »Hallo Bruno.«

Bruno nickte.

»Hallo Miriam.«

Miriam sagte: »Patrick.« Es klang eher wie eine Feststellung als eine Begrüssung.

Patrick fragte: »Wie geht's?«

»Na ja. Dir?«

»Ok. Also Bruno, ich fahr dann mal.«

»Tschau. Mach's gut.«

»Ihr auch.«

Patrick rollte die Strasse runter. An der Rücklehne hing seine Schwimmtasche.

Bruno schaute zu Miriam und sah diesen Blick, der ebenso kurz wie schwer zu interpretieren war.

Immer noch genervt sagte er: »Sorry, aber findest du nicht auch, diese ›Patrick ist schuld an Florims Tod‹-Sache hat ihr Verfallsdatum überschritten?«

Miriam zeigte Anzeichen eines drohenden Wutausbruchs, dann sagte sie, während sie die rechte Faust ballte: »Du scheinst zu vergessen, was war und was für ein arrogantes Arschloch er sein konnte.«

»Er ist auch jetzt noch manchmal ein arrogantes Arschloch.«

»Jetzt ist es ein bisschen was anderes.«

»Nur weil er im Rollstuhl sitzt? Das ist fast ein bisschen diskriminierend, meinst du nicht?«

»Egal, ich möchte nicht darüber reden.«

»Nein nicht egal. Ich habe immer zu dir gehalten, doch eigentlich weiss ich ja nicht mal, was genau geschehen ist und was Patrick getan haben soll. Ich weiss nur, dass die Polizei ihn verhört und dann freigelassen hat.«

»Frag ihn halt.«

»Hab ich getan, und er sagt, ich hätte mich ja eh schon entschieden, auf welcher Seite ich stehe.«

»Dann ist das halt so.«

»Nein, das ist verdammt noch mal nicht einfach so. Vielleicht ist das ja der falsche Ort und die falsche Zeit aber, scheiss drauf, rede halt wenigstens du mal Klartext.«

»Ja voll der falsche Ort, aber wenn du's unbedingt wissen willst, die waren im Wasser und haben rumgeplanscht, ich hab mich über Florim genervt und bin weg. Bis ich Patrick schreien gehört habe, etwas wie: ›Lass das, du verdammter Idiot‹, und dann bin ich zurück, weil man so nicht mit meinem Freund redet, und ich seh Patrick wegschwimmen und ..., ach was rede ich hier überhaupt.«

Miriam drehte sich um und ging grusslos davon. Bruno, der in etwa so viel wusste wie zuvor, schaute ihr kopfschüttelnd nach.

Die Fahrt nach Hegi tat gut. Nicht zuletzt, weil Bruno Zeit gehabt hatte, sein Fixie aus der Reparatur zu holen. Er beschleunigte ein paar Male und bremste, indem er mit den Pedalen das Hinterrad blockierte. Auf der Strasse blieb jedesmal ein schmaler schwarzer Streifen zurück. Er fühlte sich ein wenig entspannter, als er Kaspar vor der Halle stehen sah. Er lehnte das Rad an die Mauer, schloss es ab und meinte, dass die Übergabe gut gelaufen sei und er das Gefühl habe, damit sei die Sache mit Severin geregelt. Kaspar nickte und bedankte sich nochmals. Ausserdem bestand er darauf, Bruno auf den Betrag fünfhundert Zins zu zahlen.

Wie schon das erste Mal, als er die Halle angeschaut hatte, war Bruno verblüfft über die verschachtelte Bauweise, die jetzt, da die einzelnen Räume ausgeschlachtet worden waren, noch deutlicher zutage trat. Diese waren durch Glas, dunkles Holz und grün angestrichenen Stahl voneinander abgetrennt und durch ein Labyrinth von Treppen und Aufzügen miteinander verbunden. Nichts wies darauf hin, dass hier bald eine Mall mit teuren Läden, einem Fitnesscenter und einem Museum entstehen sollte. Bruno stolperte über eine Eisenschwelle: »Verdammt, aua, fick dich, scheiss Schwelle!«

Kaspar hielt an: »Seltsam, wenn du ›Fick dich‹ sagst, wirkt es unecht.«

Kaspar ging auf einen schmalen Durchgang zu, Bruno schickte nochmal einen wütenden Blick zurück auf die Schwelle und folgte Kaspar über eine Stahltreppe in einen grossen unterirdischen Raum.

»Da drüben«, sagte Kaspar, »standen die Schlacke-Mulden, die haben wir mit Schaufeln gefüllt.«

»Scheint mir ziemlich deprimierend zu sein, den ganzen Tag hier unten«, meinte Bruno und Kaspar zuckte mit den Schultern: »Manchmal muss man nehmen was man kriegt. Schweisst einen auch so ein bisschen zusammen, wenn man eine scheiss Arbeit hat.«

»Ihr habt euch in dem Fall gut verstanden?«

»Na ja, waren schon auch spezielle Typen hier im Loch, nicht unoriginell, aber kein Umgang für Leute wie dich.«

»Was sind Leute wie ich?«

»Leute die nicht ›Fick dich‹ sagen sollten.«

»Witzbold.«

Kaspar musterte Bruno mit einem Seitenblick, während er unter einer dicken schwarzen Röhre durchtauchte. Dann zeigte er nach rechts: »Schau, da ist wieder eine dieser halben Türen!«

Bruno blieb stehen: »Krass, wirklich nur für Kleinwüchsige.«

»Ja, man hat hier ständig erweitert und immer wieder über das Alte gebaut. Das ganze Gebäude ist eine in sich verwachsene Babuschka. Bautechnisch zweifelhaft, aber das hier hat wenigstens gelebt, nicht wie anderes hier in dieser Gegend.«

»Stimmt«, sagte Bruno, als sie eine Stahltreppe hochstiegen, »es ist nicht schwer, Geld aufzutreiben und irgendeinen Mist aus dem Boden zu stampfen. Man kann alles herstellen, aber eine Seele einhauchen kann man nicht, oder noch nicht, auch nicht mit Hipster-Läden, Vintage-Flair und Pseudo-Flow. Ein Ort lebt erst, wenn dort Leute gestorben sind.«

»Was?« fragte Kaspar. Bruno war überrascht über die unterdrückte Wut in dessen Stimme, als er fortfuhr: »Das sind so Sätze, die stören mich. Das sagen nur so Luxusleben-Typen.«

»Du hast heute irgendwie viel auszusetzen an dem, was ich sage.«

»Du sagst irgendwie oft irgendwie.«

Bruno winkte ab. Er hatte keine Ahnung, woher Kaspars Aggressivität kam und war damit beschäftigt, die eigene Genervtheit unter dem Deckel zu halten.

Von draussen her ertönte die Sirene eines vorbeifahrenden Streifenwagens. Bruno sagte: »Unsere Polizeivorsteherin meinte ja mal, Winterthur sei das Brooklyn der Schweiz.«

Kaspar sagte immer noch gereizt: »Ja, wahnsinnig brooklynesk, mit Gummischrot auf Tanzvolk schiessen zu lassen.«

Bruno wiegte seinen Kopf: »Ich weiss nicht, steht die nicht einfach für diese Dinge gerade, während sich die Leute, die sie angeordnet haben, ins Fäustchen lachen?«

»Ich hab die Bullen gesehen, die standen auf dem Dach des einen Gebäudes an der Vogelsangstrasse und ballerten ihre Gummisalven nach unten in die eingekesselte Menge. Da ist nicht verwunderlich, wenn jemand ein Auge verliert.«

»Schon klar«, sagte Bruno, »aber für mich war das Kantonspolizei und nicht Stadtpolizei.«

Kaspar sagte: »Trotzdem, wenn die Polizeichefin bloss als willkommener Sündenbock gedient hätte, hätte sie sich nachher anders verhalten. Und die gibt ja heute noch damit an, wie gut sie die Situation im Griff gehabt hätten. Vieles kam noch nicht mal richtig an die Öffentlichkeit, zum Beispiel, dass die Security von den umliegenden

Clubs die Leute vorsortiert haben, welche die Demo verlassen durften. Und dabei behauptet die Polizei, man hätte jederzeit gehen können.«

Bruno nickte: »Ich war ja nur anfangs da und bin gegangen, als einige Steinzeitautonome mit doofen Provokationen und Pyros begonnen haben. Aber ich kam nur mit grosser Mühe raus und das war noch bevor sie das Volk eingekesselt und mit Gummischrot und Wasserwerfern bearbeitet haben.«

»Eben, so gehst du doch nicht vor, wenn du es auf die Provokateure abgesehen hast.«

Sie traten ins Freie. Bruno schaute an der Wand der Halle hoch, während er sagte: »Ich weiss immer noch nicht genau, was ich zu dem Ganzen sagen soll, ausser vielleicht, dass ich's eine Riesensauerei finde, dass die eine, der sie ins Auge geschossen haben, sogar noch eine Anzeige gekriegt hat. Ich hab mich allerdings auch schon gefragt, warum wir immer noch über die Sache reden. Aber du hast recht, von denen ist niemand drangekommen, und das signalisiert, dass notfalls das Recht einfach nur für eine Seite gilt und das ist bedenklich, es könnte ja mal um mehr gehen als nur um Partys und so.«

Kaspar schüttelte den Kopf: »Es ging dabei verdammt noch mal auch um mehr als Partys.«

»Klar, Freiräume, Gentrifizierung. Ich weiss nicht, ich möchte ja mit meiner Arbeit auch die Stadt aufwerten.«

»Mann, bist du plötzlich so ignorant, dass ich dir jetzt erklären muss, wie das gemeint ist.«

»Hin und wieder ein Schlagwort hinterfragen, schadet nichts. Und das hier«, er zeigte auf die Halle, »war ursprünglich deine Idee und wenn das keine Stadtaufwertung ist, was dann?«

Kaspar schnaubte, dann sagte er gereizt: »Wenn da, wo ich in einem Drecksloch geschuftet habe, ein schwebenden Bad entsteht, und wenn dabei keine Leute aus ihren Wohnungen vertrieben werden, kann ich tatsächlich damit leben.«

Bruno nickte knapp und sie gingen schweigend zu ihren Rädern. Kaspars Damen-Coronado lehnte neben Brunos Fixie an der Wand. Er hatte sich noch nicht mal die Mühe gemacht, es abzuschliessen. Er nahm seine grüne Mütze vom Gepäckträger und setzte sie auf.

Brunos Handy vibrierte. Mark hatte geschrieben:

»kaspar springer ok«

»danke«

»schick ihn um fünf vorbei«

Bruno zeigte Kaspar das Handy und sagte: »Eck. Vielleicht haust du vorher mal noch gegen ein paar Wände.«

Kaspar wollte erst protestieren, denn es war keinesfalls nur er, der gereizt war, doch schliesslich sagte er bloss: »Sorry, ich bin grad schlecht im Dankbarsein, aber ich bin mir bewusst, dass du ...«

Bruno winkte ab und wollte wegfahren, aber dann hielt er inne und fragte: »Hat sich Gerda mal bei dir gemeldet?«

Kaspar schüttelte resigniert den Kopf.

»Ich hab ihr gesagt, sie solle das tun. Mehr geht nicht, ich möchte nicht in so eine Vermittlerrolle hineingeraten.«

Kaspar nickte. Er stieg ebenfalls auf sein Rad und fuhr nach Hause, um die Joggingschuhe zu holen. Bis um fünf blieb noch genug Zeit für ein paar Runden auf der Finnebahn. Wahrscheinlich die bessere Möglichkeit, Dampf abzulassen, als gegen eine Wand zu hauen.

Miriam schrieb im Messenger: »Und, wie ist es in Helsinki?«

Leibach antwortete: »Ganz interessant. Ziemlich dichtes Programm. Von der Stadt krieg ich momentan nicht allzu viel mit, und wenn, dann nur vom Untergrund. Die höhlen unterirdisch praktisch das ganze Stadtgebiet aus.«

»Wieso das denn?«

»Ist schon lange stadtplanerisch ein Thema. Der Vorteil liegt ja auf der Hand.«

»Platz.«

»Ja, und dass man Bauten nicht mehr von aussen anschauen muss.«

»Du bist fies.«

»Sorry, aber ich hör gerade das Referat eines Architekten. Das ist so ein Typ in ockerer Lederjacke, dem der Kunstanspruch aus jeder Pore trieft.«

»Ok, entschuldigt.«

»Ich würde gerne ein Transparent mit der Aufschrift ›Mach einfach verdammte Häuser!‹ hochhalten.«

»Du würdest dich gut mit meinem Partner verstehen.«

»Geschäftspartner?«

»Klar.«

»Ufff.«

»Find ich schon sehr faszinierend, unterirdische Bauten. Ich wollte immer mal in dieses Höhlensystem im Gotthard. Mein Opa, der dort im Aktivdienst war, hat mir mal erzählt, dass sie Fenster hatten und dahinter Poster von Schweizer Landschaften. Manchmal sogar Zierpflanzen.«

»Ist schon kein Zufall, dass das Wort Heimweh aus der Schweiz kommt.«

»Hast du keines?«

»Nein, ist sonst wirklich sehr spannend hier.«

»Wie heisst eigentlich dieses Symposium?«

»›Urban Aspects‹, das Interessante daran ist, dass es sich nicht bloss um Architektur, Stadtplanung und Kunst dreht, sondern auch um Medizin, Psychologie, Informatik und Politik.«

Mark bedeutete Kaspar mit einem Nicken, dass er ihm folgen solle. Sie stiegen die Treppe hoch und schritten über den kurzen Flur zum Büro. Kaspar konnte durch den Boden die Abwaschmaschine hören. Als er sich an den Tisch setzte, bemerkte er, dass sein Stuhl leicht vibrierte. In dem Büro roch es nach alten Möbeln, verstaubten Akten und nach abgestandenem Bier, Kaffee und Schweiss. Durch ein Fenster sah man hinaus auf den Hinterhof.

Mark nahm die Rechnung eines Getränkelieferanten in die Hand und studierte sie einen Moment.

Kaspar war ziemlich kräftig, wenn auch eher drahtig, Mark überragte ihn allerdings noch um einen halben Kopf, während sich unter dem blauweiss karierten Hemd ein breiter und muskulöser Oberkörper abzeichnete.

»Also, was willst du hier genau?« fragte er aufblickend.

»Arbeiten.«

»Du bist bereits bei Bruno und Miriam angestellt.«

»Stimmt, aber bloss fünfzig Prozent.«

Kaspar stellte mit Überraschung fest, dass er unter seinem T-Shirt schwitzte, als Mark fortfuhr: »Und dort mehr arbeiten geht nicht?«

»Nein.«

Mark überlegte und schaute auf die Rechnung. Dann wandte er sich wieder Kaspar zu: »Bist du stressresistent?«

»Ich glaub schon.«

»Gibt es noch andere Dinge, bei denen du ausrastest, ausser bei Begegnungen mit SP-Politikern?«

»Ich hatte gedacht, ich hätte es im Griff.«

»Das hattest du aber nicht.«

»Nein.«

»Hast du das Gitter vor dem Küchenfenster bemerkt?«

Kaspar nickte.

»Das mussten wir anbringen, weil die Rechtsidioten nach zwanzig Jahren Eck-Kollektiv darauf gekommen sind, dass sie nicht nur die vorderen Scheiben einschlagen können, wenn sie den Laden verwüsten wollen. Wir halten uns zwar mittlerweile zurück in diesem Katz-und-Maus-Spiel, hin und wieder jedoch spielt irgendeine Band hier, die auf ihrer Homepage ein ›Good Night White Pride‹-Logo hat, und das reicht dann schon, um den Rechtspöbel wieder anzulocken.«

Kaspar nickte und Mark fuhr fort: »Dann gibt's einzelne Feinde von FCW-Fans, die hier Radau machen wollen. Und schliesslich Nachbearbeitung von Demos durch den Revolutionären Aufbau oder durch Tanzvolk, das die halbe Nacht von Wasserwerfern bespritzt worden ist. Vielleicht stürmen auch mal einfach so die Bullen rein und nehmen den Laden auseinander, den Herrn Merz haben wir ja regelmässig hier, wie du bereits weisst. Ich will damit sagen, dass wir in solchen Situationen weder Personal gebrauchen können, das austickt, noch solches, das den Helden in sich entdeckt, sondern nur Leute, die Ruhe bewahren und den Überblick nicht verlieren.«

Mark blickte Kaspar in die Augen und sagte dann: »Das hier ist mittlerweile ein ganz normaler Laden und nicht etwa eine Hilfsorganisation. Das heisst, keine Drogen, kein Besaufen, pünktlich bei Arbeitsbeginn, blablabla, und du bist Aushilfe auf Abruf, wir versuchen am Tag zuvor Bescheid zu geben, können das jedoch nicht garantieren.«

»Ok.«

»Und die Bezahlung ist scheisse.«

»Klar.«

»Du füllst die Kühlschränke, hilfst abwaschen, sammelst Gläser ein und putzt, je nach Schicht.«

Mark nahm die Rechnung hervor und runzelte die Stirn: »Mist, ich wusste, das was nicht stimmt.« Er nahm sein Handy aus der Tasche und schrieb dem Lieferanten, dass er eine neue Rechnung mit dem richtigen Betrag schicken solle. Dann wandte er sich wieder Kaspar zu: »Irgendetwas, das ich noch über dich wissen müsste?«

»Zum Beispiel?«

»Haftbefehle, irgendwelche Verbindungen zum Drogenhandel, aktuell oder weniger als fünf Jahre zurückliegend?«

»Alles soweit in Ordnung bis auf meine Jugend, ein paar alte Schulden und die Sache mit diesem Severin, weswegen ich ja hier bin.«

»Wenn du mich verarschst, bist du raus.«

»Das hab ich nicht vor.«

»Ich mach das hier nur, weil Bruno mich darum gebeten hat und ich lehn mich damit ziemlich weit aus dem Fenster. Ist dir das klar?«

»Eh.«

»AHV regeln wir, wenn du ein paar Tage gearbeitet hast und ach ja, wenn dieser Severin hier auftaucht, machst du dich dünn.«

Kaspar stand auf und sagte: »Klar. Danke, dass ihr mir die Chance gebt.«

Mark nickte und ging zur Tür. Er öffnete sie und Kaspar drückte sich mit einem »Tschau« an ihm vorbei.

9

Dreiviertel, Stakkato, Tannenäste, Rascheln, Brombeer, Kälte-Urtikaria, ich hab lange gar nicht gewusst, was das ist, ist auch wirklich seltsam, ich dachte immer, Allergien kann man nur auf Stoffe haben, und nicht auf so etwas wie Kälte. Ist anscheinend auch keine richtige Allergie. Florim hatte ja nicht die beste Konstitution und er hat im Sommer mal gesagt, dass es ihn jucke. Er war damals auch rot und hatte kleine Quaddeln, vor allem auf dem Rücken. Das war, nachdem er im Tessin unter einem Wasserfall gestanden ist. Aber wir haben gedacht, das sei vielleicht wegen der Jauche, die weiter oben auf den Wiesen lag. Patrick und Florim, die waren manchmal wie Welpen zusammen. Offenbar hätte er sofort, als er merkte, das etwas nicht stimmt, zurück ans Ufer schwimmen müssen. Im Polizeibericht stand, Florim habe aufgrund des Juckens Panik gekriegt, deshalb habe er erst um sich geschlagen und sich dann an Patrick geklammert, und dann habe er wahrscheinlich Wasser geschluckt. Ich hab immer gemeint, dass Ertrinkende wild die Arme bewegen, aber das tun sie eben nicht. Florim hat offenbar nur noch versucht den Mund über Wasser zu halten, und weil alle Bewegungen so langsam waren, hab ich eben erst gar nicht gedacht, dass er ... ich hätte es merken müssen. Doch ich war so genervt! Und dann war er weg. Und jetzt, dieses Bild von seinem Kopf und die hin und wieder knapp unter der Oberfläche erscheinenden Arme, das ist das, was ich immer noch vor den Augen habe. Ich hab ihn erst nachher wieder gesehen, als er schon hergerichtet war, langsam, träges Schlagen auf morsches Fallholz, federnde Lindenästchen.

Als Bruno vor seinem Haus bremste, sah er, dass Gerdas Rad nicht an der Hausmauer lehnte. Er ging hoch, setzte den Kaffeekocher auf die Herdplatte, zog seine Radhosen an und packte das Aufnahmegerät in den schwarzen Rucksack. Dann ging er in sein Zimmer und nahm das Tuch vom Portastudio, dessen Teile über seinen ganzen Tisch verstreut waren. Er fragte sich, ob er noch einzelne Kontakte löten sollte, doch als er den Kaffee blubbern hörte, verschob er es auf den Abend und ging in die Küche, um die Herdplatte auszuschalten. Er setzte sich mit einer vollen Tasse Kaffee an den Küchentisch, auf welchem zwischen dreckigen Tellern immer noch sein offener Laptop stand. Kaffee schlürfend suchte er nach Seiten, auf denen altes Audiomaterial angeboten wurde.

Dies dauerte etwas länger, als er gedacht hatte, trotzdem lehnte er sich schliesslich zurück und merkte, wie sehr er es genoss, allein zu sein. Gleichzeitig fragte er sich, wo wohl Gerda war. Bruno störte es, dass ihn das überhaupt kümmerte. Die Rezeptoren für Gerda glaubte er einen nach dem anderen erfolgreich verödet zu haben, nun schien sich in den leerstehenden Arealen seiner Gefühlswelt doch wieder etwas zu regen. Er schaute auf den Kühlschrank. Das Stück Papier, dass er aus einem Buch herausgerissen hatte, war zwar vergilbt, fettbespritzt und mit Kaffee und anderen Flecken bedeckt, aber wenn man ihn kannte, konnte man den Text immer noch lesen:

»Ich kenne dieses Gefühl, das mit einer Woge aus Glück die Angst scheinbar hinwegschwemmt, das einen Garten aus dem Nichts wachsen lässt. Und ich weiss, wie ich mit dem glühenden Eisen durch diesen Garten gegangen bin und jedes Zeichen von Leben versengt habe. Ich möchte das nicht noch einmal tun. Alles ist tot.«

In diesem Moment öffnete sich die Wohnungstür. Die Klinke knallte gegen die Wand, was Bruno nervte, denn er wusste, dass Gerda die schwere Tür eigentlich im Griff hatte.

»Hallo Gerda, alles klar?«, rief Bruno in den Flur hinaus und versuchte, dabei ziemlich gleichgültig zu wirken.

»Jup«, Gerda trat in die Küche und zog hastig ihre Tasche über den Kopf, wobei sich einige ihrer braunen Haare in der Schnalle des Trageriemens verfingen, was sie aber wenig zu beeindrucken schien. Bruno warf einen Blick auf die Haare, die immer noch an der Schnalle hingen, als Gerda die Tasche auf den Tisch stellte und sich weitere Haare aus dem Gesicht blasend zu ihm hinsetzte.

»Uff«, sie lüftete ihr T-Shirt, »ziemlich heiss.«

»Geht so«, fand Bruno, »ich find's recht ideal grad.«

»Du hast ja auch deine Rad-Shorts an und keine Jeans und du hast auch keine sechzig Kilometer gemacht.«

»Deine Radhosen hast du hier zurückgelassen, also selber schuld, wenn du Jeans trägst und immer noch mit deinem Damen-Peugeot unterwegs bist, das zugegebenermassen sehr hübsch aussieht, aber nicht gerade ein Rennrad ist.«

»Ich mag die Hosen nicht, das weisst du, komm ich mir immer vor, wie wenn ich Windeln anhätte.«

»Wo warst du überhaupt?«

»Stammheim. Dann nach Osten.«

Bruno blickte scheinbar ernst: »Böse.«

»Ach ja, der kalte Krieg zwischen Winterthur und der Ostschweiz.«

»Kaspar hat mir erzählt, dass die Appenzeller einen Teil Mongolenblut haben.«

»Ja, wenn Kaspar das sagt ... Wie geht's ihm?«

»Hm, ok, ausser das Gespräch bewegt sich in deine Richtung.« Bruno schaute Gerda in die Augen. Der dunkle Fleck in der linken Pupille schien grösser als sonst und fast schwarz zu sein. Ihr Gesichtsausdruck war indessen schwer zu lesen, deutete aber eher auf schlechtes Gewissen als auf Trennungsschmerz hin. Er sagte: »Schau doch, dass das nicht eine dieser unendlichen Geschichten wird und triff dich mit ihm oder, wenn's nicht geht, schreib ihm halt!«

»Sicher, ja, Bruno, klar!« Gerda wischte das Thema mit einer Handbewegung zur Seite, dann fächelte sie sich Luft zu: »Wasser, Wasser!«

»Da drüben ist der Hahn.«

Sie stand auf, ging zum Spültrog, drehte den Hahn voll auf und füllte ein Glas. Ohne ihn zuzudrehen, trank sie es aus, während das sprudelnde Wasser das Geschirr im Trog zum Scheppern brachte. Gerda füllte ihr Glas ein zweites Mal und drehte den Hahn zu.

Bruno nervte es, Gerda war wie eine laute Gegendemonstration zu seiner Absicht, ein bisschen mehr Abstand zu wahren. Und sie konnte nicht einfach so Wasser trinken ohne gleichzeitig auch noch Instagram zu checken, mit einem Lappen über den Rand des Spülbeckens zu wischen oder festzustellen, dass Bruno versuchte, teilnahmslos zu wirken.

Sie setzte sich mit einem angriffigen Blick wieder an den Tisch: »Und unser Bruno? Kalt, was?«

Bruno zuckte mit den Schultern.

»Oh, nur kühl.«

Bruno rollte mit den Augen.

»Früher hast du das aber besser gemacht, so das man zum Teil nur noch das Weisse gesehen hat, das war unheimlich.«

Bruno sass still auf seinem Stuhl und schaute sie an.

»... ah noch besser, der sitzende Tote.«

»Gerda!«

Mit der freien Hand kratzte sie Bruno am Hinterkopf. »Ich nerv dich, gell, ich nerv dich, Bruno.«

»Nein, aber ...«

»Was aber? Ist irgendetwas nicht in Ordnung?«

»Nein, beruhig dich einfach.«

»Etwa mit meiner Kleidung oder stimmt etwas mit meiner Frisur nicht? Oder ...« sie streckte wieder die Hand aus, »mit deiner?«

Bruno fasste ihren Arm, doch sie zog ihn weg und blitzte ihn drohend an.

Er hob beide Hände, dann liess er sie wieder fallen und beide verharrten einen Moment lang bewegungslos.

Gerda grinste, nahm ihr Glas und trank noch einen Schluck Wasser.

Sie schaute aus dem Fenster und fragte in neutralem Ton: »Wann spielen Exakt schon wieder?«

Bruno glich seinen Tonfall an. »In etwas mehr als einer Woche.«

»Freust du dich?«

»Klar.«

»Ich find's seltsam, dass wir das erst grad erfahren haben, auf Facebook wundern sich auch alle.«

»Mark meinte, das sei so eine Spontanidee gewesen. Im Eck sind nicht alle begeistert, am wenigsten die Hardcore- und Punk-Polizei.«

»Oh, der Herr Kassier. Der ist wirklich überall eine Pfeife«, Gerda machte einen anzüglichen, wissenden Blick, der besagen sollte, dass sie einiges über den Kassier wusste. Bruno hatte es früher immer sehr genervt, wenn sie etwas mit diesem Blick gesagt hatte. Es war noch nicht mal unbedingt die Tatsache, dass sie mit einer Person im Bett gelandet war, es war mehr dieses Absichtlichunterdienasereiben. Nachdem sie sich getrennt hatten, fand er diese Art nur noch doof. Bruno stellte widerwillig fest, dass er sich nun wieder darüber nervte.

»Ich muss los«, sagte er.

»Wohin denn?«

»Training.«

»Das können wir ja auch mal wieder zusammen machen«, meinte Gerda während er hinausging. Als er im Flur war, rief sie: »Bruno.«

Er drehte sich um. Gerda hatte ihr T-Shirt hochgezogen und sagte: »Ich hab nur gedacht, du hättest es verdient, die wieder mal zu sehen.«

Bruno atmete aus. Dann ging er ins Treppenhaus und zog seine Radschuhe an.

Aus der Küche meldete sich Gerda: »Ich nerv dich wirklich, was?«

Bruno sagte: »Ja. Bis später.«

Bruno fuhr lustlos die Breite hoch. Eigentlich wollte er den Trail wie immer da fortsetzen, wo er aufgehört hatte, dann entschied er sich für einen näheren Streckenabschnitt. Er sagte sich, dass diese Stelle aufgrund des dichten Pflanzenbewuchs mehr Unterhalt erforderte als andere, gleichzeitig wusste er, dass dies bloss eine Ausrede für sein zunehmend inkonsequentes Verhalten war. Er bog links ab, ging über eine Wiese an den Rand des Eschenbergwaldes und stiess sein Rad durch die Büsche am Waldrand zum Einstieg der Route.

Bruno bearbeitete etwa zweihundert Meter, mit dabei eine Abfahrt, ein Gegenanstieg, eine Steilwandkurve und ein mittlerer Sprung über einen kleinen Bach. Nachdem er verschiedene Äste weggeräumt und einige Stellen festgetrampelt hatte, stiess er das Rad nach oben und begutachtete die Spur. Er setzte den Helm auf und fuhr los. Der Beginn war recht schwierig, viele nasse Wurzeln, seine Fahrt war eine Mischung aus unfreiwilligen Hüpfern und Rutschern. Bruno hielt seinen Körper locker und konzentrierte sich darauf, den Schwerpunkt über dem Bike zu halten und die Räder rollen zu lassen. Anders war es nicht möglich, genügend Geschwindigkeit für den lehmig schmierigen Gegenanstieg aufzubauen. Bruno schaffte ihn knapp und schraubte sich über ein von Reisig bedecktes leicht steiniges Gelände Richtung Steilwandkurve. Es gelang ihm, die Rampe hochzufahren, doch kurz vor der Kurve drehte sein Hinterrad durch, er rutschte ab und blieb in einem Brombeerbusch einige Meter weiter unten hängen.

Nichts Schlimmes, er war dennoch froh, dass ihn momentan niemand sah. Er schälte sich aus dem Busch und untersuchte das Rad. Es schien in Ordnung zu sein. Er selbst hatte lediglich ein paar Kratzer abbekommen. Er schaute den Abhang hoch zur Kurve. Zu wenig Tempo. Er überlegte, ob er den Teil nochmal fahren sollte. Als er sein Handy hervorkramte, um nach der Zeit zu schauen, bemerkte er fluchend, dass das Glas gesprungen war. Scheiss auf die Kurve, dachte er, und den Sprung über den Bach konnte er ein andermal versuchen.

Bruno stiess sein Rad zum nächsten Kiesweg. Als er ihn erreicht hatte, stieg er auf und fuhr in die Stadt. Er kaufte sich eine Plastikfolie und klebte sie auf das zersprungene Display-Glas. Bruno bemerkte, dass das Display an den Kanten der Glasteile farbig leuchtete, wenn er darüberfuhr. Ein bisschen wie Nordlichter, dachte er, als das Handy vibrierte und auf dem Display eine Nachricht von Gerda erschien: »tut mir leid«.

»ok«

»echt?«

»jawoll«

»könnte ein nachtessen morgen den restgroll beseitigen?«

»nicht nötig«

»komm schon«

Bruno schrieb nichts.

»also morgen etwa acht«

»ok«

Er steckte das Handy wieder weg.

Eichenleiche, Kiefer, Keile, Spalt, Tanne, dürr, Brüche, hohl, wenn es passiert, ist es wie ein Blitzschlag im Kopf, ein gelbweisses Licht, ein Knall der da ist, den ich aber nicht höre, und dann schlage ich. Ich kenne zwei Leute, die haben bleibende Schäden von Schlägereien. Ich hab keine Angst. Und in diesem Fall hatte ich mich unter Kontrolle. Möglich, dass der die Rippen gebrochen hat, und ja, wir haben uns ja auf dem Revier getroffen und er hat gesagt, ›wir sehen uns sicher mal noch auf der Gasse.‹ Da wird er mir wahrscheinlich mal mit seinen bösen Kumpelz auflauern, naja, hab schon Schlimmeres erlebt, deswegen werd ich die Waffe jedenfalls nicht ausgraben, wenn dich das beruhigt. Übrigens, heute hab ich Videos geschaut über den Bau mit Laserdruckern, ich muss mal mit Miriam reden, vielleicht sollten wir uns darauf spezialisieren, Schlag hart, wischen, Reisig, Zweiviertel.

Bruno hielt beim unteren Judd-Brunnen in der Steinberggasse, um den gröbsten Schmutz abzuwaschen. Der rechte Ellbogen schmerzte, als er die Kruste abrieb. Mit einem Seitenblick sah er, dass der Schnauzer in seine Richtung geschlendert kam. Der Schnauzer gehörte nicht zu der Sorte Menschen, die merken, wenn sie stören. Seine Aufdringlichkeit war dabei ebenso bemerkenswert wie seine Unfähigkeit, eine Situation richtig einzuschätzen. Wenn er jemanden, den er kannte, bei einer Beerdigung sähe, würde er eine Autobahn, einen Fluss und sieben Geleise überqueren, immer rufend und winkend, um der Person schliesslich einen dicken Schlag auf die Schulter zu geben und zu sagen: »Total abgefahren, die Party gestern, was?«

Der Schnauzer winkte schon von weitem. Einige Meter bevor er Bruno erreichte, machte er eine ausladende Geste, starrte wie eine Comicfigur auf dessen Ellbogen und sagte: »Krass hey!«

Bruno lächelte gezwungen und verkniff sich, etwas zu sagen, das der Schnauzer zum Anlass nehmen konnte, lauthals zu lachen, ihm auf die Schulter zu klopfen und dann selbst auszuholen um aus seinem unerschöpflichen Fundus zu erzählen. Der Schnauzer war in seiner unzerstörbaren Heiterkeit eine durchaus faszinierende Gestalt, fand Bruno, es gab allerdings zu viele Momente, in denen er einfach nur nervte. Bruno wusch sich den andern Arm und der Schnauzer, ein bisschen enttäuscht, dass von Bruno nichts kam, redete weiter, während er seine Antenne nach innen richtete, um dort erfreut viele kleine Moderatoren zu hören, die sein schillerndes Dasein kommentierten. Er redete eine Weile und schaltete hin und wieder auf Bruno, um nachzuprüfen, ob irgendetwas dessen Aufmerksamkeit erregte, was nicht der Fall zu sein schien. Also fuhr er fort: »Und dann sagte er, ich solle gefälligst meinen Arsch wegbewegen, weil sie jetzt hier armieren würden, aber ich sag, er soll sich verpissen. Da will der auf mich los, doch sein Chef pfeift ihn zurück, ist mir vorgekommen wie ein Hund, manchmal ist es wie im Tierreich. Deshalb bin ich auch froh, dass ich beim Kolleg einsteigen kann, Visuals, Partys und so, weisst du, an so Dingen bin ich seit einer Weile schon dran, ich hab ja auch eine Zeit lang fürs Shrubber's gearbeitet, ich weiss, wie man dein

Handy hackt, glaubst du nicht, aber ist so, auf alle Fälle hat mich der Kolleg heute angerufen, der ist recht dick drin, kennt alle und meinte, er hätte einen Auftrag und dass Patrick auch dabei ist, aber sag mal Bruno, was ist da passiert mit deinem Ellbogen, sieht nicht gut aus, kommst du eins trinken?«

Bruno schaute auf die Hand des Schnauzers, die auf die Wunde zeigte und zog instinktiv seinen Arm weg. Weshalb, wusste er nicht genau. Wahrscheinlich geschah es, weil er sich eh schon bedrängt fühlte. Vielleicht auch, weil er sich vor der Hand ekelte, besser gesagt, vor dem unnatürlich langen und gelben Nagel des kleinen Fingers. Schliesslich fragte er: »Was für ein Auftrag?«

»Weiss nicht genau, so ›Kunst am Bau‹-mässig, gut, ist auch nicht immer nur cool, erst immer grosse Klappe, dann nerven sie dich bei der Arbeit, hinter dir immer die Dame mit den falschen Schuhen, die sagt, das ist nicht gut, das sollte so und so sein, dabei kenn ich ja den Künstler und weiss genau, wie der das haben will, dann musst du aufpassen, weil die Bauleitung eh schon die Hosen voll hat, sonst bist du raus, manchmal glaube ich, du kannst den grössten Scheiss abliefern, wenn du brav Männchen machst, ist das denen egal ..., ah, du musst los, hey dann ein andernmal auf ein Bier, oder bist du später auf der Schützenwiese, Derby, weisst du, du hängst doch immer beim Salon Erika rum, ... hey Petra, Petra! Hier drüben, hey.«

Bruno fuhr mit einem kurzen Nicken los und bog Richtung Technikum ein, während der Schnauzer in seinem Kopf ausgefadet wurde. Er fuhr über die Vogelsangstrasse und dann über die Eisenbrücke ins Tössfeld. Als er sein Rad vor dem Haus abgestellt hatte, stieg er hoch zu seiner Wohnung, warf den Rucksack neben die Tür, streifte die Schuhe aus, öffnete die Tür, rief »Hallo«, ging ins Bad, zog sich aus und stieg in die Duschkabine. Er liess das kühle Wasser über sich ergiessen und schloss die Augen. Eine Weile lang spürte er noch leichten Schmerz am Arm, dann spürte er nur noch das Wasser.

10

Eichenast, Reisig, rieseln, aber wie ist es denn, wenn jemand weiss, wie du tickst und weiss, was er tun muss, damit er das kriegt, was er will? Also ich mach mal ein Beispiel, also sagen wir, jemand geht in eine Bank, er schaut einer Angestellten in die Augen und sagt ›Geld‹ und sie gibt ihm alles was in der Kasse ist. Wenn sie danach gefragt wird, warum sie das gemacht habe, wo doch der Mann noch nicht mal eine Waffe gehabt habe, und sie sagt, ›er hat mich aber so angeschaut, dass ich Panik kriegte und nicht anders konnte‹, dann lachen die sich doch alle einen ab oder sie denken sogar, sie sei eine Komplizin, oder? Ist vielleicht ein blödes Beispiel, aber wenn jemand etwas wirklich Schlimmes erlebt hat, ist es so. Also mit wirklich schlimm mein ich etwas, wo man denkt, dass man stirbt oder wo man möchte, dass man tot ist. Dann merkt man später plötzlich, dass man Knöpfe in sich hat und dass es Leute gibt, die wissen wo die sind, und dass es niemanden gibt, der sie zurückhält, wenn sie die drücken wollen, … oder müssen, wobei, ich weiss nicht, ich frage mich manchmal, wo der Punkt ist, an dem man sich noch entscheiden kann, aber wenn man beginnt, anderen weh zu tun, dann muss es doch Momente geben, wo man einsieht, dass etwas falsch läuft. Ausser natürlich, man ist vollkommen zerstört, Gras, Rinde, Stecken, Bach.

Kaspar hatte seinen Tisch leergeräumt, vor ihm stand ein Innenraummodell des Schulhauses in Veltheim und ein Grundlagenmodell des Baus an der Salstrasse. Beides war gestern von der Modellbaufirma gekommen. Das Holzmodell des Schulhauses sah ziemlich okay aus, man konnte gut sehen, wie die neuen Böden und die nach innen geneigten Geländer dem Lichthof mehr Gewicht verliehen. Mit dem andern war er weniger zufrieden: »Schau mal«, sagte er zu Miriam, die gerade aus der Küche kam, »bei den weissen Würfeln hier wird noch nicht mal klar, dass das eine ein Riegelhaus ist. Und deswegen haben wir doch überhaupt ein Modell in grösserem Massstab bestellt.«

Miriam, die ein Pulver in einem Glas mit heissem Wasser umrührte, trat heran: »Hm, das macht nichts, das schauen nur die Leute aus der Genossenschaft an und die wissen, wie die Häuser aussehen, denke ich. Ausserdem hast du ja den Plan aquarelliert, da sieht man's auch.«

»Ja, aber dass wir die Linien des Riegelhauses in der Stahlkonstruktion der Galerie aufnehmen, sollte man schon sehen. Was trinkst du da eigentlich?«

Miriam winkte ab: »Nichts, Vitamine.«

Als Kaspar einige Zeit später das Büro verliess, rief ihm Miriam nach, sie sei morgen ab zehn nicht mehr da. Als sie nichts hörte, fügte sie an: »Ist das ein Problem?«

»Weiss nicht, du bist der Chef.«

»Nein, im Ernst, brauchst du mich für etwas?«

Miriam hatte sich weit zur Seite geneigt um in den Flur zu sehen und wartete einen Moment an der Tischkante hängend. Als sie hörte, wie die Tür ins Schloss fiel, hangelte sie sich der Kante entlang wieder zu ihrer Maschine und setzte ihre Finger auf die Tastatur. Sie zögerte und griff sich an die Wange. »Aua«, kam es aus ihrem Mund, sie griff nach dem Glas mit dem Schmerzmittel und leerte es in einem Zug.

»Ich wäre eigentlich um die Zeit in der Nähe des Flughafens. Soll ich kommen?« schrieb sie.

»Nur keine Umstände«, antwortete Leibach.

»Ist für mich ein netter Abstecher.«

»Dann würde es mich natürlich freuen. Ich hab allerdings nicht viel Zeit. Muss um zwei an ein Meeting mit KREAKTIV.«

»Uuh, wirst du gebraucht, um sie dabei zu beraten, einen weniger peinlichen Namen zu finden?«

»Wahrscheinlich eine viel langweiligere Sache. Die WintInvest wollte, dass ich noch irgendwelche Subunternehmer kennenlerne.«

»Hoffentlich läuft alles glatt, und das mein ich jetzt mal ganz egoistisch.«

»Darfst du auch.«

Miriam griff sich an die Wange und schrieb: »Du, ich muss gleich los, 9.30 am Flughafen.«

Sie wartete die Antwort nicht ab und ging ins Bad, wo sie in den Spiegel schaute und den Mund öffnete. Sie fühlte einen stechenden Schmerz im rechten Unterkiefer und die Wange fühlte sich an, wie wenn sie geschwollen wäre, aber man sah nichts.

Gerda wartete in der Küche auf Bruno. Sie trug eine Schürze und ihr Haar war zu einem Pferdeschwanz zusammengebunden.

Bruno kam herein, während er sich die Haare mit einem Badetuch trockenrubbelte. »Mmmh, riecht lecker«, sagte er, »und oh, richtig mit Weingläsern und so. Hab ich noch Zeit, mich anzuziehen?« Er wies auf das beige Badetuch, das er um seine Hüften gebunden hatte.

»Klar, ich wollte eh noch rauchen.« Auf Brunos Blick hin ergänzte sie: »Keine Angst, bloss Zigarette.«

Bruno wandte sich zum Gehen.

»Wart mal Bruno, weshalb hast du da ein Pflaster am Arm?«

»Kleine Schramme von gestern, nichts Ernstes.«

»Hast du das desinfiziert?«

»Komm, mach kein Theater darum.«

»Papperlapapp, hast du irgendwelche Desinfektionsmittel?«

»Im Bad, denke ich.«

Gerda ging ins Bad und kam kurz danach zurück. Sie sah sich das Pflaster an, roch kurz daran und rümpfte die Nase. Dann nahm sie es gekonnt ab und schaute sich die Stelle genauer an. »Da ist schon ein Fetzen Haut weg. Wart mal, ich hab noch Flammazine im Rucksack. Setz dich.«

Bruno setzte sich.

»Und nicht bewegen, bis ich wieder da bin.«

»Jetzt übertreibst du definitiv!«

Gerda kam mit der Tube Flammazine, einer Kompresse und Pflaster aus dem Arbeitszimmer und legte alles auf den Küchentisch.

»Wart kurz«, sie ging zum Herd, drehte die Hitze der Herdplatte herunter und hob den Deckel des orangen Gusseisen-Topfes mit einem Lappen. Sie rührte kurz um, dann legte sie den Deckel wieder drauf und den Lappen darüber. Sie nahm eine Packung Fusilli und leerte deren Inhalt in kochendes Salzwasser. Alles geschah überlegt, nüchtern und schnell, wie Bruno beeindruckt feststellte. Dann wusch sie sich die Hände mit heissem Wasser. Bruno sah es dampfen und wunderte sich, wie sie es schaffte, sich nicht zu verbrennen. »Krass«, sagte er, »wahrscheinlich immer noch der einzige Mensch, der sich die Hände mit kochendem Wasser sterilisiert.«

»So«, machte sie, ohne seine Bemerkung zu beachten, und setzte sich neben ihn. Dann strich sie Flammazine-Crème auf die wunde Stelle, bedeckte sie mit der Kompresse und befestigte diese mit einem Pflaster. Sie rümpfte nochmal kurz die Nase, klopfte auf seine Hand: »So, jetzt kannst du dich anziehen.«

Bruno stand auf: »Danke, Schwester Gerda.« Bevor er hinausging, sagte er: »Haben wir diese Verfügung eigentlich mal widerrufen?«

Gerda dachte nach, dann hellte sich ihr Gesicht auf: »Mann, sag nichts, nein, die ist immer noch in Kraft. Wenn mir was passiert, wirst du benachrichtigt und umgekehrt auch.«

»Krass, nicht wahr, das ist wahrscheinlich das Romantischste, das wir je gemacht haben.«

»Vielleicht und ja, ich finde das immer noch gut so. Und du«, sie zeigte auf seinen Arm, »du lebst auch nicht gerade ungefährlich und bis dein Vater aus Südfrankreich angereist sind, dauert's ewig.«

Bruno nickte, schloss die Küchentür und Gerda zündete eine Zigarette an.

Als Bruno zurückkam, war das Essen auf dem Tisch, der Wein in den Gläsern. Gerda stand neben dem Tisch und sagte: »Bitte, Hasenragout aus Weinfelden und Fusilli mit Krummenauerkäse. Dazu Salat aus Jungspinat.«

»Krass, hast du den Hasen selbst gejagt?« Bruno setzte sich.

»Der Metzger sagte, er sei von dort.«

Sie assen mehr oder weniger stumm, Bruno schaute hin und wieder mit anerkennendem Blick auf Gerda, den sie jedoch ignorierte. Manchmal zeigte er mit der Gabel auf den Teller, Gerda blickte auf die Stelle und sagte: »... Liebstöckel, ... frische Morchel, ... Fusilli, du Idiot.«

Als sie fertig waren, setzte Bruno Kaffee auf. Er fragte Gerda, ob sie einen Schnaps wolle, doch sie winkte ab.

Während sie Kaffee tranken, rauchte sie am Fenster stehend eine Zigarette.

Nach einer Weile fragte sie: »Wo warst du eigentlich den ganzen Tag?«

»Erst arbeiten, dann bauen und aufnehmen.«

»Krass, ist dieser Trail denn nicht endlich fertig?«

Bruno schüttelte den Kopf: »Ich hab das Ganze ein bisschen unterschätzt, denke ich. Wenn ich fertig bin, kann ich wieder von vorne beginnen.«

»Das erinnert mich an diese lange Brücke in Nordkorea. Die sind ständig daran, die mit Rostschutzfarbe anzustreichen. Die müssen am einen Ufer schon wieder beginnen, wenn das andere noch nicht mal in der Nähe ist.«

»Bei einem Bauwerk würd mich das allerdings stressen, vor allem, wenn ich's selbst entworfen hätte.«

»Du meinst, dass dich das bei dem Trail nicht besonders stört?«

»Ja, die Unmöglichkeit, etwas fertigzustellen, hat etwas Tröstliches.«

»Aber offenbar auch Schmerzhaftes.« Gerda zeigte auf den Arm.

Bruno machte ein gleichgültiges Gesicht. »Wie gesagt, halb so schlimm.«

»Du hattest schon immer originelle Methoden, dich selbst zu verletzen.«

»Ja, mit der Rasierklinge ist sooo Neunziger.«

Nach einer Pause fuhr er zögernd fort: »Hast du dich eigentlich …?«

»Ja«, fiel sie ihm ins Wort, »und als Vertreterin der Selbstverletzungsgesellschaft kann ich dir sagen, dass es manchmal guttut, über solche Dinge zu lachen, weil man in gewissen Momenten selbst nicht versteht, weshalb man es tut. Viel schlimmer als Witze sind diese schockierten stirnrunzelnden Leute, weil die einem so ein richtig schlechtes Gefühl geben.«

»Du hast nie gesagt, dass du das gemacht hast. Ich hab auch nichts bemerkt, als du noch da warst, mal abgesehen von deiner Angewohnheit jeden Monat zu sagen, du lässt dir jetzt ein Piercing stechen.«

»Ja genau, ich hab dich ins Tattoo Studio geschleppt und dann hab ich's trotzdem nicht gemacht. Ich war recht unfreundlich manchmal.« Gerda lachte und fuhr fort: »Ich hab letztens an den Satz gedacht, den du mal gesagt hast.«

Bruno ahnte etwas, aber er konnte sich nicht genau erinnern und schaute fragend.

»Du hast gesagt: ›Ich wünschte es würde Nacht, oder deine Mens käme‹.«

»Dieser Wellington-Satz, genau. Und eben, du hast dich dann doch nie piercen lassen. Lag das allgemein am Stechen? Du hattest doch auch diese Angst vor Spritzen?«

»Nur wenn ich gespritzt werden soll. Bei andern machts mir gar nichts aus, im Gegenteil, spritzen war während der Ausbildung das, was ich am liebsten tat. Ausserdem war es keine Angst, sondern Ekel.«

»Ekel?«

»Ja abgrundtiefer Ekel, ich weiss nicht warum. Und ja, denselben Ekel hatte ich vor Piercings. Aber ich wollte mir beweisen, dass ich ihn überwinden kann. Ausserdem wusste ich, dass du's doof fändest, deshalb wollte ich es auch.«

Gerda zündete sich eine weitere Zigarette an und stand auf. »Ich glaube, ich wollte, dass du mich abstossend findest.«

»Je nach Piercing hätte ich dich auch abstossend gefunden.«

»Ich mich auch.« Bruno schaute verständnislos und Gerda fuhr fort: »Es ist einfacher, sich abstossend zu finden, wenn man etwas hat, woran man das festmachen kann.«

»Man muss sich doch nicht abstossend finden?«

»Das ist keine Frage des Wollens. Es ist vielleicht nicht angenehm, es fühlt sich aber sicherer an. Oder besser richtig. Und richtig ist das, wohin alles immer geht. Du kannst so leben, dass sich alles gut anfühlt, am Schluss endest du da wo es sich richtig anfühlt, auch wenn alles beschissen ist. Weiss nicht, verstehst du das?«

»Hm ja, irgendwie schon. Wahrscheinlich ist es das Schwierigste, zu begreifen, dass man das, was man verdient zu haben glaubt, eben nicht verdient hat.«

Gerda nickte und blies den Rauch aus: »Einsehen tut man das manchmal schon. ›Sie sind doch so intelligent, warum machen sie denn immer so dummes Zeugs‹, ist der Satz, den ich so ziemlich am häufigsten gehört habe. Aber wenn ich modus bin, dann bedeutet das alles null und nichts mehr.« Nach einer Pause fügt sie an: »Wie auch immer, ich konnte diesen Ekel nie überwinden, es ging mir um eine Art von Unversehrtheit, denke ich.«

Bruno nickte und Gerda fuhr fort: »Erinnerst du dich an diesen schrecklichen Mord, wo Köche aus Winterthur, ich glaube es waren Köche, oder zumindest einer davon, eine junge Frau umgebracht und in einen Schacht geworfen haben?«

»Klar, zwei haben sie im Auto von hinten erwürgt. Der Fahrer sagte, er hätte erst zu spät realisiert, dass sie sie wirklich umbringen wollten.«

»Hast du auch in der Zeitung gelesen, dass sie zuvor gesagt haben soll, sie sollen bitte nichts an ihrem Gesicht machen.«

»Ja und ich muss sagen, ich hab gelacht und gedacht, das ist ja voll irre, was kümmert dich dein Gesicht, wenn du Angst hast, umgebracht zu werden.«

»Genau, doch wenn die Geschichte stimmt, weiss ich genau, was sie meinte. Solche Dinge sind manchmal das Wichtigste, genauso wichtig wie der Glaube für so einen Märtyrer. Ich kann es nicht genau erklären, alles Sichtbare ist heilig, innen kann es jedoch aussehen wie auf einem Schlachtfeld. Ja, es ist gut, wenn es sich innen anfühlt wie auf einem Schlachtfeld. Blutgeschmack im Mund zum Beispiel.«

»Blutgeschmack im Mund?«

»Eine Freundin von mir hat mich mal drauf gebracht, Reisnägel in den Mund zu nehmen. Ich hab das nicht so oft gemacht. Aber einmal in der Schule, allein im Aufenthaltsraum, da hab ich das ausprobiert. Dann ist ein Lehrer reingekommen und hat mich etwas gefragt. Ich bin einfach nur stumm dagesessen und er hat gemeint, dass sei eine Frechheit von mir, einfach so dazuhocken und nichts zu sagen. Er ist richtig wütend geworden und ist rausgestampft. Und ich hab so gedacht, was der wohl getan hätte, wenn ich geredet hätte. Das hat mir ein richtig gutes Gefühl gegeben. Vor allem zusammen mit dem Schmerz. Doch man muss all die blutigen Reisnägel loswerden. Dieselbe Freundin hat sich auch Haare ausgerissen, so richtige Büschel.«

Föhre, Birke, dumpf, dumpf, hell, manchmal fühl ich mich schon zu alt für den Mist. Der ganze Personalkram, dieser Dreck und dieses Getue jeden Tag. Die politische Komponente vom Saufen seh ich nicht mehr. Klar, macht junge Menschen stark. Aber wenn sie nur stark sind, um sich gegenseitig zu verhauen und Scheisse zu labern und an ihren Handys rumzuspielen? Ich bin ja selbst schuld, und wenn mir jemand gesagt hätte, als ich angefangen habe, dass ich mal so reden würde, ich hätte ihn ausgelacht und gesagt, solange leb ich eh nicht. Jetzt fällt es mir immer schwerer, den Sinn einzusehen. Keine Angst, ich werd schon nicht so wie die Typen, die vor dem Kollektiv das Eck geführt haben. Der Schnauzer und ich sind da ja als Jugendliche mal drin gewesen. ›Bauhütte‹ nannten die sich, oben neben der Theke das Schild ›Liebe ist keine Privatsache‹ und all die Frauen in Tiki-Stoff. Der Schnauzer hat immer fragen wollen, ob es stimme, dass oben ein Puff sei. Ich hab gesagt, er soll die Klappe halten. Er ist damals noch nicht so penetrant gewesen. Heute ist schlimmer. Zweimal hab ich ihn schon rausgeworfen. Andere auch. Manchmal frag ich mich, was passiert, wenn diese ganze Belästigungs- und Übergriffsache bei uns landet, ich meine das ganze Saufen und Kiffen und bei den Konzerten die ganze Groupie- und ›Ich bin der Star‹-Scheisse. Das kann ja schon einvernehmlich sein. Aber hier waren schon auch Typen, die haben ihre Bekanntheit schamlos ausgenützt, auch wenn diese bloss eingebildet war. Wahrscheinlich könnte ich einen Zehntel meiner Plattensammlung einstampfen, wenn ich alles loswerden wollte, was irgendwie mit Übergriffen zu tun hat. Hm, vielleicht noch mehr. Aber ich denke, ich spür mittlerweile, wen ich rauswerfen muss, Borke, Reisig, Tanne, morsch, Tanne dünn, trocken, Esche.

Miriam wartete in der Ankunft Terminal zwei. Zum Glück spürte sie ihre Zähne momentan nicht. Offenbar wirkte das Schmerzmittel, dass sie genommen hatte.

Sie erinnerte sich daran, wie sie als kleines Kind hier gewesen war. Die Böden im Flughafenbahnhof waren damals noch mit diesem Pirelli-Noppenbelag belegt gewesen, sie spürte es immer noch in ihren Fingerspitzen, wie er sich angefühlt hatte. Einmal nahm ihre Mutter sie mit, um einen Onkel abzuholen, der in Toledo lebte. Der Flug hatte Verspätung und sie warteten bei einer Sitzgruppe. Miriam tastete mit den Fingern den Boden ab und kreiste um die Noppen. Ein

Mann sagte zu ihrer Mutter: »Das kann man auch nur hier.« Ihre Mutter sagte nichts und der Mann ergänzte: »Ein Kind auf dem Boden spielen lassen.« Ihre Mutter meinte: »In Afrika machen sie das immer.« »Da sterben sie aber auch.«

»Bestimmt nicht vom Aufdembodenspielen.«

Leibachs Flug kam pünktlich. Miriam war froh, sie mochte keine Steeldrum Bands und eben gerade spielte eine unter dem Transparent »Welcome Home, Heinrich« eine Endlos-Version von »Seven Nation Army«.

Miriam nickte kurz, als Leibach durch die Tür aus Milchglas kam und ihr zuwinkte. Beide versuchten, geschäftig zu wirken, er legte ihr bloss kurz die Hand auf die Schulter und sagte: »Danke, das mit der Musik wäre nicht nötig gewesen.«

Miriam lächelte und zeigte überrascht auf die Papiertüte, die Leibach als einziges bei sich trug.

Dieser sagte: »Das war so eine fixe Idee von mir, einmal nur mit Papiertüte zu reisen.«

Ein Taxi hupte, als sie die Strasse überquerten. Miriam beachtete es nicht: »Gab's da keinen Dress-Code?«

»Offenbar haben mein Hemd und die Jacke die Anforderungen erfüllt.« Nach einer Pause fuhr er fort: »Hast du noch kurz Zeit für einen Kaffee?«

Miriam sah sich auf der Shoppingebene um. »Klar, fragt sich nur wo. Foodland oder Tschibo.«

Leibach nickte: »Foodland, was immer das ist, ich mag die Kombination von Kaffee und Bademode nicht.«

Sie gingen auf das Foodland zu und Leibach fuhr fort: »Ich find's sowieso seltsam, alles mit Kaffee zu kombinieren. Es gibt wahrscheinlich kaum ein Produkt oder eine Dienstleistung, die nicht zusammen mit Kaffee angeboten wird.«

Miriam nickte: »Am schlimmsten finde ich Kaffee- und Schuhladengeschmack. Weiss auch nicht warum.«

An der Green Theke bestellte sie zwei Kaffees.

Sie setzten sich an einen der Holztische und Miriam musterte Leibach kurz. Er sah ein wenig müde aus, einige hellrote Pünktchen zeugten von finnischen Mückenstichen.

»Kadaverannahmestellen«, sagte Miriam.

Auf Leibachs überraschten Blick hin sagte sie: »Kadaverannahmestellen haben wahrscheinlich keine Kaffeetheken.«

»Da könntest du Recht haben.«

»Wann musst du schon wieder bei WintInvest sein?« fragte Miriam nach einem Schluck Kaffee.

»Um zwei. Dann bei ...«

»Ach ja, KREAKTIV, seltsame Bande, ich hab die gegoogelt.«

»Da hab ich mich jetzt nicht so drum gekümmert. So schlimm wie der Name?«

Miriam schüttelte den Kopf: »Kaum, doch ich hab auf der Homepage auch nicht so richtig herausgefunden, was die machen. Offenbar sind da nur zwei Leute beschäftigt. Bestimmte Aufträge vergeben sie an Freelancer. Du kennst doch diese Homepages, auf denen bloss diffuse Aktivitäten, seltsame Unternehmensphilosophien und ein Haufen Links erscheinen.«

»Ja, hab ich auch schon gesehen. Solche Philosophietexte gibt es als Vorlage. Weisst du zufällig die Namen der Inhaber?« Leibach nahm einen Schluck Kaffee.

»Ein Klas Giss und ein ...«, Miriam presste einen Moment lang die Lippen aufeinander und überlegte. Schliesslich schüttelte sie den Kopf: »Hm, nein, den andern hab ich vergessen.«

Leibach stellte die Tasse ab. »Ich glaube dieser Giss war bei eurer Präsentation dabei.«

»Echt?«

»Ja, einer wurde mir vorgestellt, der hiess so oder mindestens sehr ähnlich.«

»Was hatte der da zu suchen?«

»Ich weiss auch nicht genau, ehrlich gesagt. Na ja, ich werd's heute Nachmittag herausfinden.«

Miriam rührte in ihrem Kaffee: »Musst du eigentlich noch nach Hause vor der Sitzung?«

»Ich hätte mich gern kurz umgezogen, ich hab zwar neben den Dokumenten zwei Hemden und Unterwäsche in die Tüte reingekriegt, für ein zweites Paar Hosen hat's aber nicht gereicht. Ich fürchte nur, ich hab mir mit dieser Kaffeepause die Chance verbaut, es noch mit den ÖV nach Hause und wieder ins Sulzerareal zu schaffen.«

Miriam legte den rechten Arm über die Stuhllehne und sagte lasziv: »Ich hätte sonst meinen Starlet im Parking Eins.«

»Im Ernst? Ich dachte du seist auch mit den ÖV da. Naja, wenn du eh in meine Richtung fährst, wär ich natürlich froh, wenn ich mitfahren könnte.«

»Wo wohnst du schon wieder?«

»Neschwil.«

»Krass, und du kommst mit dem Rad zu einem Treffen in Winterthur.«

»Wenn man die Strecke ein paar Mal fährt, ist das ein Katzensprung.«

Miriam machte grosse Augen und Leibach fuhr fort: »Allerdings steht das Rad in Winterthur und ich steig meistens in der Grüze in den Zug.«

»Puhh«, Miriam hielt sich die Hand auf die Brust. »Ich dachte schon, du seist so ein Midlife-Crisis-Ironman.«

»Nein, ich hab auch keine Harley. Meinst du, das liegt drin, wenn du da kurz vorbeifährst?«

Miriam nickte: »Klar. Ich wollte eh schon immer mal dahin, wo Johnny Cash seine Platten aufgenommen hat. Und weil ich dann eh auch nach Winti muss, werd ich kurz warten, bis du geduscht hast, und dich dann in die Stadt fahren.«

Leibach öffnete den Mund und Miriam sagte: »Keine Widerrede.«

Er hob die Hand und sagte: »Ich hab nichts von Duschen gesagt.«

Sie redeten noch eine Weile, bis Miriam fragte: »Sollen wir?«

Leibach nickte und sie gingen hinüber zum Parking 1.

»Wo hast du den Wagen?«, fragte er, als sie im Untergeschoss vor den Liften standen.

»Ich fahr in Parkhäusern immer ganz hoch, damit ich mir die Etage nicht merken muss.«

Sie betraten den Lift und Leibach drückte die Eins, wo sich die tiefste Ebene des Parkhauses befand. Auf Miriams fragenden Blick sagte er: »Ich muss dir noch etwas zeigen.«

Sie stiegen aus. Miriam machte ein angespanntes Gesicht und sagte: »Parkhäuser sind nicht unbedingt der Ort, an dem ich mir etwas zeigen lassen will.«

»Aber das hier ist architektonisch interessant«, sagte Leibach und fuhr fort: »Und jetzt, schliess die Augen!«

»Mann, das wird ja immer besser.«

»Es ist so viel eindrücklicher. Nimm meine Hand und folge mir.«

Miriam nahm murrend Leibachs Hand. Sie fühlte sich kühl an, sehr angenehm und irgendwie beruhigend. Leibach hielt an, liess ihre Hand los und meinte, sie solle den Kopf nach oben richten und dann die Augen öffnen.

Miriam tat es und sagte: »Kraaass!«

»Willkommen im Auge des Parkhauses.«

Sie standen im Zentrum der spiralförmigen Zufahrt zu den Parkebenen. Miriam folgte mit ihren Blicken den Lichtern der Autos, die sich das etwa dreissig Meter hohe Parkhaus hoch und nieder schraubten und sagte: »Ein bisschen wie das Guggenheimmuseum. Nur ohne Kunst.«

»Und ziemlich psychedelisch«, fügte Leibach hinzu.

Miriam schaute eine Weile stumm nach oben. Schliesslich sagte

Leibach: »Komm, wir schauen's uns noch von oben an, du hast ja eh den Wagen dort.«

Als sie oben ankamen und zur Abfahrt gingen, sagte er: »Diesmal ist es nicht nötig, dass du die Augen schliesst, schau einfach geradeaus und dann über die Mauer.«

Miriam tat es: »Woah, anders, aber ebenso eindrücklich. Würde ich mich aus irgendeinem Grund umbringen wollen, dann definitiv hier.«

»Du hast eine seltsame Art, deiner Faszination Ausdruck zu verleihen, ich weiss aber, was du meinst. Ich bin aus dem Grund auch froh, dass der Ort nicht so bekannt ist.«

Miriam nahm ihr Handy hervor und machte Fotos aus verschiedenen Winkeln. Leibach schaute auf die Uhr. »Du solltest dich langsam losreissen, sonst schaff ich's nicht mehr nach Hause. Ausserdem sind diese Tickets nicht allzu lange gültig.«

»Ok, ich brauch nur noch eine Ansicht von da drüben, sagt meine App, damit sie das Ganze zu einem 3D-Modell zusammensetzen kann«, meinte Miriam, »mein Wagen steht eh auch dort.«

Borke, trocken, Buche, trocken, dünn, knirschen, Zweiviertel, manchmal weiss ich nicht genau, warum ich etwas sage, ich sage einfach etwas zu jemandem und vergesse es dann. Was ich sage, ist vielleicht nicht wahr. Aber ich glaube, das ist nicht lügen, ich verfolge kein Ziel damit, also kein Ziel, von dem ich wüsste. Es ist nur so, dass ich Angst bekomme, wenn etwas schlecht ist oder wenn eine Person mich schlecht findet, ja, ich möchte nicht, dass jemand schlecht von mir denkt, und ich möchte, dass es allen gut geht, denn wenn es jemandem schlecht geht, krieg ich Angst. Ziemlich viel Angst unter Umständen. Es kommt dabei sehr auf die Person an und auch auf den Zustand, in dem ich mich befinde. Gewissen Leuten stehe ich komplett gleichgültig gegenüber, andere verachte ich. Besonders schwache Männer, ich werde dann manchmal richtig gemein und bekomme einen unerklärlichen Hass. Natürlich findet man immer Dinge an anderen Leuten, die man nicht mag, doch hier geht es um etwas anderes, ich würde diese Leute gerne vernichten. Wenn ich in diesem Modus bin, habe ich keine Angst, Tanne, dünn, trocken, Schlag.

Sie stiegen ein, Leibach stellte die Papiertüte auf den Boden zwischen die Beine und schaute sich um.

Miriam meinte: »Fährt sich nicht schlecht, hat aber weder Airbag noch ABS, also anständig bleiben und die Lenkerin nicht ablenken.«

Sie fuhren die Spirale des Parkhauses hinunter und Miriam sagte: »Ist ganz anders, wenn man weiss, wie's aussieht hier.«

Leibachs Handy schickte einen Signalton ins Wageninnere, er kramte es hervor: »Ja super, die beiden Termine sind auf morgen vertagt.« Er schaute zu Miriam hinüber. Sie drehte kurz den Kopf: »Heisst das, du willst trotzdem die ÖV nehmen?«

Leibach lachte: »Eh nicht.«

Als sie Kloten hinter sich liessen, sagte Leibach: »Ziemliches Agglo-Ghetto.«

»Hier habe ich meine Jugend verbracht.«

»Sorry.«

»Nein, es ist natürlich Agglo-Ghetto.«

»Besser als Bassersdorf.«

»Dort habe ich als Kind gewohnt.«

»Hm, du hältst einfach an, wenn's dir zu viel wird.«

»Kommt drauf an, vielleicht werf ich dich auch während der Fahrt raus.«

Leibach machte ein nachdenkliches Gesicht: »Klingt schon sehr nach einer authentischen Bassersdorferin, Schrägstrich, Klotenerin.«

»Wieso meinst du?«

»Es mag Zufall sein, aber alle Leute aus der Gegend hier, die ich kenne, haben entweder ein Problem mit Drogen, Alkohol, Gewalt, Sex oder allem zusammen.«

»Das widerspiegelt nicht meine Erfahrungen und die meiner Freunde nur teilweise. Wobei, letztens sagte ein etwa fünfzigjähriger Bassersdorfer zu mir, dass die Hälfte seiner Freunde aus der Primarschule tot seien, vielleicht war's also vor meiner Zeit schlimmer.«

»Möglich, früher nannten wir das Dreieck Effretikon, Kloten, Nürensdorf die Vorhölle. Celtic Frost sind auch von hier.«

»Kenn ich nicht. Ist Neschwil besser?«

»Weiss nicht, ich wohn da erst seit kurzem.«

»Wo wohnt deine Ex-Frau?«

»Winterthur.«

Sie schwiegen eine Weile. Miriam fuhr über Effretikon nach Illnau und bog links ab. »Ich war schon Ewigkeiten nicht mehr hier«, meinte sie, als sie an Agasul vorbeifuhren.

»Manchmal geh ich oben im Weiher baden.«

»Brauiweiher. Den kenn ich sogar.«

»Schwimmst du auch lieber in Seen als in Bädern?«

Miriam sagte: »Nein.«

Leibach war erstaunt über die Härte, mit der sie dies gesagt hatte und sie schwiegen bis Neschwil.

Miriam hielt vor Leibachs Haus und dieser bemerkte: »Nicht gerade die Kunstwissenschaftler-Loft, ich weiss.«

Sie zuckte mit den Schultern, sie stiegen aus und gingen auf die Haustür zu.

Als sie oben waren, sagte Leibach: »Ist es ok, wenn ich den Tee aufsetze und dann ganz kurz dusche, mir ...«, er roch an seinem Hemd, »wär's glaub doch angenehmer so.«

»Klar, und muss kein Tee sein, für die Zeit, in der ich warte, reicht auch ein Glas Wasser.«

»Hol dir einfach in der Küche, was du magst.«

Während Leibach duschte, ging Miriam in die Küche und schenkte sich ein Glas Mineralwasser ein. Dann ging sie hinüber ins Wohnzimmer und schaute sich um. An der Wand hingen einzelne polnische

Filmplakate. »Szczęki 2« stand auf dem einen und Miriam schloss aus dem Haikopf mit zwei Mäulern, dass es sich um die polnische Version des »Jaws 2«-Plakats handeln musste. Alles war vielleicht eine Spur zu sauber, etwas kalt, unbelebt. Auf einem Nierentisch vor dem blauen Sofa lagen Zeitschriften, darunter eine Bunte und eine Gala, wie Miriam irritiert feststellte. Sie rief Richtung Badezimmer: »Betreibst du hier drin eine illegale Zahnarztpraxis?«

Leibach erschien in T-Shirt und Jogging-Hosen im Türrahmen. Er hatte nicht übermässig viel Muskeln und ein wenig Bauch lugte unter dem T-Shirt hervor: »Was meinst du?«

»Die Zeitschriften und nicht zuletzt der Hai mit den zwei Gebissen.«

Er schaute auf die Magazine: »Ah, die lässt die Putzfrau jeweils hier.«

»Du hast eine Putzfrau?«

»Ich schaff das zeitlich nicht mehr, seit ich zwischen hier und Bern hin und her pendle. Und ich verlier haushaltstechnisch schnell den Überblick. Aber das Hai-Plakat ist super, nicht wahr?« Leibach setzte sich neben sie auf das Sofa und schaute das Plakat an. »Ich könnte es echt den ganzen Tag anstarren. Dabei habe ich eigentlich Angst vor Haien. Völlig irrational.«

»Soll vorkommen, ich glaube ich hätte auch Angst, vor allem wenn er zwei Mäuler hätte. Heisst ›Szczęki‹ eigentlich Hai oder Kiefer?«

»Ich weiss nicht, ich hab als Jugendlicher geglaubt ›Jaws‹ sei ein anderer Ausdruck für Hai. Vielleicht das jüdische Wort oder so.«

»Wegen Spielberg?«

»Machte für mich Sinn, ich hab aber auch immer gemeint, ›Hey Jude‹ heisse auf Deutsch übersetzt, ›Hallo Jude‹ und handle vom Holocaust.«

Miriam lachte durch die Hand, die sie vor den Mund hielt. Dann nahm sie sie weg und sagte: »Ja super, so ziemlich das Thema, dass du anschneiden solltest, wenn jemand gerade ernsthaft darüber nachdenkt, dich zu küssen.«

Als Miriam im Büro auftauchte, schaute Kaspar auf und sagte: »Du schaust aus wie ein Dschungel, aus dem die Gorillas geflüchtet sind.«

Miriam blieb stehen und nach einem etwas unsicheren Blick sprach sie scheinbar streng: »Kannst du auch etwas ganz Normales sagen, Kaspar?«

»Was zum Beispiel?«

»Etwas, was jeder versteht.«

»Butter.«

Miriam stellte die Tasche auf ihren Schreibtisch. Als Kaspar Luft holte und den Mund zum Reden öffnete, hob sie die Hand: »Ich weiss, du hast jetzt bestimmt eine wahnsinnig gute Erklärung dafür, weshalb Butter etwas ganz Normales ist, was jeder versteht, doch, bitte, sei einfach still.«

Gerda schaute aus dem Fenster des Krankenhauses und atmete tief ein und wieder aus. Es nützte nicht viel. Severin liess sich ein bisschen viel Zeit mit seiner Antwort. Sie musste gestern bereits Indoor auf der Strasse kaufen. Das Zeug war teuer, stank und hatte nicht die gewünschte Betäubungswirkung. Und die hätte sie momentan gebraucht, denn Zimmermann wurde mit zunehmendem Absetzen der Schmerzmittel immer unausstehlicher. Zugegeben, es war nicht seine Schuld, dass auf der Station Psychopharmaka nur sehr zurückhaltend abgegeben wurden. Dennoch. Gerda drehte sich genervt um, als er hinter ihr sagte: »Lernt man das in der Schwesternschule?«

Er atmete übertrieben, während er mit seinem Gips ungelenke Linien durch die Luft zog.

»Hören sie zu, Herr Zimmermann, ich versteh ja, dass sie mich nerven müssen, aber ich fänd's besser, wenn sie nicht noch versuchen würden, dabei originell zu sein.«

»Ich muss aufs Klo.«

»Dann sagen sie das doch einfach.«

Gerda half ihm aus dem Bett und begleitete ihn und seinen Infusionsbeutel ins Bad. An der Tür fragte sie, ob er zurechtkäme. Zimmermann drehte sich um: »Haben Schwestern neuerdings Schamgefühle?«

»Schwester sagt man heute nicht mehr«, machte Gerda und schloss die Tür. Als er wieder aus dem Kachelzimmer kam, sagte er: »Bäh, das stinkt, bei mir scheint vorsorglich schon mal die Verwesung eingesetzt zu haben.«

Gerda begleitete ihn zum Bett, half ihm hinein und stellte sich wieder ans Fenster. Sie drehte sich um, als sich die Tür öffnete und zwei

Praktikantinnen das Essen hereinbrachten. Die eine sagte »Uhh«, als sie am Bad vorbeiging. Darauf stellte sie den Teller auf die Plastikablage, schwenkte sie zu Zimmermann und drückte eine Taste auf der Bettsteuerung. Zimmermann grinste dumm, als sich sein Oberkörper aufrichtete.

Die Praktikantin quittierte sein Gesichtsausdruck mit einem professionellen Lächeln, wünschte »Guten Appetit« und drehte sich um. Zimmermann wartete einen Moment, dann beugte er sich vornüber und tauchte das Gesicht in den Kartoffelstock. Gerda stöhnte und ging zum Bett. Sie unterdrückte den Reflex, den Kopf noch tiefer in den Brei zu drücken. Stattdessen hob sie ihn an, während die herbeieilende Praktikantin ein Kleenex von der Ablage nahm und schnell das Gesicht abwischte. Der Oberteil des Bettes wurde wieder hinuntergelassen, Gerda holte einen Kühlbeutel und legte ihn auf Gesicht. Sie wusste, dass dies bei Verbrühungen schlecht schlecht gewesen wäre, aber hätte sich Zimmermann verbrüht, hätte er kaum noch gegrinst. Und gegen das Grinsen half der Beutel.

Gerda ging nach draussen, wo ihr die Stationsleiterin entgegenkam. Sie schilderte ihr den Vorfall und meinte schliesslich: »Eigentlich gehört er ja in die Psychiatrische Klinik.«

»Da wird er bald hingebracht, aber die sind für die postoperative Versorgung nicht eingerichtet, das weisst du ja.«

»Sollen wir ihn nicht lieber stilllegen?«

»Er hat zwar noch Temesta in der Reserve. Gib sie ihm trotzdem nur im Notfall. Du kennst unsern Oberarzt. Der hat schon die Stirn gerunzelt, als er das Methadon sah.«

»Oberarzt Menschenfreund, besser einen Patienten operieren lassen, der voll auf Entzug ist, als ihm eine Pille zuviel geben.«

»Genau.«

Gerda kehrte zurück ins Zimmer. Nach einer Weile sagte sie: »Mich überrascht die Konsequenz, mit der sie anderen Leuten auf den Wecker gehen.«

»Genau wie meine Mutter«, meinte Zimmermann unter dem Kühlbeutel.

Gerda sagte nichts und Zimmermann fuhr mit hoher Stimme fort: »Wenn du bei allem so konsequent wärst, wie dabei, mir auf die Nerven zu gehen, wärst du längst erfolgreich.«

Gerda schaute auf die Geleise vor dem nahen Hauptbahnhof, welche die niedrigstehende Sonne hellgelb leuchten liess.

Er hob den Beutel vom Gesicht und legte ihn neben sich auf das Bett: »Dabei bin ich erfolgreich in dem was ich tue. Ich bin halt einfach Junkie.«

Gerda stellte sich vor sein Bett: »Ok, versuchen wir vielleicht kurz, uns wie Erwachsene zu benehmen.«

Zimmermann sagte nichts und Gerda fuhr fort: »Egal was ich sage, sie werden jetzt einfach so weitermachen, oder?«

Zimmermann nickte.

»Gibt es irgendetwas, dass sie davon abhalten könnte?«

»Ja, Temesta.«

Gerda holte eine Pille und verabreichte sie Zimmermann. Dann setzte sie sich wieder an den Tisch. Eine zweite hatte er noch in der Reserve. Wenn die eine reichte, würde sie die zweite mitnehmen. Obwohl es nicht ganz einfach war als FaGe Medikamente abzuzweigen, hatte sie neben Psychopharmaka auch schon leichte Opiate mitgenommen. Dennoch hatte sie masslos übertrieben, als sie zu Severin gesagt hatte, sie habe da so ihre Beziehungen. »Scheisse, alles«, dachte Gerda.

Es war schon nach zehn und immer noch frühsommerlich warm. Kaspar stieg im T-Shirt die Treppe in den Fahrradkeller hinunter, wo sein Coronado stand. Er stiess es die kurze Rampe hoch und fuhr los. Die Pneus streiften in regelmässigem Takt am klappernden Schutzblech.

Er stellte das Rad in der Nähe des Eck neben einen Baum und ging auf das Lokal zu. Draussen waren Leute aus der Bierkurve in eine lebhafte Diskussionen über den neuen Trainer verwickelt, sodass das Bier manchmal aus ihren Gläsern auf ihre FCW-Schals schwappte. Andere Gäste lehnten lethargisch an der noch warmen Hausmauer und folgten Kaspar mit den Blicken. Er zog die olivgrüne Schirmmütze vom Kopf, als er eintrat. Die Musik war für Eck-Verhältnisse nicht allzu laut. Ein paar Punks überzeugten gerade die Angehörigen einer Theatergruppe, dass hier und jetzt weder der Ort noch die Zeit war für die Probelesung eines Peter-Handke-Stücks. Am Tisch vor dem Fenster sassen Teenies und redeten aufeinander ein, während sie gleichzeitig ihre Smartphones bearbeiteten und sich dabei in einer postapokalyptischen Stadt eine unerbittliche Strassenschlacht lieferten. Das Inventar hatte sich in den hinteren Teil neben dem Bartresen zurückgezogen und kommentierte das Geschehen mit skeptischen Blicken. Zwei spielten Schach und einer sass auf einem Barhocker an der Theke und beobachtete die Biertraube, die sich vor der Kasse angesammelt hatte. Er nickte von Zeit zu Zeit.

Mark schien heute seinen freien Tag zu haben, Kaspar ging zu Lars, der gerade einen Tisch abräumte, und sagte, er sei die Aushilfe. Dieser nickte und meinte, er solle nach hinten gehen. Kaspar drückte sich am Tresen vorbei und betrat die Küche. Der Koch drehte sich überrascht um, dann lächelte er knapp: »Das ist also kein Witz, du bist die Aushilfe.«

Kaspar bejahte, der Koch ging zu einem Wandschrank, holte eine schwarze Schürze heraus und warf sie Kaspar zu. »Ich komm hier allein zurecht, frag vorne.«

Kaspar band sich die Schürze um, schritt zur Bar und fragte Silbe, was er tun könne. Während sie Kleingeld aus der Kasse nahm und es vor einem Gast auf den Tresen legte, sagte sie: »Oben, Raucherraum. Flaschen. Nimm zwei Bierkästen, Eimer und Lappen mit.«

Kaspar murmelte ein »Ok« und suchte sich die Sachen zusammen. Dann stieg er die Treppe hoch und öffnete die Tür zum Raucherraum. Die Gespräche waren lauter hier oben, und aus den Boxen dröhnte »Tell Me No« von den Screaming Females. In einer Ecke standen zwei Jugendliche und schauten verstohlen um sich, während sie ungeschickt mit Tabak, Gras und Papieren hantierten. Zwei Araber, Kaspar dachte jedenfalls, dass es Araber wären, standen in der Ecke und tranken Tee. Ein Hund streunte durch den Wald aus Beinen. Am Tischfussballkasten standen sich zwei Männer und zwei junge Frauen gegenüber. Kaspar stellte fest, dass letztere gewannen. Er betrachtete die Männer. Sie waren schon ziemlich dicht und wahrscheinlich nicht nur das, also nicht unbedingt die falschen Kavaliere, die Frauen gewinnen liessen. Sie konzentrierten sich auf das Spiel und soweit Kaspar dies feststellen konnte, spielten sie noch nicht mal schlecht, offenbar waren die Frauen einfach besser. Und dies, obwohl es so wirkte, als wären sie mehr auf ihr Gespräch konzentriert, als auf das Spiel. Sie waren dunkel gekleidet, gepierct und hatten dicke schwarze Ränder um die Augen. Ihre Gegner waren eher magere Hängertypen. Der eine hatte eine Glatze und der andere Rastas.

Kaspar sammelte die Flaschen ein und stellte sie in die Kisten. Die Schwierigkeit dabei war nicht nur, dass sich die Leute unentwegt bewegten und ihn anrempelten. Praktisch keine der Flaschen war leer und die Zugehörigkeit genauso unklar, wie die Spuckbrühe darin. Kaspar entschied sich dafür, diejenigen Flaschen einzusammeln, die weniger als zwei Zentimeter Boden hatten, was sich als guter Plan entpuppte, obschon ihm die eine oder andere Flasche mit strafendem Blick aus den Händen gerissen, ausgetrunken und wieder zurückgegeben wurde. Er wischte die Tische ab. Die Mischung aus Tabak, Asche, Bier und kleinen Papierfetzen entpuppte sich als hartnäckiger, als er es erwartet hatte und es war nicht einfach, um die Flaschen und Gläser herum zu wischen, denn kaum jemand fühlte sich dazu genötigt, sein Getränk hochzuheben.

Zum Schluss entdeckte er eine Kotzpfütze in der Ecke beim Fenster. Er ging ins Bad und holte eine Rolle Klopapier. Zurück im Raucherraum bahnte er sich den Weg zur Pfütze. Jemand schien schon hineingetreten zu sein. Glücklicherweise war der Geruch erträglich, sofern er durch den Geschmack von Rauch-, Schweiss- und frisch zerbröseltem Indoor überhaupt wahrnehmbar war. Während er aufwischte, wurde Kaspar einige Male herumgeschubst und ein Typ mit langem Zopf stolperte über ihn. Er schimpfte laut und nannte Kaspar Arschloch. Dieser richtete sich kurz auf und der andere war ruhig. Nachdem er wieder zur Toilette gegangen war und das Klopapier runtergespült hatte, trug er die beiden Bierkisten und den Eimer die Treppe hinunter. Er stellte diesen hinter der Bar ab und schaute Silbe an. Sie wies auf die Bierkästen, dann nach hinten: »Sortieren.« Er tat es, kam zurück in die Küche und stellte die leeren Gläser in ein Drahtgitter, das neben der Abwaschmaschine stand.

Silbe winkte ihn heran. »Hier unten, Flaschen.«

Sie schien genervt und Kaspar sagte: »Oben hat jemand in die Ecke gekotzt, deshalb hat's länger gedauert.«

»Hat's gestunken?«

»Nicht gross.«

»Nächstes Mal liegenlassen, ausser es stinkt.«

»Ok.«

»Hundescheisse musst du wegmachen, und Glasscherben auch, wir haben da oben zwar ein Barfussverbot, doch es gibt immer irgendwelche Irren, die mit nackten Füssen rumlaufen. Am Ende kommen sie blutend die Treppe runter und wir müssen uns um die Sauerei kümmern. Wie sieht das Klo aus?«

»Schlachtfeld.«

»Scheisse, Blut, Spritzen?«

»Nur Klopapier und Urin.«

»Ok, erst hier unten die Flaschen einsammeln, dann draussen Tische und Stühle hochklappen und die Leute mit den Getränken reinschicken.« Kaspar war schon auf dem Weg nach draussen, als Silbe rief: »Hast du oben die Libanesen gesehen?«

»Weiss nicht, schon möglich.«

»Hat jemand so ausgesehen, wie wenn er dealen oder kiffen würde?«

Kaspar schüttelte den Kopf und ging auf den Ausgang zu. Draussen regnete es leicht. Er bedeutete einer Gruppe Raucher zur Seite zu gehen, damit er die Tische an die Hauswand stellen konnte. Sie wichen nur widerwillig zur Seite. Dann sagte er, es sei schon zwölf und sie sollten mit den Getränken reingehen. Nach und nach drückten die Leute ihre Kippen aus und gingen hinein.

Eine Dreiergruppe blieb draussen stehen. Einer davon fragte: »Was machst du denn hier?«

Kaspar schaute ihn an: Philipp, er kannte ihn von einer Wohngruppe her.

Sie waren damals nicht die besten Freunde gewesen, er hielt ihn für ein Grossmaul und hatte gehört, dass er später über eine Kampfsportschule in rechtsextreme Kreise geraten sei. Jedenfalls war er einer der Türsteher, die an der Tanzdemo die Leute vorsortiert hatten, welche den Platz verlassen konnten. Er gab Kaspar damals mit einem Handzeichen zu verstehen, dass er ihn rauslassen würde. Dieser lachte bloss und zeigte Philipp den Mittelfinger.

Kaspar schaute ihn genauer an: Eine Seite des Kopfes war rasiert, auf der anderen waren einzelne Haarsträhnen zu einem Zopf geflochten. Ein Regentropfen lief zögernd daran herunter. Schliesslich sagte Kaspar: »Nach was sieht's denn aus?« Philipp zuckte grinsend mit den Schultern, die drei stellten ihre Gläser auf den Sims und machten sich auf den Weg.

Kaspar schloss Tische und Stühle mit einer Kette zusammen und nahm die mit Gläsern und Flaschen gefüllten Bierkisten nach innen. Als er die Flaschen sortiert und die Gläser ins Gitter gestellt hatte, schaute er zu Silbe hinüber, die selbst einen Tisch abräumte. Sie erwiderte seinen Blick und formte mit dem Mund das Wort »Pause«. Kaspar füllte sich ein Glas Lindenblüten-Eistee, ging durch die Küche in den Hinterhof und zündete sich eine Zigarette an. Trotz des Regens, der in der Zwischenzeit zugenommen hatte und hart auf die Steinplatten und auf das Vordach aus Blech hämmerte, wirkte der Hof ruhig. Er trat unter dem Dach hervor und liess die Tropfen auf sein Gesicht klatschen. Dann trat er wieder zurück und lehnte sich an die Tür. Schliesslich drückte er die Zigarette im Aschenbecher neben der Tür aus und ging wieder hinein.

Silbe wirkte entspannter als zuvor. Kaspar fragte, was er tun solle. Sie sagte: »Dasselbe nochmal.«

Er nickte und wollte sich die Bierkästen und den Eimer holen, doch sie hielt ihn zurück: »Nimm's ein bisschen ruhiger diesmal. Vorhin war der grosse Ansturm. Wir schenken bis zwei aus, aber ein Teil der Leute zieht schon weiter.«

Kaspar lächelte kurz und sagte: »Klar.«

Kaspar machte sich wieder daran, Flaschen und Gläser im Raucherraum einzusammeln. Es war tatsächlich ruhiger, die Musik kam nicht mehr so laut aus den Boxen und die Angriffslust war aus den Stimmen gewichen. Selbst der Ball im Tischfussballkasten schien nicht mehr so hart getreten zu werden wie zuvor. Die beiden Frauen standen jedoch noch immer an derselben Stelle und waren daran, gegen zwei neue Männer zu gewinnen. Die Libanesen waren in der Zwischenzeit gegangen. Kaspar hatte bereits eine Art von Routine entwickelt, ja, er fand Zeit, mit einem Schrubber die Klopapierbänder neben dem Klo in eine Ecke zu wischen. Schliesslich stieg er mit den vollen Kästen wieder die Treppe hinunter, sortierte alles und machte sich an den unteren Raum.

Zweiviertel, Klopfen, Laub, Rascheln, Hack, fleischig, ich habe ja gestern noch Schicht gehabt, eigentlich habe ich mich auf Sitzwache eingestellt, aber dieser eine Patient ist abgehauen, also der Drogensüchtige. Der liegt jetzt wahrscheinlich in irgendeinem Loch, und weisst du was, ich bin im ersten Moment erleichtert gewesen, weil der mich genervt hat wie sonst was, das find ich schon krass, dass ich das nicht mal selbst von mir fernhalten kann, obwohl ich weiss, dass das nur

Symptom ist, naja, das meiste davon, weil, du übernimmst manchmal die grösste Scheisse von irgendwelchen Typen, ja, das ist vielleicht das Schlimmste, dass da noch was in dich reingepflanzt wird, weil du glaubst ja, du musst denken wie die, damit du überlebst, und manche zerstört das und wenn einer draufgeht, sagen die Leute ›um den ist's nicht schade‹ oder sie denken, ›selbst schuld‹ oder sowas, das ist schon übel, dieser Teufelskreis. Ja, du möchtest sagen, dass man sich helfen lassen kann, aber weisst du was, ich hab das Gefühl, ich helf mir momentan selbst recht gut, ich trinke nur noch selten und ich hab einen Teil vom Indoor durch CBD ersetzt, sauteuer das Zeug, und Pillen und so nehm ich nicht mehr, weil ich denen nicht den Gefallen machen will, dass sie sagen, sie hätte nur mit den Drogen aufhören müssen, dann wär's schon besser geworden, aber es hat halt am Willen gefehlt, sie hätte nur wollen müssen. Ich glaube, Wollenmüssen geht gar nicht, das widerspricht sich genauso wie Müssenwollen, niemand sagt, ich will müssen, wobei, irgendwie geht das noch eher, also wenn jemand zu viel Freiheit hat und sich nicht mehr zurechtfindet, dann wünscht er sich vielleicht, dass jemand kommt und sagt, ›du musst das tun!‹, umgekehrt geht's nicht, es gibt den Befehl ›Will!‹ nicht, oder? Ich weiss selbst noch nicht mal, ob ich je gelernt habe zu wollen, ich glaube ich tu einfach, einen Willen merke ich hin und wieder, ich will jedoch immer wieder etwas anderes, stumpf, morsch, Eiche, Bass.

Um halb drei schloss Lars die Tür hinter dem letzten Gast. Die Leute, die noch bei der Theke standen, gehörten zum Inventar.

Silbe meinte: »Ok, ich und Lars kümmern uns um den unteren Raum, du kannst oben das Gröbste aufwischen, Stühle hoch, Aschenbecher, Gläser und Flaschen einsammeln, den Rest macht die Putzkraft morgen. Ach ja, nimm noch einen Müllsack für's Klo mit.«

Kaspar brauchte knapp eine halbe Stunde, bis er mit allem fertig war. Er setzte sich auf einen Barhocker und Silbe fragte, ob er noch was trinken wolle. Er nickte: »Gerne, Eistee.«

»Einen Klaren dazu?«

»Nein danke«, sagte er mit einem Lächeln.

Einer der Inventargäste stiess seinen Nachbarn an: »So viel zu Bombe im Raucherraum, Silbe.«

Ein bestätigendes Murren kroch zwischen dem angegrauten blonden Bart seines Nachbars hervor. Er hob anerkennend sein Glas, als Kaspar zu ihnen hinüberschaute. Silbe wischte eine Tasse ab und sagte: »Wir waren uns nicht so sicher, ob das heute Abend funktionieren würde.«

Kaspar fragte: »Wieso?«

»Kannst du dir ja vorstellen.«

Er nickte und sie fuhr fort: »Wir haben das intern diskutiert. Ich war nicht sehr begeistert von der Idee, dass ich bei meiner Freitagsschicht einen zugeteilt bekomme, der das erste Mal arbeitet und von dem man weiss, dass er gerne zuschlägt.«

»Ich hab das nie gerne gemacht.«

»Du weisst, wie ich's meine.« Kaspar nickte und sie fuhr fort: »Mark meinte, er hätte ein gutes Gefühl bei der Sache und weil er halt Mark ist, wurde es so beschlossen.« Silbe musterte Kaspar für einen Moment, dann fuhr sie zögernd fort: »Als ich heute sah, dass der Laden voll war, noch bevor du kamst, sagte ich, dass wir, statt dich ins Fumoir zu schicken, auch gleich eine Bombe reinwerfen können.«

Kaspar nahm einen Schluck Eistee und machte ein nachdenkliches Gesicht.

Silbe fragte: »Was denkst du?«

»Ich versuch grad herauszufinden, wie ich das erklären kann. Also, zuallererst, in so einer Meute fühle ich mich wohl. Und das mit der Gewalt, ich weiss, dass ich das nicht immer im Griff habe, aber es ist nichts, was in so einer Situation passiert. Ich glaube, wenn es oben irgendeine Schlägerei gäbe, wäre ich ziemlich ruhig und würde einfach versuchen zu schauen, dass möglichst wenig Leute und Sachen kaputt gehen.« Er schaute sich um und fügte an: »Weiss nicht, ob ihr das versteht.«

Einer der Inventartrinker sagte: »Einen Marc für den Mann.«

Silbe griff nach einer Schnapsflasche, aber Kasper insistierte: »Heute wirklich nicht.«

Der Mann zuckte mit den Schultern und wandte sich wieder seinem Nachbar zu. Lars turtelte mit jemandem, der offensichtlich sein Freund war. Silbe legte den Lappen beiseite und stupste ihn an: »Ich würd langsam, macht's dir was aus, heute Schlusslicht zu machen?« Lars schüttelte den Kopf.

Während Silbe ihre Tasche holte, trank Kaspar seinen Eistee aus. Als sie zurückkam, meinte er, dass er auch gleich gehe. Er nickte in die Runde und sie verliessen das Eck durch den Hinterausgang. Der Regen war nochmal stärker geworden. Sie schauten in den Himmel und Silbe fragte: »Wohnst du weit?«

»Mattenbach, geht also schon.«

»Ach was, nach hundert Metern bist du klatschnass. Du kannst bei mir pennen oder kurz warten, bis der Regen ein bisschen nachlässt, ich wohn gleich am Kirchplatz.«

Kaspar schaute nochmals nach oben, doch es schien ihm, als würde er nur einen Grund suchen für etwas, das er schon entschieden hatte: »Ok, danke«, sagte er schliesslich. Silbe lächelte, zog ihre Jacke über den Kopf und ging los, Kaspar folgte ihr und dachte, dass es trotz der fast schon sommerlichen Temperaturen etwas optimistisch gewesen sei, am Abend bloss im T-Shirt loszufahren.

Sie waren beide schon von der kurzen Strecke ziemlich durchnässt und ihre Schuhe hinterliessen feuchte Flecken auf dem dunkeln Holz, als sie die Treppe hochstiegen. In ihrer Wohnung angekommen, zog Silbe die Jacke aus und ging ins Bad. Sie rief Kaspar zu, im Flur hinge ein Pullover, den er nehmen könne. Kaspar überlegte einen Moment, dann ging er in den Flur, streifte das nasse T-Shirt über den Kopf und zog den grünblau gestreiften Pullover an. Als Silbe aus dem Bad kam, trug sie nur T-Shirt und Unterhosen. Sie lächelte und sagte: »Du kannst das T-Shirt über die Stange bei der Wanne hängen.« Er tat es und folgte ihr in die Küche.

»Eistee hab ich nicht aber ich kann Schwarztee machen, wenn du magst.«

»Wasser reicht«, sagte Kaspar, nahm ein Glas, das auf der Ablage stand und füllte es am Lavabo. Sie setzten sich an den Tisch. Silbe stellte einen Fuss auf die Sitzfläche, sodass ihr Knie über der Tischkante zum Vorschein kam. Sie öffnete ein Kästchen und holte einen Beutel mit Kokain heraus. Sie schaute ihn fragend an. Er schüttelte den Kopf und sie zuckte mit der Schulter: »Ich weiss, ziemliche Doppelmoral, wenn ich frage, ob da Libanesen im Raucherraum dealen und dann zuhause selbst konsumiere, zumal ich sogar den gleichen Lieferanten habe wie die.«

Kaspar winkte ab: »Ist mir schon klar, dass das hier was anderes ist, als im Eck zu dealen.«

Silbe nickte, bereitete zwei Linien vor und schnupfte sie in kurzen Zügen. Dann nahm sie eine Zigarette, feuchtete sie ein wenig an und rollte sie über das Pulver, das noch auf dem Tisch war. Sie zündete sie an, zog an ihr, atmete den Rauch aus und sagte. »Du redest nicht, wenn's nicht nötig ist, nicht wahr?«

Kaspar sagte: »Ich weiss nicht, manchmal schon.« Er zündete sich ebenfalls eine Zigarette an.

Sie rauchte, rieb hin und wieder ihre Nase und rotzte ein wenig, einmal würgte sie kurz, dann lächelte sie und nahm wieder einen Zug. Zwischendurch stand sie auf, ging ins Wohnzimmer und stellte die Stereoanlage an. Upsetters. Sie kam zurück und drückte die Zigarette aus. Als sie bei Kaspar war, drehte sie sich halb, hob ein Bein und setze sich rittlings auf ihn. Sie legte ihre gestreckten Arme auf seine Schultern und fragte: »Magst du küssen?«

Kaspar schaute sie an: »Ich weiss nicht, ob das eine gute Idee ist.«

Sie fragte: »Schwul, impotent oder verliebt?«

Er sagte nichts, sie stand seufzend auf und ging hinaus. Im Flur sagte sie gleichgültig: »Ich bin noch am Compi, wie gesagt, wenn du willst, kannst du hier pennen.«

Kaspar überlegte einen Moment und schaute aus dem Fenster. Es goss immer noch in Strömen, und er sagte. »Ich wär eigentlich froh. Stört es dich nicht, ich muss wahrscheinlich früher raus als du.«

Sie antwortete, während sie im Nebenraum den Computer aufstartete: »Mir egal, ich hör nichts, wenn ich schlafe.«

Kaspar nickte und ging ins Bad. Als er zurückkam, blieb er in der Tür stehen: »Es ist das Koks. Ich mag nicht mit ... und ich hab mich grad getrennt. Glaub ich wenigstens.«

Sie hob die Hand: »Ist mir ebenfalls egal.« Sie schaltete die Stereoanlage aus und aus den Boxen des Computers erklang die Titelmusik einer Serie, bis Silbe ihre Kopfhörer einsteckte.

Kaspar ging ins Schlafzimmer. Ihr Bett bestand aus einer dünnen Matratze, die sie auf zwei Holz-Paletten gelegt hatte. Das Zimmer war voller Krimskrams und an den Wänden hingen Konzertplakate und Plattenhüllen. Er war zu müde, um sich alles genau anzusehen, also löschte er das Licht und legte sich ins Bett. Trotz der Müdigkeit konnte Kaspar bloss hin und wieder wegdämmern, während der Abend in seinem Kopf rotierte.

Im Halbschlaf hörte er, wie Silbe im Nebenraum aufstand, das Licht löschte und ins Zimmer kam. Sie legte sich neben ihn und fiel sofort in tiefen Schlaf, während ihre Hand auf seiner Schulter zu liegen kam. Kaspar nahm es halbwach wahr und fiel selbst in einen kurzen Schlaf.

Er stand auf und blickte kurz auf die leise schnarchende Silbe. Er zog sich an, verliess das Haus und ging zurück zum Eck, um sein Fahrrad zu holen.

Ihn fröstelte, es war nicht allzu warm und sein T-Shirt war immer noch feucht. Er schloss sein Fahrrad auf und fuhr ins Büro, gleichzeitig frisch und ein wenig neben der Realität, die schneller war als er.

12

Gerdas Handy vibrierte:

»lust auf ausfahrt?«

»kommt drauf an«

»worauf?«

»ob es sich lohnt«

»könnte der fall sein«

»ok, wann?«

»halbe stunde«

»ok«

Als Bruno aufstand, merkte er, dass die Tür zum Arbeitszimmer offenstand. Er lugte hinein, doch von Gerda war nichts zu sehen. Auf dem Küchentisch fand er die überflüssige Notiz »bin weg«.

Er machte sich einen Kaffee. Als er ihn trank, spürte er eine ihm auf seltsame Weise bekannte Leere. Er schaute aus dem Fenster. Kaspar hatte angekündigt, dass er heute die Computer aufrüsten wollte, das neue CAD-Programm benötigte mehr Arbeitsspeicher. Dazu war ein Update des gesamten Systems inklusive Peripherie nötig.

Bruno kehrte zurück in sein Zimmer und setzte sich hinter das Portastudio. Irgendwie eierte das Band, wahrscheinlich lag das am Kapstan im Kassettenfach, der leicht verbogen war. Es war still im Zimmer. Er öffnete den Laptop, schloss ihn an die Aktiv-Box an und schaltete auf die Stadtfilter-Playlist.

Bruno erkannte »bmbmbm« von Black Midi und drehte die Lautstärke auf.

Sie fuhren über eine Anhöhe, dann durch ein Wäldchen und gelangten in ein kleines Tal, durch welches sich ein stiller Bach schlängelte.

Auf den Weiden, die auf beiden Seiten bis oben an den Waldrand reichten, standen kauend Kühe. Die schmale Strasse mündete in einen Kiesplatz, der sich gleich vor dem Bauernhof befand.

Gerda fragte: »Ist es das?«

Severin nickte, dann drehte er den Kopf zu ihr: »Also noch was, ich mach das, weil du was brauchst und weil ich weiss, dass die Ware hier einigermassen gut ist. Ich hab mit den Leuten sonst nicht allzu viel zu tun.«

Gerda schaute in Severins Augen, dann auf die Nase, die immer noch leicht verfärbt war. Sie zuckte mit den Schultern: »Ok.«

»Das Volk hier wählt nicht unbedingt SP. Aber ich kann nichts für die politischen Einstellungen meiner Verwandten.«

Gerda sagte: »Schon klar.«

Sie stiegen aus und gingen die paar Schritte hinüber zur Scheune, wo ein Mann mit einer rostbraunen Baseballkappe stand. Er trug einen grauen Overall, mit einem hellgelben Streifen, der von der linken Brust bis hinunter zum Stiefel reichte.

Er und Severin nickten sich zu. Sie gingen zusammen in die Scheune hinein. Gerda wartete beim Eingang. An der Innenseite des geöffneten Scheunentors hing eine Schweizer Fahne. War wohl das, wovon Severin gerade geredet hatte. Naja, sah nicht gerade ultrarechts aus und wenn die einigermassen gutes Zeug produzierten, konnte Gerda damit leben. Der Mann mit der Baseballkappe schob ein wenig Stroh zur Seite und öffnete eine Luke. Er stieg hinunter und Severin folgte ihm. Ein Licht ging an und die Luke schloss sich. Erst jetzt merkte Gerda, dass im hinteren Teil der Scheune neben einer Schweizer Fahne ebenfalls ein Mann mit Baseballkappe stand und sie anblickte. Gerda nickte ihm zu, doch er zeigte keine Regung. Sie hörte, wie unten die Stimme des Mannes laut wurde, verstand aber nicht, was er sagte.

Dann öffnete sich die Luke wieder. Severins Haar war von etwas Staub bedeckt. In seiner Hand hielt er eine Plastiktüte. Gerda schaute ihn erwartungsvoll an. Er nickte kurz und wartete, bis das Licht ausging und der andere wieder hochkam. Sie wechselten einen Blick und Severin verliess die Scheune. Er neigte den Kopf nach vorne und schüttelte den Staub vom Haar, bevor er mit Gerda zum Wagen ging.

Als sie einsteigen wollten, fragte der Mann: »Willst du deinen Onkel nicht besuchen?«

Severin schaute zum Haus hinüber, dann zurück zu dem Mann und schüttelte den Kopf. Gerda sagte: »Können wir schon ... zum Onkel.«

»Nein«, sagte Severin scharf und stieg ins Auto. Gerda tat es ihm gleich. Severin gab ihr die Plastiktüte und fuhr los.

»Irgendwie unheimlich, der Hof«, sagte sie nach einer Weile.

Severin zuckte mit der Schulter und sie fuhr unsicher fort: »Was ist mit deinem Onkel?«

»Nichts.«

Er blickte einen Moment lang zum Seitenfenster hinaus, dann sagte er: »Er hat COPD und hängt an der Sauerstoffflasche, ich fühl mich ungut wenn ich dort bin.«

»Wegen der Sauerstoffflasche?«

»Weiss nicht.«

Gerda schaute aus dem Fenster hinaus. Dann drehte sie sich wieder Severin zu: »Sie vertrauen dir aber ziemlich viel an.«

»Wieso?«

Gerda hielt die Plastiktüte hoch. Dann steckte sie sie in den hellblauen Rucksack, der zwischen ihren Füssen stand.

»Ach, deswegen. Die haben vorgesorgt und sowieso, das hier ist ein Traditionsunternehmen. Ich glaube, sogar der Gemeindeammann versorgt sich hier. Und wieso sollte ich sie verpfeifen? Es sind Verwandte.«

»Dann war der Streit im Keller einfach so eine Sache zwischen Cousins? Er ist doch dein Cousin?«

»Genau, und ja, er tat ein bisschen so, wie wenn ich zu leichtsinnig sei, jemanden mitzubringen. Das er tut er nur, um sich aufzuspielen.«

»Wieviel ist es?«

»Indoor und Amphi, beides zusammen für fünfzehnhundert. Sie haben gefragt wegen deiner Spital-Connection ...«

»Das ist momentan recht schwierig«, unterbrach ihn Gerda, »ich hab viele Fehlzeiten und sie haben ein Auge auf mich geworfen.«

»Du hast es aber gesagt.«

»Ich weiss.« Gerdas Stimme wurde unsicher, Severin hatte sich seit dem Besuch auf dem Hof verändert. Er lächelte nicht mehr, wenn Kurven kamen. Sie schienen keine Freunde mehr zu sein. Er reagierte nicht, als sie versicherte: »Das kommt schon noch. Ich hab auch einige Proben zuhause.«

Severin machte die Musik lauter und sie schwiegen eine Weile. Er begann, schneller zu fahren. Gerda beschlich ein seltsames Gefühl, dass sie kannte und doch nicht einordnen konnte. Sie fuhren über Weisslingen Richtung Kyburg, dann die steile Strasse hinunter Richtung Sennhof.

»Du, noch was«, sagte Gerda, während sie in einer Kehre gegen die Tür gedrückt wurde, »ich bin momentan ein bisschen knapp, geht es, wenn ich in zwei Wochen zahle?«

Severin schaute in den Rückspiegel, dann wieder nach vorn und drückte kurz aufs Gas. Er drehte den Kopf zu Gerda. »Weiss nicht, sowas setzt Vertrauen voraus. Wir kennen uns erst seit kurzem.«

Sie meinte: »Du hast mir eben gerade den Hof mit deinen Lieferanten gezeigt.«

Severin lachte: »Ach das, bild dir bloss nichts darauf ein. Wie gesagt, die sind abgesichert. Und, nur um das klarzustellen, ich bin es auch.«

»Was meinst du damit?«

Severin grinste: »Neugieriges Mädchen, was?«

Gerda drehte den Kopf weg. Severin bog rechts ab und fuhr auf einen Waldweg. Der Volvo kam am Wegrand zu stehen.

Gerda schaute ihn fragend an. Severin löste den Sicherheitsgurt und machte an seiner Hose rum, während er Gerda in die Augen blickte. Ein Teil von ihr stieg aus und kauerte sich neben einen Baum, bis sie aus dem Fenster des Volvos spuckte, ein Feuchttuch aus ihrem Rucksack nahm, sich den Mund auswischte und es aus dem Fenster warf.

Severin startete den Motor und setzte zurück auf die Strasse.

Er gurtete er sich wieder an.

Er fuhr über Sennhof zum Stadtrand und hielt an einer Bushaltestelle in Seen. Gerda griff nach ihrem Rucksack und stieg aus.

Er sagte »Tschau«, ohne sie anzuschauen. Dann lehnte er sich zur Beifahrertür, zog sie zu und fuhr los.

13

Bruno kam mit einem »Hallo« ins Büro. Er erntete dafür ein Fluchen. Kaspar schaute unter dem Schreibtisch hervor und hielt sich den Kopf.

Bruno sagte: »Sorry, ich wollte dich nicht erschrecken.«

Kaspar stand auf und winkte ab. Dann fragte er: »Was hast du da am Arm?«

Bruno hatte das Pflaster bereits vergessen. »Ah nichts, kleiner Unfall im Wald.« Nach einer kurzen Pause fuhr er fort: »Ist Miriam da?«

»In der Küche.« Kaspar machte ein ernstes Gesicht und zeigte mit dem Daumen nach unten.

Bruno ging hinüber zum Schreibtisch. »Klappt's mit dem Aufrüsten?«

Kaspar schüttelte den Kopf. »Den Arbeitsspeicher hab ich eingesetzt, doch deine Maschine läuft noch nicht richtig, liegt wahrscheinlich an der Grafikkarte. Ich versuch's nachher noch mit einem anderen Treiber. Die andern sollten ok sein.«

»Hm.«

»Keine Angst, ist nicht tragisch, einfach alles ein bisschen langsamer und manchmal poppen Fenster auf, die du wegklicken musst. Ich mach das, wenn ich mit dem Leitungskanal im Fussboden fertig bin. Hast du was Dringendes?«

»Die Galerie und der Umbau an der Salstrasse. Ich war mit Miriam auf dem Amt und die haben noch neue Unterlagen angefordert, weil sie wollen, dass das Erscheinungsbild des Quartiers erhalten bleibt. Und Miriam meinte, ich solle für sie die Schulhaus-Unterlagen für den Lüftungstechniker und den Elektroingenieur zusammenstellen.«

Kaspar sagte: »Nimm dafür meine Maschine, die läuft wahrscheinlich grad am besten.«

Bruno ging in die Küche. Miriam hockte am Tischchen neben dem Fenster, vor sich ihr Handy und daneben eine Tasse Instantkaffee. »Hallo Miriam.«

Sie sagte nichts. Bruno schaute sie an, doch sie blickte bloss aus dem Fenster, während sie sich die Backe hielt.

»Zahnschmerzen?« fragte Bruno.

Miriam schüttelte den Kopf.

Nach einer Weile hakte Bruno nach: »Irgendwas Neues wegen ...«

»Nein«, sagte sie.

»War heute nicht diese Sitzung?«

»Ja.«

»Und?«

Miriam antwortete nicht.

Bruno stellte die Espressomaschine auf die Herdplatte. Er setzte sich an den kleinen Küchentisch: »Irgendetwas, das du sagen möchtest?«

»Nein.«

Bruno holte sein Handy hervor und checkte die Mails, bis der Kaffee gurgelte. Er fragte: »Normaler Kaffee oder weiter Selbstbestrafungsbrühe?«

Als Miriam nicht antwortete, stand er auf, nahm eine Tasse und stellte sie neben die Herdplatte. Während er die Platte ausschaltete und einschenkte sagte er: »Gestern hab ich den Schnauzer getroffen.«

»Welchen Schnauzer?« fragte Miriam desinteressiert.

»Der Typ halt mit dem Schnauzer.«

Miriam schien überrascht und ihre Miene hellte sich kurzzeitig auf: »Ah, den hab ich auch schon lange nicht mehr gesehen. Ich hätte noch nicht mal gedacht, dass der noch lebt.«

»Na ja, hat sich nicht gross verändert, arbeitet irgendwo auf dem Bau und labert ohne Unterbruch.«

»Langer Fingernagel halt.«

Bruno schaute sie fragend an. Dann sagte er: »Jetzt wo du's sagst, ich hab mich gestern gefragt, weshalb der Nagel seines kleinen Fingers so eklig lang ist.«

Miriam schaute Bruno prüfend an: »Ist das möglich, meine Drogenzeit zahlt sich endlich aus. Ich weiss einmal etwas, was Bruno nicht weiss!«

Bruno ahnte zwar etwas, aber er sagte: »Klär mich auf.«

»Ein seltsamer Brauch vorwiegend unter Bauarbeitern, der Fingernagel wird benutzt, um Koks zu zerkleinern. Hab nie verstanden, warum die das machen, du könntest dir ja ebensogut ein Schild um den Hals hängen, auf dem ›Kokser‹ steht.«

Bruno goss sich Kaffee ein und sagte überrascht: »Interessant.« Dann fügte er an: »Der Schnauzer hat jedenfalls gesagt, er mache Kunst am Bau.«

»Was, der?«, sagte Miriam überrascht.

»Hab ich auch gedacht, und er hat gemeint, Patrick mache auch mit.«

»Dann wird's wohl was Installationsmässiges sein.«

Bruno nickte, zuckte mit den Schultern und wollte die Küche verlassen. Er war schon halb durch die Tür als Miriam sagte: »Ich hab Hugo gestern am Flughafen abgeholt.«

Er blieb stehen und drehte sich um.

Miriam presste die Lippen aufeinander, schaute ihn an: »Wir haben, also wir haben uns danach noch ein paar Mal geschrieben. Er hat gesagt, dass er sich nach der Sitzung mit WintInvest melden würde aber das tut er nicht. Deshalb warte ich hier und starre dieses Ding an.«

Bruno öffnete den Mund, doch sie sagte: »Sei einfach still.«

Er verliess die Küche mit der Kaffeetasse in der Hand. »Du nimmst ja keinen«, meinte er zu Kaspar. Unter dem Tisch kam ein gepresstes »Nein« hervor.

Er setzte sich an Kaspars Computer und begann zu arbeiten. Nach einer Weile sagte er: »Wirklich lahm die Maschine, ein bisschen wie früher.« Kaspar murrte etwas, daher fuhr Bruno fort: »Läuft der Drucker? Ist ja oft auch ein Problem nach dem Upgrade, vor allem bei diesen älteren Riesenteilen?«

Kaspar kroch unter dem Tisch hervor und stand auf: »Sollte gehen, ja. Schick doch kurz mal etwas.«

Bruno schickte ein A3-Dokument. Der Drucker, der auf dem massiven Korpus hinter ihm an der Wand stand, setzte sich ratternd in Bewegung. Bruno nahm den fertig gedruckten Plan von der Ablage, hängte ihn an die Projektwand und betrachtete das Ergebnis: »Sieht ok aus.«

Kaspar nickte und wollte wieder unter den Tisch kriechen, als Bruno sagte: »Miriam hat gemeint, du fändest die Modelle nicht gut.«

»Nur das eine von der Brücke an der Salstrasse, weil es kaum zeigt, was den Bau ausmacht. Vor allem hat es sich nicht gelohnt, zweimal den Termin zu verschieben, nur weil die nicht fertig geworden sind.«

Bruno sagte: »Du magst recht haben, vielleicht müssen wir das nächste Mal eine andere Modellfirma nehmen.»

Kaspar nickte und kroch wieder unter den Tisch.

Bruno fragte: »Hab ich ganz vergessen, wie liefs eigentlich im Eck?«

»Gut«, kam es unter dem Tisch hervor.

Leibach war sich nicht sicher, ob er zu spät gekommen war oder ob die Sitzung früher begonnen hatte. Arnheim, der Chef der WintInvest, schien schon eine Weile geredet zu haben. Er wies ihn mit den Augen ungeduldig auf den freien Platz zwischen zwei Investoren.

»KREAKTIV«, fuhr Arnheim fort, »hat uns zugesichert, in einer Woche eine detaillierte Auflistung der Baukosten nachzuliefern.«

Leibach lehnte sich hinüber zu seinem Nachbarn: »Welche Baukosten?«

Der Investor antwortete mit leicht englischem Akzent: »Für das Dach.«

Leibach hob die Hand und Arnheim sagte leicht genervt: »Ja?«

»Ich dachte, wir waren darin übereingekommen, dass ALSO die Dachpartie konzipiert.«

»Herr Leibach, sie waren weder bei der Abschlussdiskussion da, noch sind sie über die letzten Eingaben informiert.«

»Was für Eingaben, die Deadline war absichtlich so gewählt, dass die Besprechungen nicht mit Helsinki kollidieren. Ich hab meine Empfehlung abgegeben und alle sagten, dass sie ihnen folgen würden.«

»Es gab bei einem Teilnehmer eine Verzögerung wegen eines betrieblichen Problems.«

Leibach wurde lauter: »Aber was sind denn das für Wettbewerbsbedingungen?«

Arnheim schaute genervt in die Runde: »Können wir das später diskutieren?«

Leibach winkte ab, setzte sich wieder und schwieg.

Einige Minuten später schlug Arnheim vor, eine Pause zu machen. Die Storen wurden hochgezogen, die Schiebefenster geöffnet. Die meisten der Anwesenden verliessen den Raum und setzten sich auf die Stufen neben dem schmalen Vorplatz, auf welche jemand rote Kissen gelegt hatte. Anna, die stellvertretende Projektverantwortliche, ging zu Leibach hin und setzte sich neben ihn: »Ich weiss, das ist suboptimal gelaufen, aber wir sahen uns gezwungen, KREAKTIV den Zuschlag zu geben.«

»Und weshalb, was ist so gut an dem Projekt, beziehungsweise, was ist das Projekt überhaupt?«

»Das ist jetzt sekundär.«

»Das ist überhaupt nicht sekundär, weil ich dafür bezahlte werde, die Projekte zu beurteilen und nach aussen zu verkaufen.«

Anna legte die Hand auf Leibachs Knie: »Ich weiss, Hugo, ich weiss, und eben, ich bin alles andere als glücklich über den Verlauf der Dinge.«

Leibach schaute auf die Hand auf seinem Knie und Anna zog sie weg. Sie sagte: »Die haben kalte Füsse gekriegt, weil ihnen das Projekt zu gewagt schien und haben KREAKTIV beauftragt, die Grundidee zu übernehmen und …«

Leibach warf den Kopf nach hinten: »Ach, ok.«

»Und, ja, du bist dazu da, den urban-kulturellen Wert zu beurteilen, und wenn du nicht dahinterstehen kannst, dann ist das zwar schade, aber wir müssen es akzeptieren.«

»Und ich muss die Einbusse in Kauf nehmen.«

Anna nickte mit bedauernder Miene. Dann lächelte sie und sagte: »Schau, Hugo, die Entscheidung der Investoren ist längst gefallen, du kannst nun entweder bleiben und weiterverdienen oder du gehst still und kriegst den bisherigen Aufwand entschädigt. Wenn du aber hier den Zampano gibst, kriegst du nichts. Ich finde, die beste Möglichkeit wäre, du kommst nachher mit zu KREAKTIV und lernst deren Projekt kennen.«

»Kannst du nicht wenigstens versuchen, diesen bescheuerten Namen weniger oft zu sagen.«

Anna lachte kurz: »Schön, du hast deinen Humor behalten, ich werte das mal als gutes Zeichen.«

»Tu das besser nicht.«

Anna schaute ihn an: »Und?«

»Was, und?«

»Was gedenkst du zu tun?«

Leibach atmete einmal tief durch. Dann sagte er: »Okee, ich schau mir dieses Schmierentheater an, rechne allerdings besser nicht weiter mit mir.«

Anna nickte ernst: »Ich hab volles Verständnis dafür, dass du …«

»Und tu mir noch einen Gefallen«, unterbrach er sie und sie fragte: »Klar, natürlich, was denn?«

»Hör auf mit dieser Verständniskacke.«

Anna stand lächelnd auf und ging nach draussen. Leibach blieb sitzen und holte sein Handy hervor. »Und?«, stand auf dem Display.

Leibach schrieb etwas in das Textfeld, dann löschte er es wieder und schrieb etwas anderes, was er zugunsten von etwas Drittem verwarf, das er schliesslich ebenfalls löschte, bevor er sein Handy wieder in die Tasche steckte.

Buchenäste, Salzholz, Birkenwalzer, dann haut Patrick einfach ab, geht noch nicht mal mehr zu Florims Beerdigung. Fast ein Jahr hört niemand was von ihm. Und plötzlich kommt er zurück, im Rollstuhl, da darf man ja nichts mehr sagen, das arme Schwein, oder? Ja, ich weiss, Gerda, die ist anders umgegangen damit, ich konnte das nicht. Und ja, du hast recht, wir hätten reden müssen, aber auch das konnte ich nicht, wegen mir, doch auch, weil er mir aus dem Weg gegangen ist, und sich, hm, und sich einfach nicht so verhalten hat, als dass man irgendetwas hätte klären können, Moosbrei, riesig, Reisig, taktlos.

»Hey Patrick, danke dass du so kurzfristig kommen konntest.«

Klas Giss von KREAKTIV bückte sich tief hinunter und hielt Patrick die Hand hin. Patrick nahm sie beiläufig: »Liess sich grad mit meinen anderen Terminen vereinbaren und, hey, um mir auf Augenhöhe zu begegnen, brauchst du dich nicht jedes Mal zu bücken, wenn du mit mir sprichst.«

Klas richtete sich auf und sagte: »Ich briefe dich später wegen der Einzelheiten, momentan ist einfach wichtig, dass du da bist!«

Patrick rollte an den Tisch. Vor ihm lag ein Dossier, dass ihm beim Durchblättern ein Lächeln entlockte. »Computerfirmaquatsch«, dachte er, dann erinnerte er sich an das Projekt, das ihm Bruno geschildert hatte. Er lachte kurz auf.

Jeder andere wäre deswegen zumindest böse angeschaut worden, ihn lächelten die Leute bloss an. »Behindibonus, ahoi!« dachte er.

Erst jetzt sah er den Schnauzer, der im Hintergrund stand. Er war bis auf den Schnauzbart sauber rasiert, trug ein Hemd und wirkte sichtlich nervös. Er tat so, als hätte er Patrick nicht bemerkt.

Leibach hörte Klas eine Weile zu, dann begann er kopfschüttelnd im Dossier zu lesen. Schliesslich neigte er sich zu Anna hinüber: »Videoprojektionen, das meint ihr nicht ernst, oder?« Anna legte die Hand auf seinen Arm und sagte in leisem und entschuldigendem Ton: »Glaub mir ...«

Leibach schüttelte die Hand ab: »Ach leckt mich doch.« Anna schaute ihn mitfühlend an. Patrick beobachtete die beiden und wandte erst den Kopf, als Klas seinen Namen sagte: »Für die Visuals konnten wir den renommierten Videokünstler Patrick Grün an Bord holen.« Die Runde nickte anerkennend, obwohl Patrick davon ausging, dass niemand ausser dem Schnauzer seinen Namen je gehört hatte.

Klas fuhr fort: »Wir dachten: Wasser. Wasser ist Leben und Wasser ist fliessend, sich stetig verändernd und doch immer gleichbleibend. Wasser ist ist Klarheit, ist verdichtete Sicht. All dies spielt eine wichtige Rolle in unserem Projekt.« Patrick hob eine Hand, strich mit der andern nachdenklich über seinen Bart und meinte vieldeutig: »Und Wasser ist nass.« Klas schaute einen kurzen Moment lang verunsichert, fing sich jedoch sofort wieder: »Genau. Nass, nährend ... gebärend.«

Als die Leute aufgestanden waren und an ihren Gläsern nippten, kam der Schnauzer zu Patrick und sagte ungewohnt leise: »Hey cool, Mann, dass du auch dabei bist, du hey, ich bin da grad eingestiegen, wenn du also jetzt nicht grad rumposaunen würdest, woher wir uns kennen und was wir schon, na, du weisst schon, die sind sehr wegen Publicity und so ...«

»Locker bleiben«, sagte Patrick und rollte davon. Er nahm sein Handy hervor und schickte einen Text an Bruno.

Leibach sagte zu Anna: »Ihr seid echt das letzte, ihr schiesst nicht nur die Leute ab, die den Wettbewerb hätten gewinnen sollen, ihr seht noch zu, wie andere deren Idee klauen und sich damit den Arsch abwischen. ›Stoffpanels unter einem Flachdach, auf die Videoaufnahmen von Schwimmern projiziert werden‹, das macht einfach null Sinn.« Leibach schüttelte den Kopf und ging.

Miriam sass lustlos vor ihrem Bildschirm. Bruno hatte Kaspars Computer heruntergefahren und war aufgestanden, als sein Handy vibrierte. Er nahm es hervor und runzelte die Stirn, die neue Nachricht liess sich kaum entziffern, denn der Sprung des Glases ging mitten durch sie hindurch.

»Schwierigkeiten?« fragte Miriam.

Bruno schüttelte den Kopf: »Ach, nur Patrick, ein bisschen kryptisch allerdings: ›behindi – bruno, 1 zu 0‹«

Miriam schaute wieder auf ihren Bildschirm. Bruno sagte, dass er gehe und sie ihn doch benachrichtigen solle, wenn sie etwas von Leibach hörte. Sie nickte, legte den Kopf in die linke Hand und suchte nach der Seite von WintInwest.

Bruno zog im Flur seine Jacke an. Er wollte sich verabschieden als er einen Knall hörte. Als er in den Raum hineinlugte, sah er, dass die Tastatur Miriams am Boden lag. Das Modell war ebenfalls von seinem Stuhl gefallen, das Dach lag daneben. Miriam schaute auf die Tastatur und sagte: »Gehen noch nicht mal richtig kaputt die Scheissdinger!« Dann schaute sie auf das Modell: »Kaspar mochte das eh nie.« Sie stand auf, drückte sich an Bruno vorbei und öffnete die Haustür, während dieser ihr hinterher sagte: »Äh Schülertheater-Backflash ...?«

Schon halb draussen sagte sie: »Schau auf den Bildschirm!«

Bruno ging zu ihrem Computer. Er überflog die Nachricht auf der WintInvest-Website: »... sind wir froh, für einen Teil des Art&Facility-Designs die Firma KREAKTIV an Bord geholt zu haben, die mit ihren Visuals auf luftigen Stoffpanels eine Traumwelt unter das Dach aus Holz und Stahl zaubern wird. Der renommierte Videokünstler Patrick Grün wird als Produzent …«

Bruno schrieb eine SMS: »du bist das letzte«

Es vergingen keine zwei Sekunden, bis die Antwort kam: »verlierer«

Leibach versuchte nun schon zum zehnten Mal, Miriam anzurufen. Offenbar hatte sie ihr Handy ausgeschaltet.

Er öffnete den Browser seines Smartphones. Nach ein paar Versuchen fand er die Adresse und fuhr zu ihrem Haus. Der Starlet stand vor dem dreistöckigen Gebäude im Rosenberg-Quartier. Er stieg aus und machte zwei Schritte, als sein Handy vibrierte. Er nahm es aus der Tasche. Auf dem Display stand: »Hau ab.« Er wählte ihre Nummer. Miriam ignorierte das Klingeln und beobachtete, wie er wieder in seinen Wagen stieg. Sie hoffte, dass er wegfahren würde. Er tat es nicht. Er rief an. Sie drückte ihn weg. Er rief wieder an. Das ganze wiederholte sich einige Male. Schliesslich nahm sie ab.

»Miriam, ich bin froh, dass wir reden können. Ich geh mal davon aus, dass du über den Ausgang der Sitzung informiert bist.« Als Miriam nichts sagte, fuhr er fort: »Schau, ich wollte schon die ganze Zeit über …«

»Mach's kurz«, unterbrach sie ihn kühl.

»Ich dachte erst, ich schreib dir gleich nach dem Meeting, aber ich musste erst entscheiden, wie ich selbst in der Sache weiterfahren würde.«

Stille.

Leibach fuhr fort: »Damit wir uns recht verstehen, ich find's eine riesige Sauerei, dass sie den Auftrag an KREAKTIV vergeben haben.«

»Die unsere Idee geklaut haben … «

»Genau. Weiss nicht, wer denen das gesteckt hat. Hab auch schon überlegt, ob man rechtlich einschreiten könnte, doch es ist zu teuer und mit geringer Aussicht auf Erfolg.«

»Ja, schön.«

»Ich versteh, dass du stinkig bist, nur, ich konnte auch nichts machen. Ich hab immerhin durchgesetzt, dass ihr Zweitausend Entschädigung für euren Aufwand kriegt.«

»Super, geht die Hälfte fürs Gutachten drauf. Ich hab zwei Angebote ausgeschlagen, als du gesagt hast, dass alles gut aussieht.«

Leibach schwieg.

»Und du machst wahrscheinlich weiter, oder?« Miriams Stimme war aggressiv.

»Und wenn ich würde?« Leibachs Stimme auch.

»Dann wärst du einfach nur ein opportunistisches Arsch.«

»Vielleicht bin ich ja nur ein opportunistisches Arsch.«

»Eben.«

»Dann halt.«

»Bist du extra hergefahren, um dieses überflüssige Gespräch zu führen?«

»Hab nicht gedacht, dass es überflüssig werden würde. Ich hab gedacht, ich sollte dir persönlich sagen, was geschehen ist. Das hast du verdient.«

»Zu gütig, du bist mir nichts schuldig, nur weil wir miteinander Sex gehabt haben.«

»So hab ich es nicht gemeint, ach was red ich bloss, das ist so unreif, was hier abgeht.«

Miriams Stimme wurde eisig: »Unreif also, weisst du was, so kannst du vielleicht mit einem Kunstgroupie reden, aber nicht mit mir.«

Leibach lachte: »Kunstgroupie, wo hast du den Mist denn her? Weisst du was, das ist mir echt zu blöd. Schade, ich dachte, du seist anders.«

»Ja, was meinst du, was ich dachte? Und jetzt entpuppst du dich als der Prototyp von so einem Midlifecrisis-Typen. Hab ich immer drüber gelacht und jetzt fall ich selbst darauf rein.«

»Ok«, sagte Leibach. »Ich mach jetzt Schluss.« Er tippte auf seinen Bildschirm, drehte den Zündschlüssel und fuhr los.

Sophia fragte ihre Mutter, ob sie traurig sei. Miriam schüttelte den Kopf und rieb sich das rechte Auge.

14

Gerdas Funkgerät rauschte, dann knisterte es. »Ja ich bin gleich dort«, sagte sie, während sie die Abkürzung über einen Fussweg nahm. Ein älterer Mann bellte etwas von Fahrverbot und sein Hund unterstützte ihn kräftig. Gerda fuhr über den Randstein auf die Strasse, nicht unbedingt das Beste für ihr Peugeot, doch das Rad war einiges gewohnt. Am nächsten Lichtsignal zwängte sie sich zwischen einem blauen Omega und einem roten Alpha durch, zwischen Lenker und den beiden Rückspiegeln war nicht mehr als ein halber Zentimeter Raum. Die Ampel war noch rot, aber Gerda kannte den Rhythmus. »Wenn die das ändern, bin ich geliefert«, dachte sie und ignorierte den Alpha, der kurz nach ihr mit quietschenden Reifen losfuhr und neben ihr bremste, während die Scheibe runterging und der Fahrer fluchend gestikulierte, was Gerda dazu bewog, die Petflasche aus der Halterung zu nehmen, sie freihändig aufzuschrauben, einen Schluck daraus zu nehmen und sie geradewegs durchs offene Fenster ins Auto zu werfen, bevor sie auf den Gehsteig hüpfte und bis zur nächsten Kreuzung weiter fuhr, betont gelassen, weil sie wusste, dass solche Typen manchmal auf die Idee kamen, einen abdrängen zu wollen, ihren Wagen jedoch nie mit dieser Geschwindigkeit seitlich auf den Gehsteig steuern würden, was sich bestätigte. Der Fahrer fluchte ununterbrochen, bis Gerda lächelte, mit ihrem Handy ein Foto von ihm machte und auf die rote Ampel an der nächsten Kreuzung zeigte, was dazu führte, dass der Alpha wiederum quietschend zum Stehen kam, während Gerda rechts abbog und verschwand.

Zwei Stunden später stellte sie ihr Rad an die Wand vor der Zentrale. Einer der Kuriere kam ihr entgegen und sagte: »Ivan wartet bereits auf dich.« Dazu rollte er unheilverkündend mit den Augen.

Gerda meinte darauf bloss: »Hey, mach dir nicht gleich in die Hosen, ist ja nicht das erste Mal.«

»Diesmal sieht's wirklich eher ernst aus«, machte er im Wegfahren.

Gerda sagte: »Easy.«

Sie ging hoch in die Zentrale, Ivan, dem der Laden gehörte, drehte sich um und befahl: »Hinsetzen.«

»Jawoll, Kommandant Kant!« Gerda setzte sich salutierend auf die andere Seite des Schreibtischs. Dann fragte sie mit unschuldigem Blick: »Was gibt's?«

»Die Zeiten haben sich geändert, es ist nicht mehr Strassenkampf.« Als Gerda nichts sagte, fuhr er fort: »Du arbeitest drei Stunden und ich krieg zwei Beschwerden, das ist ziemlich scheisse, vor allem, wenn sie drohen, die Polizei zu rufen. Ich hab die wegen dir schon mal hier gehabt und du kannst von Glück sagen, dass du nur eine Busse gekriegt hast. Ja genau, schau nur schuldbewusst, ich bin es langsam leid, dir den Arsch zu retten und überhaupt, ich versteh nicht, wie du an einem Nachmittag, an dem fast nichts läuft, rumrast wie eine Irre. Vergisst du einfach, dass auf deinem Shirt der Name der Firma steht oder willst du mir aus einem bestimmten Grund ans Bein pissen?«

Gerda machte ein nachdenkliches Gesicht: »Du hast noch was vergessen.«

»Was denn bitteschön?«

»Du hast nicht gesagt: Das hier ist kein Selbstmordkommando.«

»Ja wirklich sehr lustig. Und noch was, gestern sagtest du, dir ginge es schlecht und so und du kämst heute nicht und als der Ersatz dasteht, tauchst du auf, und sagst, ist schon gut, und ich muss den wieder nach Hause schicken, so glaubt dir bald niemand mehr irgendwas, Mann, ich weiss ja, Vergangenheit, blabla ... aber das berechtigt dich nicht, einfach irgendetwas zu behaupten von wegen es gehe dir dreckig ...«

»Und wenn es mir dreckig geht?«

»Ja sieht total so aus bei dem Amphi-Theater, was du abziehst.«

»Ich bin weder auf Speed noch auf was anderem.« Gerda schaute Ivan tief in die Augen, dieser nickte und sagte: »Trotzdem.«

»Trotzdem was, Ivan, trotzdem: was? Mann! Es reicht ja nicht, dass ich mich beschissen fühlte wegen einem Arsch, es muss auch noch ein anderer Arsch kommen, der mir sagt, auf welche Art ich mich beschissen fühlen darf. Wenn du nicht jammerst und rumheulst, denken alle, dir geht's super.«

Ivan winkte ab: »Ja, was auch immer, verschwinde einfach und wenn du das nächste Mal kommst, reden wir erst.«

Gerda stand auf und ging, während sie Ivan ausdruckslos zunickte.

Kaspar schaute vorwurfsvoll, als Miriam das Büro betrat.

Er wollte etwas sagen, sie hob jedoch schnell die Hand und sagte: »Ja, ich weiss.«

Kaspar liess sich nicht beirren: »Es ist nicht nur das Modell und die Tastatur, der USB-Steckplatz ist auch kaputt.«

»Ach, die Tastatur sieht noch ganz ok aus.«

»Ja, sie ist trotzdem hin und die Kabelbuchse auch.«

»Tut mir leid. Auch wegen des Modells.«

Kaspar machte ein leicht verkniffenes Gesicht und stellte eine Ersatztastatur vor Miriams Computer. Als sie ihn gestartet und das CAD-Programm geöffnet hatte, schaute sie zu Kaspar und meinte gepresst fröhlich: »Hey jetzt aber ... Highspeed!«

Kaspar nickte. Nach einer Weile fragte er: »Was ist jetzt mit diesem Auftrag?«

»Nichts ist. Wir kriegen eine Entschädigung.«

Miriam wirkte abwesend und begann am Schulhaus-Projekt zu arbeiten.

Hin und wieder glaubte Kaspar ein leises Seufzen zu hören. Irgendwann bat er: »Los Miriam, sag einfach was los ist, statt zu seufzen wie ein sterbendes Wiesel. Ist es immer noch wegen der WintInvest-Sache?«

Miriam zögerte einen Moment lang und sagte dann: »Ich muss zum Zahnarzt.«

»Hast du einen Termin?«, fragte Kaspar. Er traute der Sache noch nicht ganz.

»Nein, Schmerzen.« Miriam rieb an ihrem rechten Wangenknochen.

»Schon lange?«

»Eine Weile, nicht durchgehend, aber immer wieder. Jetzt grad stark.«

»Dann geh doch einfach. Für irgendwas bist du ja der Chef.«

»Komm mir jetzt nicht mit dem Chefmist, bitte ...«

»Ok. Gehen solltest du trotzdem.«

Miriam rieb sich wiederum die Backe: »Aua, ... vielleicht später.«

Mark räumte Flaschen in den Kühler, als er Gerdas Stimme hörte: »Hey Mark.«

Er richtete sich auf und drehte sich um: »Gerda. Wie läuft's?«

Sie redete schnell: »Ok, Mark, ok, schon, schon.«

Sie hämmerte mit ihren Fingernägeln auf die Theke. Mark schaute sie an und wollte etwas sagen, doch sie kam ihm zuvor: »Jaja, ich weiss, runterkommen, Gerda, runterkommen, vielleicht geht das besser, wenn ich etwas zu trinken bekomme«, sie schaute auf die Karte, »kraaass, was ihr alles habt, hm, ich glaub, ich nehm einen Trotzki, jaja es ist erst fünf, aber für heute ist Feierabend, hey, ihr habt einen DJ heute Abend, was legt der auf? Sicher Hardcore, wie ich euch kenne, geil! das brauch ich genau, sonst hör ich ja eher, aber weisst du ja, apropos, Exakt! Hey, so cool, Bruno hat mir gesagt, dass du das gemischelt hast, hey, wirklich geil, ah ja, du machst ja kein High Five, übrigens weisst du was die Neonazis machen, wenn sie abklatschen? Nicht, echt? Heil Five! Ja ist schon gut, soll ich ja nicht machen hier drin, aber der ist gut oder, hat sich das eigentlich geregelt mit der Prügelei, ich bin ja nicht mehr mit Kaspar zusammen, hm, aber macht er sich gut? So, danke, Trotzki, geil, der heisst so, weil er eben kein Eis drin hat, es macht mir nichts aus, wenn du weiter mit den Flaschen und so, aber essen wär auch gut, oder vielleicht sollte ich nach Hause gehen, ja, ich geh nach Hause, denke ich, tschüss Mark, wir sehen uns vielleicht später noch.«

Gerda kippte den Drink die Kehle runter, ging nach draussen, schloss ihr Peugeot auf und fuhr los, Technikumstrasse, dann über die Vogelsangstrasse, krass, damals, die Tanzdemo, als die Bullen mit dem Wasserwerfer ins DJ-Mobil geschossen haben und dann die Leute von der einen Seite zur anderen getrieben, Gerda auch, Mann, und mit dem Schaft der Waffe auf sie eingestossen und ihrer Freundin Tränengas ins Gesicht gesprüht, nur, weil die was gefragt hat, und auch total doof, die Pärchen-Schlösser hier auf der Brücke, geht doch nach Paris, ihr Idioten.

Gerda fuhr über die stillgelegten Geleise vor dem Portier, gefährliche Stelle, hatte sie sich auch schon mal überschlagen, sie fuhr durch die hintere Gasse am Kraftfeld vorbei durchs Tössfeld über die Brimsenstrasse, scharf links, wieder rechts, weg, Arschköter, hey Bruno, Bruno!

Bruno schaute aus dem Küchenfenster und hob die Augenbrauen, als er sah, wie Gerda um die Ecke bog.

Als sie in der Küche trat, drehte er sich um und schaute in ihre weit geöffneten Augen. Der Fleck in ihrer Pupille schien rötlich zu pulsieren. Er schüttelte kurz den Kopf und bevor sie etwas sagen konnte, winkte er ab. »Ich mag das nicht, wenn du so drauf bist, Ich hab heute eh genug los und keine Nerven dafür.«

Er ging an ihr vorbei, während sie sagte: »Langweiler.«

Nach einer Weile kam er zurück, sie sass am Küchentisch und gamte auf ihrem Smartphone. Ohne aufzuschauen sagte sie: »Hihi doofer Chef, schau mal«, sie zeigte auf den Bildschirm: »NOCH EINE BESCHWERDE ... ZIEH WENIGSTENS DAS KURIER-SHIRT AUS, WENN DU NACH HAUSE FÄHRST!!!«

Bruno nickte unbeteiligt und verliess die Küche.

Gerda sagte: »Soll ich zurückschreiben, dass ich unter dem Shirt nichts anhabe?«

Bruno sagte: »Was immer du magst, ich geh nochmal los.«

Gerda, die bereits wieder gamte, sagte: »Och Bruno, sei nicht so ein Spielverderber, sag lieber was wie ›bist du dir sicher, dass du gerade du selbst bist, also jetzt mal gaaaanz langsam …‹, Bruno? Pfff, Arsch, dann geh halt deinen blöden Trail machen.«

Das hatte Bruno vorgehabt, aber auf dem Weg in die Breite hielt er an. Er wartete einen Moment, dann drehte er ab und fuhr Richtung Stadt. Er stellte sein Bike beim Stadtpark ab, schritt entschlossen durch den Durchgang in die Marktgasse und an einem Seifenladen vorbei. Das Schaufenster glich demjenigen einer Konditorei, einer von Brunos Gedanken biss in ein Stück Seife, das wie eine gezuckerte Erdbeere aussah, um es sogleich wieder würgend auszuspucken. Er läutete schliesslich bei Patrick.

Aus dem Lautsprecher kam ein »Hm?« und er sagte »Bruno«.

Nach einem kurzen Moment ertönte ein Summen, Bruno drückte die Tür auf und stieg die Treppe in die erste Etage hoch. Dabei strich er mit dem Finger über die kühle Stange des Treppenlifts. Er öffnete die Tür und trat ein.

Er war nicht oft bei Patrick, eigentlich war es überraschend, dass er ihn überhaupt hereinliess, denn normalerweise durften sich nur er selbst und Angestellte der Spitex in seiner Wohnung aufhalten. Diese hatte früher einem Kleintierzüchter gehört, der mit seinen Tieren erweiterten Selbstmord begangen hatte. Bruno fand, dass Patrick noch eine Spur unzugänglicher geworden war, seit er hier wohnte.

Patrick sass im Wohnzimmer und bearbeitete die Tastatur seines Computers. Als Bruno herantrat, drehte er seinen Kopf: »Los, sag es.«

»Du bist das letzte Arschloch, das ich kenne.«

»Geht's dir jetzt besser?«

Bruno ging zum Kühlschrank und öffnete ihn: »Hast du kein Bier?«

»Weisst du, das mit dem Pissen ist für mich grad nicht so leicht, also nein, im Moment keine harntreibenden Flüssigkeiten. Im Schrank da drüben ist eine Flasche Gin, hat mir eine Frau geschenkt, weiss nicht warum der Fusel plötzlich so in ist.«

Bruno sagte: »Vergiss es.«

Er hockte sich Patrick gegenüber an den Tisch und dieser schob das Notebook zur Seite.

Brunos Miene war von einer aggressiven Entspanntheit: »Miriam sagte letztens, dass du immer ein arrogantes Arsch warst, aber man dir jetzt nicht mehr böse sein kann, weil du im Rollstuhl sitzt.«

»Ich bin überzeugt, dass sie das nicht so gesagt hat. Und was sagst du?«

»Scheiss drauf, arrogant und arschig zu sein, kultiviert man, und ich hab immer gedacht, dass du das eigentlich nicht nötig hättest.«

Patrick lehnte sich nach hinten: »Was heisst schon nötig …«

»Ich versteh ja, dass einer, der gerade auf dem Bike erfolgreich ist, so eine ›Ich zeig's euch allen‹-Zeit hat, und ich versteh auch, dass du nicht Behindi-klischeemässig unterwegs sein willst, ich glaub aber, es geht dir tatsächlich nur darum, uns anzupissen.«

Patrick lächelte kurz: »Hm, ist das so?«

»So ziemlich.«

»Möglich, wenn ich es mir jedoch so überlege, hab ich wirklich nur einen Auftrag entgegengenommen. Du kannst dir das vielleicht nicht vorstellen, ich bin auf Aufträge angewiesen.«

»Genauso bist du auf Freunde angewiesen.«

»Sag doch gleich ›auf Hilfe‹.«

»Nein, auf Freunde, wie jeder.«

»Ich habe Freunde.« Patrick strich sich mit einer schnellen Bewegung seitlich über den Bart und schaute aus dem Fenster.

Bruno schlug sich auf die Schenkel: »Ah, du meinst deine Bike-Kumpels, ja klar, das sind deine Freunde und du bist ihr grosser Held, nur, sind sie es wirklich? Und wenn ja, warum erzählst du ihnen nicht, dass deine Behinderung nicht von irgendeinem mysteriösen Bike-Unfall herrührt, sondern ganz einfach daher, dass du besoffen auf die Strasse gestolpert bist, als dieser Wagen herangefahren kam?« Patrick hörte auf zu lächeln und schaute Bruno drohend in die Augen, während dieser fortfuhr: »Keine Angst, ich sag schon nichts, du hast damals was von gegenseitigem Vertrauen gesagt, und ich bin nicht derjenige, welcher das mit Füssen tritt.«

Patrick schaute auf den Tisch, dann wieder zu Bruno: »Ok. Und was hab ich jetzt eigentlich genau falsch gemacht?«

Bruno wurde lauter: »Mann, das weisst du ganz genau.«

Patrick lehnte sich zurück: »Klär mich auf.«

Bruno sprach langsam und deutlich: »Ich hab dir damals gesagt, dass wir an dem Auftrag dran sind und ich hab dir auch gesagt, was wir planen. Ich hätte noch nicht mal erwartet, dass du ablehnst, aber kurz mal fragen, wie unsere Seite das Ganze sieht, hättest du können. Stattdessen klaust du einfach meine Idee.«

»Ich hab also deine Idee geklaut?«

»Klar.«

»Wenn du das denkst.« Patrick wollte eigentlich weiterreden, doch Bruno unterbrach ihn: »Und dann so ›hähähä‹-Texte schicken, was erwartest du denn, wie ich reagieren sollte.«

»Wie ein schlechter Verlierer, denke ich …«

»Das hatten wir schon!«

»… der es früher nicht ertragen hat, wenn ich ihn geschlagen hab und es heute noch weniger erträgt, weil er gegen einen Rollstuhlfahrer verliert. Deshalb musst du mir auch vorwerfen, unfair zu sein.«

Bruno stand auf: »Schwachsinn, diese verdammte Konkurrenzscheisse wird langsam krank, wenn sie es nicht schon lange ist.«

»Was willst du damit sagen?«

Während Bruno wegging, sagte er: »Nichts. Versuch nicht, mich nachher anzutexten, ich blocke deine Nummer.«

»Geht gar nicht mit deinem Fon.«

»Geht schon, fick dich.«
»Tschüss.«
Bruno verliess den Raum, die Wohnung und das Haus.

Schläge, hart, auf Birkenwurzel, also, es ist nicht so, dass ich manchmal nicht mehr weiss, wo ich war, oder was ich gemacht habe, es interessiert mich einfach nicht mehr, weil ich dann in einer neuen Situation bin, in der ich mich anders fühle. Ich hab einfach sehr verschiedene Seiten, die zum Teil nichts voneinander wissen wollen. Deshalb mag ich so unberechenbar wirken, und das fasziniert viele Leute, sie denken ›krass, Femme Fatale‹ oder so'n Scheiss oder sie meinen, ich mache das mit Absicht und ich hätte Freude daran. Ich kann's ihnen nicht verdenken, weil manchmal wirkt's so und manchmal ist es auch so. Und gleichzeitig denk ich, ›hey Leute, heute gibt's Internet, ich bin nicht die einzige Person auf der Welt die so ist, fragt euch doch mal, warum Leute wie ich so anziehend und faszinierend sind, woher das kommt, und warum so viele davon draufgehen.‹ Weiss nicht, vielleicht nützt's ja auch nichts, die Leute lesen dann irgendwelche Erfahrungsberichte und denken ›krass‹ und wollen dich entweder nicht mehr sehen oder sie wollen helfen, und das geht eine Woche, einen Monat oder ein Jahr, und dann sind sie enttäuscht und lassen dich allein und dann ist alles noch beschissener als vorher. Na ja, ist immerhin nicht mehr so schlimm wie ganz früher, wenn da eine Person wegen irgendeinem Scheiss, der ihr passiert war, seltsam wurde oder angefangen hat durchzudrehen, sagte man einfach, sie sei vom Teufel besessen oder sie sei eine Hexe oder irgendson Scheiss und liess sie verbrennen, Tanne, morsch, Birke, trocken, hell.

Die Musik im Eck war laut und Kaspar fragte sich für einen Moment, ob er noch genügend Nerven für die Schicht übrig hatte. Das IT-Update hatte zu mehreren unerwarteten Problemen geführt und die damit verbundenen Entscheidungen waren alle an ihm hängengeblieben, weil Bruno und Miriam zuwenig von der Sache verstanden. Er war zwar am Abend noch im Wald laufen gegangen, was ziemlich gut getan hatte. Doch als er die Tür zum Raucherraum öffnete und ihm ein Schwall Rauch und Lärm entgegenkam, merkte er, wie gereizt er immer noch war. Er war kaum in den Raum getreten, als Gerda auf ihn zu kam, ihn umarmte und sagte: »Hey Kaspi, ich bin wirklich froh, dich zu sehen, also nicht, dass ich jetzt gross reden möchte, über, ach du weisst schon was, aber ich find's voll toll, dass du das hier machst und versuchst, alles wieder geradezubiegen, ja, ich bin vielleicht jetzt ein bisschen durch den Wind, aber das mein ich wirklich so, die meisten Leute, die ich kenne, können noch nicht mal einen Fehler eingestehen und wenn etwas kaputtgeht, versuchen sie's nicht zu flicken, sondern hauen alles nur noch mehr kaputt, aber das hier macht mir wirklich Eindruck, vielleicht können wir uns mal auf einen Kaffee treffen, ich hab ja auch noch deinen Schlüssel, sorry, ich halte dich von der Arbeit ab, ah, geil! ›Wipeout Beat‹! Tanzbefehl!, ich hab erst gemeint, sie machen HC heute, aber das alte Punk- und Wave-Zeug ist auch geil, hat irgendwie mehr Bass, aber das liegt wahrscheinlich nur an den heutigen Anlagen, hey, wir sehen uns!« Gerda küsste ihn auf den Mund und war aus dem Raum verschwunden. Kaspar hörte, wie sie die Treppe hinunterpolterte und laut rief »I left my eyes in an american war yesterday!« Er fuhr fort, die Aschenbecher zu leeren und stellte die Flaschen auf's Tablett. »Hey, da ist noch was drin«, meinte ein Typ beim Tischfussball, nahm eine Flasche vom Tablett, leerte sie und stellte sie zurück, bevor er den Ball wieder einwarf.

»Das war nicht deine.« Kaspar konnte sich den Satz nicht verkneifen.

»Hab ich auch nicht gesagt, ich hab nur gesagt, dass sie nicht leer ist.«

Kaspar betrachtete ihn kurz, den Typ kannte er, verwöhntes Söhnchen Mitte zwanzig, macht mal kurz einen auf Revolutionär und baut Scheisse, weil er weiss, dass ihn seine Alten eh überall raushauen.

Sein Kumpel lachte verstohlen und Kaspar fragte: »Seid ihr schon sechzehn?«

Der Kumpel hörte auf zu lachen und sagte empört: »Klar.«

»Dann benehmt euch nicht wie Fünfjährige.«

»Hey mach kein Stress«, sagte der Spieler, »hast du nicht noch Flaschen abzuräumen?« Er liess die Griffe los. In diesem Moment merkte Kaspar, dass der Typ daran war, an seinem inneren Schalter rumzuspielen, er schloss kurz die Augen, drehte sich um und ging hinaus, während der andere den Kopf schüttelte und sagte: »Mann, ist der krank.«

Er erlebte eine Art Befreiung. Man hatte ihm gesagt, dass er sich dieses Gefühl genau merken sollte. Es hatte einige Zeit gebraucht, bis er gelernt hatte, sich aus solchen Situationen zu befreien, ziemlich lang eigentlich und eine Version von ihm packte den andern immer noch am Kragen, schleppte ihn ins Klo, steckte den Kopf in die Schüssel und zog die Spülung. Doch Kaspar tat es nicht.

Er trug die Bierkästen die Treppe hinunter. Er schaute auf die Leute, die tanzten und hörte Gerdas Stimme, die sang, »Where's a policeman when you need one to blame the colour TV.« Kaspar drückte sich an Mark vorbei in Richtung Küche. Dieser schenkte im Akkord Bier aus, als Gerda an der Theke auftauchte: »Hey, du gehst aber auch nie schlafen, wundert mich, wie du das schaffst in deinem Alter, echt, aber krass, geiler DJ, könnte mein Père sein, der hat dieses Zeugs immer gehört und dabei rumgetanzt, manchmal haben sich die Nachbarn beschwert und an die Tür gepoltert, aber wenn er sie öffnete, sind sie verschwunden und haben die Bullen gerufen und ich bin nachts aufgewacht von der Türklingel, komisch, das ganze Gedröhn und Gestampfe, und ich schlaf wie ein Engel, aber dann die Türklingel und ich steh ...«

Mark unterbrach sie: »Hattest du nicht eher Probleme mit deinen Eltern?«

»Mann echt, du verstehst das nicht ... je mehr Probleme, desto mehr vermisst du deine Alten, und je seltener gute Momente, desto … egal, gib mir ein Grosses und halt die Klappe, sorry … und noch einen Gin. Hey das ist auch geil! ›Just because you're nobody, it doesn't mean that you're no good‹, ähnlich wie ›Just 'cos you got the power, that don't mean you got the right.‹ Von wem ist das?«

Mark sagte: »Motörhead.«

»Weiss ich doch, das hier?«

»Ursprünglich Specials, die Version hier, Stiff Little Fingers!«

»Genau«, sie sang: »Just because, there's a reason, it doesn't mean it's understood, genau so ist es, genau so!«

Mark schaute an Gerda vorbei und zog eine Augenbraue hoch. Sie bezahlte und stellte sich unter eine Box. Sie schaute ins schwarze Stahlgitter und schloss die Augen, als der schnelle Teil des Stücks begann. Es sah ein wenig aus als würde sie duschen.

Eine Stimme hinter ihr rief: »HEY GERDA!«

Sie tat einen Moment lang nichts, wahrscheinlich das erste Mal seit einiger Zeit. Dann drehte sie sich um und brüllte: »SEVERIN!«

Severin beugte sich vor, um weniger laut reden zu müssen: »Ist ziemlich laut hier.«

Gerda lehnte sich zurück: »JA, IST GEIL!«

Severin beugte sich wieder vor: »Sollen wir woanders hinstehen? Hier kann man sich ja überhaupt nicht verständigen.«

»MÜSSEN WIR JETZT REDEN!?«

Severin wollte sich wieder vorbeugen, aber Gerda wich zurück. Severin sagte: »ICH DENKE SCHON!«

»HM …«

»WAS?«

»ICH HAB ›HM‹ GESAGT, ES IST GAR NICHT SO LEICHT, ›HM‹ LAUT ZU SAGEN!«

»EBEN, STEHEN WIR DOCH KURZ WOANDERS HIN!«

»HAT DOCH ZEIT BIS MORGEN, MARK HAT MICH GRAD GEFRAGT, OB ICH IHM WAS HELFEN KANN!«

»DER HAT DOCH SCHON DEN SCHLÄGER, KOMM, DU WIRST DOCH KURZ RAUSKOMMEN KÖNNEN!«

Gang of Fours »Paralysed« gab genügend Raum, dass Severin seine Stimme wieder auf normale Lautstärke senken konnte.

Gerda schaute sich um, dann wandte sie sich wieder Severin zu: »Wenn's wegen dem Geld ist, ich kann dir das, wie gesagt, nächste Woche geben.«

»Gut, reden wir trotzdem kurz.«

»Ok, ich muss aber erst noch auf's Klo, wart doch kurz hier.«

Sie stieg die Treppe hoch und Severin trat an die Bar: »Hallo Mark.«

Mark nickte. Severins Nase sah man im gedimmten Licht kaum noch etwas an.

»Einen Mojito!«

Mark drehte sich um und sagte Silbe etwas ins Ohr. Sie nickte und machte sich daran, Severins Drink zuzubereiten. Er ging nach hinten, wo Kaspar die Asche in den Mülleimer leerte.

»Alles ok bei dir?«

Kaspar richtete sich auf: »Klar.«

Mark runzelte die Stirn: »Du weisst, dass ...«

»Ja, kein Problem.«

»Ok, kannst du unten das Fass anschliessen und dann den Kühlschrank auffüllen? Draussen mach ich für den Moment.«

Kaspar ging in den Keller hinunter. Als er mit zwei Bierkisten wieder hochkam, sah er vor dem Fenster zum Hof zwei Beine baumeln. Offenbar liess sich jemand vom Sims im ersten Stock herunterhängen.

Gerda sprang mit einer Drehung in den Hof. Kaspar stellte die Kisten ab, öffnete das Fenster und fragte: »Alles ok?«

Sie drehte sich um und sagte schnell: »He Kaspi, äh, nicht dass du jetzt meinst, ich hätte die Zeche geprellt oder so ....«

»Geht hier gar nicht.«

»Eben, aber ich muss weg und, ach, du verstehst schon, oder …«
»Ich weiss nicht, was ich verstehen soll …«
»Danke Kaspi«, Gerda rannte durch den Hof und verschwand auf der anderen Seite.

Bruno kam erst später ins Eck. Er sah den Schnauzer tanzen, packte ihn am Arm und zog ihn raus auf die Strasse. Dann sagte er: »Hey, Schnauzer, du bist doch auch bei dieser KREAKTIV-Scheisse dabei, nicht wahr?«

Der Schnauzer, der mitgekriegt hatte, dass sie ALSO den Auftrag weggeschnappt hatten, machte eine beschwichtigende Geste, doch Bruno fuhr fort: »Weisst du was, du laberst mich immer mit irgendwelcher Scheisse voll und ich frag mich immer, warum du so viel Scheisse laberst und jetzt ist es mir aufgegangen, du bist einfach nur ein Haufen Scheisse und wie soll ein Haufen Scheisse was anderes labern als einen Haufen Scheisse, sag mir das, hey, wo willst du hin …?«

Bruno schaute ihm einen Moment lang nach, dann ging er hinein. Er begrüsste Mark, bestellte ein Bier, lehnte sich an die Wand und schaute den Tanzenden zu.

Hartholz, Schläge, Bruch, dumpf, irgendwann hab ich einfach nur noch gedacht, ›du selbstgerechtes Arschloch, du denkst, du verstehst alles, aber du verstehst gar nichts und dann machst du mit Miriam diesen Laden auf, klar, der gute Bruno, könnte bei jedem renommierten Architekten unterkommen, aber nein, Miriam, weil sie ist ja so eine Arme mit dem Kind, und der böse Patrick, ja, der, der ihren Mann mit bösen Drogen vergiftet hat, sodass sie ihn tot aus dem See fischen mussten, Patrick, der einfach nur so dagelegen ist, als Miriam auf ihn einprügelte, was ja nichts anderes ist als ein Schuldeingeständnis‹, dabei, Bruno, würdest du dich wehren gegen eine Schwangere, die gerade ihren Mann verloren hat, auch wenn du denkst, das ist jetzt nicht ganz gerechtfertigt, hä, Bruno, hast du dir das schon mal überlegt, grad du, was du alles mit dir machen lässt, da kann ich dir aber was erzählen von wegen Schuldeingeständnis, und mich verhören sie stundenlang, bis die Polizei die Untersuchung einstellt, weil der Forensiker gemeint hat, keine Drogen im Blut, Kälte-Urtikaria, simples Nesselfieber, aber ja, immer was beweisen, vielleicht weil ich ihn mit dem Rad grad wiedermal abgehängt habe und dann natürlich als erster in den See, und das Ende Oktober und daran ist natürlich Patrick schuld, weil Florim muss ja zu dem Zeitpunkt gar keine Drogen im Blut gehabt haben, der böse Patrick hat ihn über die ganze Zeit so vergiftet, dass das natürlich einen Einfluss hat auf die Verfassung und damit nicht genug, Patrick hat ihn ja sicher noch unter Wasser gedrückt oder sonst was Schlimmes getan, und Bruno sagt einfach nichts dazu, sag mal, weisst du eigentlich, wie es ist, wenn du im Wasser bist und dein Kumpel neben dir wird plötzlich rot, schlägt um sich, schnappt nach Luft und du hast gleichzeitig Angst, dass du auch draufgehst, weil er sich an dich klammert, so quaddelig wie ein Monster, hm? Natürlich versuchst du da erst, dich zu befreien und wieder zu Luft zu kommen. Und dass der dann so schnell weg ist, hab ich auch nicht gedacht. Und ja, weisst du, wie man sich fühlt, wenn man anfängt zu tauchen und man sieht nichts und kann nichts machen und dann muss man eine Schwangere davon abhalten, mit den Kleidern in den See zu gehen? Weisst du wie scheisse man sich fühlt nach sowas? Und dann wundern sie sich, wenn ich mich aus dem Staub mache und ich bin natürlich selbst schuld, wenn ich als Krüppel zurückkomme, und ja, Bruno kann nochmal zeigen, was für ein gutes Herz er hat, sich um Miriam kümmern und natürlich auch um Gerda, und nach der Rückkehr Behindertenförderung, ja, helfen mit Computer einrichten, du hast doch immer gerne Filme gemacht, mach das doch weiter, du weisst gar nicht wie sehr du manchmal nervst! Birkenast, Regen auf Moos, Rascheln, Blätter.

Bruno hielt seine Wut auf Schnauzer und Patrick bereits mit dem dritten Bier am Köcheln, als Severin, der eben noch in ein Gespräch mit einer jungen, betrunkenen Frau vertieft gewesen war, zu ihm hinkam.

Er hielt einen Mojito der Hand: »Bruno, gut, dass ich dich treffe, du kannst der Frau, die bei dir wohnt, ausrichten, dass sie sich besser morgen meldet.«

Bruno, dem aufgefallen war, dass sich Severin mit einer neuen Selbstverständlichkeit im Eck bewegte, fragte: »Worum geht's denn?«

»Sie ist vorher einfach abgehauen und jetzt reagiert sie noch nicht mal mehr auf meine SMS, und«, Severin tippte auf seinen Bildschirm, »ich glaube auf Facebook hat sie mich gerade blockiert.«

»Ok und was willst du genau von ihr?«

Severin lächelte: »Geht dich nichts an.«

Ein junger Punk rempelte ihn an und etwas Flüssigkeit tropfte auf seine Hose. Bruno sagte: »Schöne Jeans übrigens, würden sich gut im Bolero machen.«

Severin legte den Kopf zur Seite: »Typisch, ihr Scheuklappentypen meint, nur wenn jemand so aussieht wie ich, könne er nicht richtig links sein. Aber sag mir mal, wer von uns beiden steht auf der Strasse und sammelt Unterschriften.«

»Weiss nicht, du vielleicht?«

»Genau.«

»Aber vielleicht bist du auch einfach ein Arsch und Arsch ist für mich hinten und nicht links.«

Severin schüttelte abfällig den Kopf, bevor er sich abwandte und zu seiner Gesprächspartnerin zurückging.

Eine Viertelstunde später rief Silbe »letzte Runde«, Severin verliess mit der Frau das Eck und Bruno ging an die Bar und bestellte bei Mark ein Bier und einen Grappa. Hinter ihm reinigte Kaspar die Kaffeemaschine.

Mark stellte die Getränke vor ihn hin. Er schaute ihn an.

»Was ist?«, fragte Bruno gereizt.

Mark schob die Unterlippe vor: »Du trinkst viel heute.«

»Und wenn schon. Ich hab einen Freund und einen Auftrag verloren.«

Mark nickte, ohne zu wissen, was Bruno damit genau meinte.

Kaspar kam zu ihm hin und stellte eine Bierkiste ab. »Was ich noch sagen wollte …«

Bruno winkte ab: »Mach dir keinen Kopf, ich hab zwar mit dem Geld des Mall-Projekts gerechnet, als ich dir zusagte, aber es geht auch so.«

Mark meinte zu Kaspar: »Du bist fertig für heute.« Er drehte sich um und rief zu DJ Profax hinüber: »Und du hörst auf, Joan Baez aufzulegen, sonst schalt ich dir den Strom ab.«

»Das ist Punk!« rief DJ Profax zurück.

Mark beachtete ihn nicht weiter und ging hoch ins Büro, während Kaspar seine Schürze auszog, sich ein Bier zapfte und sich auf die andere Seite der Bar neben Bruno setzte. Das Inventar war in ein Gespräch über die Gefährlichkeit von künstlicher Intelligenz in Küchengeräten vertieft und Bruno hatte sein Bier schon fast wieder ausgetrunken.

»Du trinkst wirklich schnell«, sagte Kaspar.

Bruno lächelte zur Antwort und nahm den letzten Schluck.

»Du kriegst noch eins, wenn die Gäste raus sind.«

»Danke«, sagte Bruno.

Kaspar nahm einen Schluck aus seinem Glas, dann schaute er vor sich hin: »Ich kann vielleicht schon noch Möglichkeiten finden, das Geld schneller aufzutreiben …«

Bruno schüttelte den Kopf: »Ist nicht nötig, nach der Munition zu suchen.«

Kaspar zuckte mit den Schultern: »Ok, dann nochmals Danke.«

»Bitte.«

Er schaute an die Schnapswand und sagte: »Ich hab vorhin gesehen, wie Gerda sich oben aus dem Fenster herausgehangelt hat und in den Hof gesprungen ist.«

Bruno nahm einen Schluck: »Ich hab für heute von allem genug. Gerda hab ich kurz gesehen, als sie heimkam und naja, wenn sie so drauf ist, heisst das für mich: egal, trinken.«

»Soll ich vielleicht …?«

»Nein«, kam es etwas zu schnell und zu hart von Bruno, und er fuhr ruhiger fort: »Das ist das was sie meint mit ›modus sein‹. Wenn sie so ist, kommt niemand an sie heran.«

Kaspar schaute ihn schräg an: »Bist du sicher?«

Bruno spürte die Aggression in Kaspars Stimme und fuhr fort: »Ich hab ihr gesagt, sie soll das regeln mit dir, also mach nicht mich verantwortlich, wenn's nicht auf deine bevorzugte Weise geschieht. Wenn's dich beruhigt, sie erwähnt dich immer wieder. Ja seltsam, jetzt fällt's mir erst auf, sie sagt immer, dass du irgendwelche witzigen Ausdrücke benutzt, mir gegenüber tust du das irgendwie nicht so.«

Kaspar schaute ihn kühl an: »Ist vielleicht eine Frage der Inspiration.«

In diesem Moment kam Mark die Treppe hinunter und sagte: »Bruno, kommst du mal eben mit nach hinten?«

Bruno folgte Mark in die Küche und nahm dabei eine halbleere Flasche Williams vom Regal. Sie setzten sich an den Tisch neben dem Fenster. Mark sagte: »Ok, Bruno, schiess los!«

Bruno nahm einen Schluck aus der Flasche und sagte: »Was willst du hören?«

»Vielleicht einen Grund dafür, weshalb du dich systematisch besäufst und anfängst, rumzukrakeelen.«

»Braucht man dafür einen Grund?«

Mark stöhnte: »Tu mir einen Gefallen und komm mir nicht mit Säufer-Poesie. Entweder du sagst was los ist, oder ich werf dich raus. Ohne Flasche natürlich.«

»Nein, im Ernst, fragt ihr neuerdings jeden, der hier betrunken ist, nach dem Grund? Ich denke, ich find das wirklich sehr gut, also das kann ich voll unterstützen …«

»Bruno!«

»Ja?«

»Fall nicht vom Stuhl. Wenn du nicht reden willst, ist auch ok. Aber geh zu Fuss nach Hause.«

Bruno schaute Mark an: »Patrick hat uns den Auftrag geklaut.«

»Bist du dir sicher, ich meine, ich trau ihm alles zu, nur, dich hat er sonst nicht verarscht.«

»Ich war heute in seiner Wohnung, und ja, ich bin mir sicher.«

»Seltsam, ich rede mal mit ihm.«

Bruno winkte ab: »Lass es, wir sind fertig. Ich weiss nicht, irgendwie hab ich das Gefühl, dass alles aus dem Ruder läuft. Gerda ist auch wieder modus.«

»Ja ich hab sie gesehen, sieht eher schlecht aus. Hast du ihr das gesagt?« Mark zögerte und schaute Bruno an, dann sagte er: »Ich weiss, zwecklos. Aber ich hab gemeint, du hättest das im Griff.«

»Was denn?«

»Das mit dem runterziehen lassen.«

»Ich hab's ja im Griff.« Bruno nahm einen Schluck.

»Ja, sieht man.«

»Mann, jetzt fängt das wieder an. Behandle mich nicht, wie ich andere behandle, verdammt nochmal.«

Mark atmete durch und schaute sich um. »Also, Bruno, schau, ich bin müde und will nach Hause, das heisst, ich werf dich jetzt raus. Gib die Flasche her, mehr kriegst du nicht.«

Bruno grinste und schob die Flasche hinüber. Mark fuhr fort: »Soll ich dir ein Taxi rufen?«

Bruno schüttelte den Kopf: »Nö, schaff ich schon.«

Mark legte den Kopf schief.

»Ich stoss das Rad auch.«

Mark stand auf: »Du musst wissen, was du tust.«

Bruno erhob sich und verliess den Küchenbereich, er ging mit einem Winken an Kaspar, Silbe und dem Inventar vorbei, öffnete die Tür und hielt auf sein Rad zu. Er versuchte sechs Minuten lang, seinen Schlüssel zu finden. Als er ihn endlich hatte, schloss er auf, hängte das Schloss um den Hals und schob das Rad bis zum Eck, wo er demonstrativ aufstieg und losfuhr.

Mark sagte »Idiot«, nahm ein Handtuch und warf es auf die Ablage. Dann wandte er sich den anderen zu: »Bis Morgen.«

Kaspar schaute ihm nach, als er den Raum verliess. Der DJ hatte seine Platten zusammengepackt und die Anlage mit dem Radioapparat verbunden. Zu einer Wiederholung der Sendung »Brightside« auf Stadtfilter blickte Kaspar vor sich auf die Theke und der Abend stürzte sich plötzlich von hinten auf ihn und erfüllte ihn mit einer ziellosen Wut.

Er umfasste sein Glas mit beiden Händen und presste die Zähne aufeinander. Er erschrak, als Silbe die Hand auf seine Schulter legte und meinte: »Heute regnet's nicht.«

Kaspar atmete tief ein und aus, dann nickte er. Silbe fuhr fort: »Ich räum noch den Rest auf, dann werf ich das Inventar raus.«

Kaspar schüttelte einen Teil der Wut von sich ab und fragte: »Brauchst du Hilfe?«

»Nein. Aber du kannst warten.«

Kaspar überlegte nochmals, Gerda, Scheisstag, Koks, hm. Er sagte: »Gut, aber ich weiss noch nicht, ob ich auf mehr Lust habe als schlafen.«

»Ist ok.«

Buchenzweig, trocken, sehr dünn, Ahorn grün, Ästchen undefiniert, Zapfen einer Weisstanne, dies alles hat Bedeutung, aber was ist Bedeutung? Verästelungen, blankes weisses Holz.

15

Patrick zog das blaue Neopren-Beinteil mit Luftpolster an, hievte sich aus dem Rollstuhl auf den Beckenrand und liess sich wie ein Taucher rückwärts ins Wasser fallen. Dann kraulte er los. Der Bademeister schüttelte noch immer den Kopf, wenn er ihn sah. Er sagte ihm alle zwei Wochen, dass das mit dem Beinteil unheimlich dumm sei, denn wenn er mal bewusstlos würde, oder einen Krampf in den Armen habe, würden seine Beine das einzige an der Wasseroberfläche sein, während der Rest nach unten gedrückt und er ertrinken würde. Einmal holte er eine dünne Schwimmweste aus dem Materialraum des Paraplegiker-Vereins und hielt sie Patrick entgegen. Dieser zog sie an, schwamm zwei Längen, dann hielt er sich am Beckenrand fest, zog die Weste aus und sagte: »Macht mich langsam.«

Etwa zwei Jahre nach Florims Tod hatte Patrick Bruno gebeten, mit ihm ins Schwimmbad zu kommen. Er hatte erklärt, er wolle endlich diese Scheissangst vor dem Wasser überwinden, die ihn seit Florims Tod immer wieder befalle. Und er habe das Gefühl, er schaffe das nicht allein.

Also ging Bruno einige Male mit. Erst blieb er draussen, dann schwamm er neben Patrick her. Schliesslich stellte er fest, dass er nicht mithalten konnte. Eine Länge Crawl vielleicht, doch dann begann er zu schlingern, kam aus dem Takt, begann nach Luft zu schnappen und stellte auf Brust um. Patrick sagte: »Dass du mir hier helfen sollst, diese Sache zu überwinden, heisst nicht, dass du so schlecht schwimmen musst, dass alle denken, du seist am Absaufen.« Von da an ging Patrick allein schwimmen.

Bruno hatte vor dem Zubettgehen zwei Aspirin genommen und ein weiteres in der Nacht, weshalb er am Morgen lediglich mit einer leichten Übelkeit und erträglichen Kopfschmerzen aufwachte.

Er schaute auf die leere Packung Zigaretten auf dem Küchentisch. Super, er war gestern noch auf die Idee gekommen, nach drei Jahren wiedermal zu rauchen, ach ja, und – Bruno lächelte – da war noch die Tour de France-Sache auf dem Katharina-Sulzer-Platz.

Er machte sich einen Kaffee und setzte sich an den Küchentisch. Durch den Korridor sah er, dass Gerdas Tür geschlossen war. Er rechnete nicht damit, dass sie sich in den nächsten Stunden öffnen würde.

»Was soll's«, dachte er nach einer Weile und nahm eine Zigarette aus dem Päckchen. Er zögerte, weil sich sein Magen schon gegen den Gedanken ans Rauchen sträubte, dann steckte er sie wieder hinein. Eine halbe Stunde lang sass er einfach nur da.

Schliesslich zog er sich an und holte seinen Helm.

Die Gamser-Passage war eine der gefährlichsten Stellen des Trails. Sie begann mit einem Sprung über eine Kante in einen steilen, steinigen Hang. Dieser rutschte in regelmässigen Abständen, sodass die Kante, die als Absprung diente, zunehmend unterhöhlt wurde und an Festigkeit verlor. Bruno schaute den Abschnitt erst von unten an. Der lehmige Boden war feucht und leicht schmierig. Dennoch entschied er, dass die Stelle fahrbar sei. Er räumte Steine und Äste aus der Spur, kletterte nach oben und prüfte die Kante, indem er sich daraufstellte. Sie trug Brunos Gewicht, federte jedoch leicht. Damit sie beim Drop nicht abbrach, war eine Gewichtsverlagerung nach hinten und ein früherer Absprung nötig.

Er überlegte nochmals, ob er wirklich fahren sollte. Den Kater hatte er zwar mit einem schweisstreibenden Aufstieg verscheucht, aber sein Körper fühlte sich immer noch etwas müde und schwammig an. Vielleicht gar nicht so schlecht für die Stelle, wenn nicht zu viel Spannung in den Muskeln war, dachte er und ging zu seinem Bike, das weiter oben auf dem moosigen Waldboden lag. Er stellte die Zugstufe der Federung weicher ein, damit das Rad bei der Landung nicht allzu stark zurückfederte und er den Bodenkontakt verlor. Er setzte den Helm auf, zurrte das Band fest, stieg auf und fuhr vorsichtig auf den Abbruch zu. Unmittelbar davor verlagerte er das Gewicht aufs Hinterrad und sprang vor der Kante mit einem kurzen Impuls ab. Nach dem Drop setzte er auf, nicht ganz ideal, doch so gut, dass er die Richtung in etwa halten konnte. Wegen der Steilheit war der Kontakt zum Boden gering, sodass Bruno Arme und Beine sehr locker halten musste. Eine kleine Vertiefung, die er mit einer Schaufel in den Hang gezogen hatte, erlaubte es ihm, nach links zu ziehen, den steilen Rand des Abbruchs hoch zu fahren und aus dem Hang herauszuspringen um schliesslich auf mit Reisig bedecktem Waldboden zu landen. Bruno brachte das Rad zum Stehen. Er presste die Lippen zusammen, schaute hoch zum Abbruch und genoss den Adrenalinstoss. Schliesslich fuhr er quer durch den Wald hinunter auf den Weg, der entlang der Töss verlief und bis zum Reitplatz führte. Ein leichter Regen setzte ein. Er fuhr nach Hause und nahm eine Dusche. Von Gerda kam wie erwartet kein Lebenszeichen. Bruno zog seine Jacke an, verliess die Wohnung und fuhr mit seinem Fixie zum Bahnhof, wo er erneut eine Packung Zigaretten kaufte.

»Hallo Kaspar.«

Kaspar sagte »Hi« und kniff die Augen zusammen. Miriams Fröhlichkeit schien aufgesetzt. Zögernd fuhr er fort: »Also ich hab's ja begriffen, ihr seid eure eigenen Chefs und könnt bei ALSO kommen und gehen wann ihr wollt, ich hab dabei aber das Gefühl, dass euch momentan alles andere wichtiger ist als euer Geschäft.«

»Papperlapapp«, sagte Miriam. Auch das wirkte aufgesetzt.

»Wie war's beim Zahnarzt?«

»Ach, ich konnte nicht.«

»Wieso das denn?«

»Die KiTa rief an und sagte, ich solle Sophia abholen, sie habe sich die Hand gestaucht.«

»Oh dumm, was Schlimmes?«

»Wir waren beim Arzt, der hat das angeschaut und gemeint, es sehe nicht so schlecht aus. Er hat das Gelenk mit einem Stützverband fixiert, Sophia hat einen Lollie gekriegt und dann war wieder gut.«

»Und die Zahnschmerzen?«

Miriam machte ein überraschtes Gesicht und winkte ab: »Ach, die sind nicht mehr so schlimm, ich hatte ja noch Ponstan, das wirkt entzündungshemmend und offenbar hat's genützt. Du, ich bin in Verzug mit den Detailansichten für das Schulhaus.« Miriam setzte sich geschäftig an ihren Platz, startete den Computer auf und starrte auf den Bildschirm.

Kaspar schüttelte den Kopf und machte sich wieder an die Arbeit. Hin und wieder schaute er zu ihr hinüber.

Nach einer Weile sagte er ruhig: »Du kannst das gut.«

»Was?«

»Schmerzen verbergen.«

Miriam atmete gleichzeitig wütend und erlöst aus.

Kaspar sagte: »Geh halt zum Zahnarzt!«

»Ach, Bruno kommt gleich und ich muss ...«

»Jetzt.«

Miriam zog sich widerwillig an und schaute auf die Fensterscheibe, über die ein feiner Regenschauer wischte. Sie schaute zu Kaspar hinüber, dieser seufzte und sagte: »Wir haben Regenschirme.«

Severin hasste es, wenn ihn seine Grossmutter auf diese Weise anschaute. Der einzige Mensch, zu dem er Vertrauen hatte, war derjenige, der in ihm die miesesten Gefühle hervorrufen konnte. Bei anderen fühlte er sich zwar schlecht, sehr schlecht manchmal, zugegeben, aber das konnte er von sich wegschieben. Das hier fühlte er in jeder Körperfaser.

»Wie geht es dieser Gerda?«

Severin senkte den Kopf. Er schaute auf: »Gerda, wieso? Wir kennen uns kaum.«

Seine Grossmutter schaute ihn stumm an. Severin meinte zögernd: »Weiss nicht.«

Sie sah ihren Enkel an und sagte: »Aha.«

Und das war's auch schon, sie hatte gesagt, was sie sagen wollte, und an Smalltalk war sie nicht interessiert. Sie sassen noch eine Viertelstunde zusammen und Frau Rossi schaute mal in den Himmel, und mal in ihren Kaffee. Severin verliess das Altersheim, stieg in den Wagen und fuhr los. In Räterschen hielt er am Strassenrand an und nahm sein Handy hervor.

Er schrieb Gerda:

»hey«,

Keine Antwort.

»?«

Keine Antwort. Severin tippte nervös aufs Steuer, dann schrieb er:

»ich brauch irgendwann das geld«

Nichts, er schmiss das Handy auf den Beifahrersitz und fuhr los.

Bruno betrat das Büro mit einem Kopfnicken.

Kaspar schaute auf, betrachtete ihn argwöhnisch und sagte schliesslich: »Du riechst nach Rauch.«

Bruno schaute ihn an: »Wegen gestern ...«

Kaspar unterbrach ihn: »Vergiss es.«

Bruno nickte ihm zu und schaute sich um: »Wo ist Miriam, ich hab eigentlich mit ihr abgemacht?«

»Ich hab sie zum Zahnarzt geschickt.«

»Warum?«

»Ja warum wohl, weil sie Schmerzen hatte. Sie wollte nicht gehen, Mann, eine erwachsene Frau, hat ein Kind, benimmt sich aber selbst wie eines, wenn sie zum Zahnarzt muss.«

Bruno setzte sich, ohne seine Jacke auszuziehen, an seinen Platz und wartete einen Moment. Dann sagte er: »Ist dir schon mal aufgefallen, wie ihre Zähne aussehen?«

»Klar, aber trotzdem …«

»Auch wenn man's nicht denken würde, Miriam nahm früher Amphetamine, MDMA und das ganze Zeugs, ich glaube, sie schämt sich einfach wegen ihrer Speedstummel und ausserdem ist sie schon lange nicht mehr zur Kontrolle gegangen. Da denkt man doch, der Zahnarzt reisst gleich alles raus.«

Kaspar nickte: »Schon möglich.«

Bruno zögerte und sagte dann: »Kommst du zurecht? Ich bin eigentlich nur wegen Miriam …«

Kaspar staunte: »Du willst schon wieder gehen?«

Bruno nickte und Kaspar machte: »O…k, aber du denkst an den Termin wegen der Salstrasse, wir haben den wie gesagt schon zweimal verschoben. Und mal ehrlich, wir sollten uns mal um neue Aufträge kümmern.«

»Klar, wir schauen.«

»Und du hast dir weder den Bericht des Statikers noch denjenigen des Bauphysikers angeschaut. Ausserdem gibt es ein Problem mit den Elektro-Installationen.«

»Ich schau's noch an. Kannst du dich mal ums Nötigste kümmern?«

Kaspar lehnte sich resigniert zurück: »Ist schon eher deine Aufgabe.«

»Ich denke, du bist eine gute Vertretung.«

»Klar, aber ich verlange eine Gehaltserhöhung.«

»Du verdienst dasselbe wie wir.«

»Eben.«

Als Bruno den Raum verliess, blickte ihm Kaspar nach und rief: »Warum kommt ihr überhaupt noch?«

Er erhielt keine Antwort.

Dreiviertel, Tannzapfen-Güiro, Buche, Bass, wenn mal wieder etwas von den Dingen, die überall im Geheimen passieren, zum Vorschein kommt und in der Zeitung ein Kopf mit schwarzem Balken über den Augen gezeigt wird, ekeln sich die Leute vor dem und sähen ihn am liebsten tot, aber sie fürchten sich nicht, denn oft sind das ja armselige Typen und dabei vergisst man, dass diese Person für ein Kind über Leben und Tod entscheiden kann, oder anders gesagt, stell dir mal vor, du bist abhängig von jemandem, der dreimal grösser und dreissigmal stärker ist als du. Nein, ich meine wirklich, die Leute sollten sich das mal vorstellen, das ist viel höher als die Decke in dem Raum hier! Da reicht ein Blick und du tust, was er sagt und glaubst was er sagt und du beginnst zu denken wie der, und der nistet sich bei dir ein und wenn er sagt, du sollst still sein, sonst passiert was Schlimmes, bist du verdammt nochmal still, und wenn der merkt, dass dir jemand helfen will oder es auch nur gut mit dir meint, versucht der, diese Person mit allen möglichen Tricks zu verscheuchen, und auch wenn der tot ist, ist er immer noch in dir drin und wenn du was tust, was er nicht will, kriegst du ein schlechtes Gewissen oder Todesangst oder du willst dich umbringen, und vielleicht tust du das und das ist dann so ziemlich das perfekte Verbrechen, wenn man sich das so überlegt, Fichte, Fünfviertel, trocken, Schlag.

Als Bruno das Eck betrat, stand Mark bereits wieder hinter der Theke. Er schaute ihn mit zusammengekniffenen Augen an. Als er vor ihm stand, sagte er: »Du stinkst nach Rauch.«

»Schon möglich.«

»Du bist ein Idiot.«

»Auch möglich. Ein Bier.«

»Ok, Idiot.«

Mark stellte das Bier vor Bruno hin und dieser legte fünf Franken auf die Theke: »Ist gut so.«

»Danke, das ändert meine Meinung nicht. Musst du nicht arbeiten?«

»Läuft irgendwie nicht so rund, heute.«

»Überrascht mich nicht, wie hast du's überhaupt nach Hause geschafft gestern? Du warst ziemlich bedient.«

»Gut, hab's sogar geschafft, eine Tour de France auf den Katharina-Sulzer Platz zu legen.«

»Tour de France? Sorry, ich kenn mich nicht aus bei eurem Radkram?«

»Ah, klar, weisst du, das, was sie bei der Übertragung nicht zeigen.«

»Sorry, aber ...«

»Pinkelpause im Fahren.«

Mark lachte kurz, dann sagte er: »Und da macht man sich nicht nass?«

»Nicht, wenn man's draufhat.«

»Sag mal, wie alt bist du eigentlich?«

Eine Gruppe Jugendlicher sass am Tisch vor dem Fenster und rief: »Bestellen!«

Mark knurrte und ging zu ihnen hin. Er kuckte in die Gesichter der Runde, während einer einen grossen Krug Bier für alle bestellte. »Haben wir nicht«, sagte Mark und als sie ihn fragend anschauten ergänzte er: »Keine Krüge, nur einzelne Biere, für alle von euch, die über sechzehn sind.« Er kam mürrisch zurück, füllte drei Gläser mit Bier und eines mit Sprite.

Bruno grinste: »Hast du schon einmal darüber nachgedacht, dass du am falschen Ort arbeitest, so ungern, wie du in letzter Zeit Alkohol verkaufst.«

Mark schaute ihn an. Die ganze Zeit über schon war ihm aufgefallen dass Brunos Heiterkeit auf schwachen Beinen stand. Für Ärger hatte er grad keine Nerven, also meinte er möglichst neutral: »In der Tat, das habe ich.«

Er brachte die Getränke, während Bruno eine Zeitung vom Ständer nahm und sich an einen Tisch setzte. Er grinste, als er im Kulturteil den Hemdmann sah, der mit einem grossgewachsenen Typen, bei dem es sich offenbar um den Chef von KREAKTIV handelte, vor einem Plakat der Mall stand und lächelte: »Wasser war für Winterthur schon immer eine treibende Kraft. Nun soll dem Element mit unseren Art&Facility-Design ein Denkmal gesetzt werden.«

Bruno sagte: »Fickt euch doch alle.« Er fand, dass es nicht schlecht zu ihm passte, wenn er das sagte.

Der Raum füllte sich langsam. Bruno sass in der Ecke vor seiner Zeitung und war damit beschäftigt, Textnachrichten und Telefonanrufe zu ignorieren. Offenbar waren plötzlich alle wahnsinnig daran interessiert, mit ihm zu sprechen. Kaspar, Miriam, Gerda, Patrick. Bruno sagte jedes Mal, wenn das Handy auf dem Tisch vibrierte: »Leck mich.«

Nach einer Weile kam Mark an seinen Tisch: »Man kann den Vibra auch ausmachen, wenn man mit niemandem reden will. Vielleicht müsstest du dann nicht hier rumhocken wie ein delinquenter Vorstadt-Jugendlicher und rumnerven, damit auch jeder merkt, wie scheisse du dich fühlst.« Mark machte eine Pause und schaute auf das Handy: »Oder magst du's einfach, wie's durch die zerschlagene Scheibe leuchtet, wenn jemand anruft?« Ohne eine Antwort abzuwarten, schaute er wieder in Brunos Gesicht und fuhr fort: »Hab ich schon gesagt, dass du dich damals, als Gerda ausgezogen ist, gleich verhalten hast?« Bruno schaute ihn gleichgültig an und Mark sagte seufzend: »Lass mich raten.«

Bruno nickte: »Genau: Leck mich!« Er schaute wieder in die Zeitung und Mark kehrte kopfschüttelnd zur Bar zurück.

Er war am Ende des dritten Biers angelangt, als Patrick ins Eck rollte und vor ihm hielt. Bruno ignorierte ihn ebenso wie dessen wortlose SMS, die in diesem Moment auf dem Display seines Handys erschien.

Patrick sagte: »Eben, blocken geht mit deinem Fon nicht.«

Bruno las weiter: »Geht schon.«

Patrick sagte: »Wenn du etwas zu sagen hast, sag es.«

Bruno dachte: »Hab ich nicht.«

»Ich bleib solange, bis du wieder redest.«

Bruno stand auf und verliess das Eck, während Patrick rief: »Kindskopf«, und sich zur Theke wandte. Hinter der war es leer. Patrick sagte: »Schnaps.«

Mark erschien im Türrahmen zur Küche, dann ging er wieder.

Patrick schlug an die Theke und sagte: »Schnaps! Schnaps!«

Einige Gäste drehten sich um.

Mark erschien wieder, schenkte einen Schnaps ein und sagte: »Liegt das an dem Krach zwischen dir und Bruno, dass ihr beide regressives Verhalten an den Tag legt, oder bist du neuerdings auch geistig beeinträchtigt?«

Patrick legte wortlos ein Geldstück hoch auf die Theke, trank den Schnaps und rollte davon.

Bruno fuhr nach Hause. Gerda war weg. Er ging in sein Zimmer, hockte sich vor das Portastudio und blickte in das Wirrwar von Platinen, Drähtchen, Kondensatoren und Lämpchen. Er fällte die einzige richtige Entscheidung, nämlich das Gerät nicht anzufassen. Stattdessen ging er in die Küche und kochte sich Spaghetti. Während er sie ass, sah er sich auf dem Laptop eine Folge aus der zweiten Staffel von Fargo an. Das Massaker an den Gerhards schaute er gleich zweimal, rauchte dabei und fragte sich, was er mit diesem Tag noch anfangen wollte.

Die lauen Temperaturen hatten die Menschen dazu bewegt, den Abend mit ihren Kindern an der nahen Töss zu verbringen, was offenbar nicht ohne Jauchzen, Schreien und Lachen ging.

Das war kaum auszuhalten, Bruno zog seine Trainerjacke an, verliess die Wohnung und fuhr in die Stadt. Er verbrachte den Abend damit, von Lokal zu Lokal zu ziehen. Erst trank er alleine, dann begann er, Typen anzuquatschen, und sich von ihnen anquatschen zu lassen. »Sich eindeppen«, nannte er das, eine gute Methode um alle Leute inklusive sich selbst abgrundtief zu hassen. Aus dem Gotthard warf man ihn um halb vier morgens raus auf den Bahnhofplatz, den er bis zur Mitte überquerte. Er urinierte in die Löcher der Verkleidung des Busdachbaus und ging hinüber zur Stadthausstrasse, wo er sein Rad vermutete. Nachdem er die Fahrradkolonnen zweimal wankend und aus unerfindlichen Gründen salutierend abgeschritten war, fand er es schliesslich. Er schloss es auf und fuhr in leichten Schlangenlinien über den Bahnhofsplatz. Ein Blaulicht leuchtete auf und ein Streifenwagen stoppte neben ihm. Das Fenster wurde heruntergelassen und der Beamte sagte: »Fahrverbot, kein Licht, absteigen!«

Bruno tat es fluchend, er erwartete, dass er nun seinen Ausweis zeigen und sich eine Predigt anhören musste, bevor er entweder eine Busse kriegte oder der Beamte in einem Anfall von ausserordentlicher Nachsicht sagte, dass er es diesmal bei einer Verwarnung belassen würde. »Scheiss Kindergarten«, fluchte er und stellte sich provokativ vor sein Rad. Doch der Beamte sagte bloss: »Gehen!« und fuhr langsam weiter. Offenbar war er mehr an einem ruhigen Verlauf seiner Schicht interessiert als an der Auseinandersetzung mit einem Besoffenen. Bruno schaute dem Wagen erst verdutzt nach, setzte sich dann auf sein Rad, trat in die Pedalen und fuhr ihm nach. Der Wagen verlangsamte und Bruno fuhr neben das Fahrerfenster. Der Beamte schaute verständnislos und hielt an. Bruno fragte: »Ist das eine Weisung des Stadtmarketings, dass ihr plötzlich zu allen nett und freundlich sein sollt? Oh, der Blick, oh, wirklich gut, der ›ich kann auch anders‹-Blick mit Griff an die Funke, super, wie im Film, grossartig!«

Die Partnerin des Beamten stieg aus, während dieser durchatmete und etwas zu locker sagte: »Tun sie sich einen Gefallen, lassen sie das Rad stehen und nehmen sie sich ein Taxi nach Hause, alles andere bedeutet Ärger für uns und Ärger für sie!«

Bruno hob die Hand: »Lassen sie mich überlegen.« Dann liess er sie sinken und sagte mit aufgesetzt ernster Miene: »Ich denke, ich möchte Ärger.« Er drehte den Kopf zur Beamtin, die neben ihm stehen geblieben war.

Der Beamte sah Brunos Blick und seufzte: »Kommen sie schon, denken sie an ein weiches Bett, morgen ausschlafen …«

»Vergiss es, mit dem kannst du nicht reden«, sagte die Beamtin, schaute sie Bruno in die Augen und sagte: »Stellen sie bitte das Rad da in den Radständer.«

Bruno tat es grinsend, gleichzeitig fragte er sich, warum er ihr eigentlich gehorchte. Die Beamtin öffnete die hintere Tür und sagte: »Sie können sich jetzt entscheiden, wohin die Fahrt geht, zu ihnen nach Hause oder in ein anderes Gebäude, in dem es Ausnüchterungszellen gibt!«

16

Seit drei Stunden versuchte Kaspar, Bruno zu erreichen. Er sass an seinem Schreibtisch und fluchte, als dieser sich schliesslich meldete.

»Verdammt nochmal, wo hast du die ganze Zeit gesteckt?«

Bruno sass auf einer Bank im Stadtpark. Das einzige, an das er sich diesen Morgen erinnert hatte, war sein Fixie, das er aus irgendeinem Grund an der Stadthausstrasse hatte stehen lassen. Eine grössere Menge Restalkohol half ihm, mit dem Bus ins Zentrum zu kommen, wo er zusammen mit dem Rad den fehlenden Teil der letzten Nacht zu finden hoffte. Das Rad, dass aus unerfindlichen Gründen in ziemlich desolaten Zustand war, stand in der Nähe des Stadtparks. Der Rest der Nacht liess noch auf sich warten. Er setzte sich auf eine Bank und fragte sich, was besser für seinen Kopf wäre, sitzenbleiben oder zur Apotheke gehen und Aspirin kaufen. Beides hatte Vorteile, beides hatte Nachteile, schwierig, schwierig. Es war schon nach elf, als er auf den Gedanken kam, sein Handy wieder einzuschalten.

»Ist mir eigentlich egal, wo du bist«, sagte Kaspar, »aber weisst du, was mir nicht egal ist? Dass wir ein Projekt abgeben müssen und zwar heute Mittag und ihr alles liegen lasst und abhaut. Dass ich das Modell repariert hab, ohne dass das jemand mitgekriegt hat, ok, bin ich langsam gewohnt, doch dann schreibt Miriam, dass sie Komplikationen mit den Zähnen hat und Antibiotika nehmen muss und deshalb flachliegt, und du tauchst einfach nicht auf, und wenn man dich anruft, kriegt man keine Antwort. Also hock ich da und seh die Zeit ablaufen. Ich weiss, ihr sagt immer, ich soll nichts in euren Projektordnern verändern, aber was hab ich für eine andere Wahl, Bruno?«

Bruno versuchte vergebens etwas zu sagen.

»Also hab ich heute um neun genau das gemacht und Pläne und

Doku abgeschlossen und wenn du sie noch anschauen willst, kommst du besser vor zwölf hierher, sonst ist das Zeug weg!«

Kaspar knallte sein Handy auf den Tisch und Bruno hielt sich den Kopf. Er stand auf, schob sein quietschendes Fixie zur nächsten Apotheke, wo er es abstellte. An Fahren war nicht mehr zu denken, also beschloss er es abzuschliessen und stehen zu lassen. Er besorgte sich eine Packung Aspirin und ging in die nahe Migros um sich Mineralwasser zu kaufen. Als er vor dem Getränkeregal stand, vibrierte sein Handy.

Gerda:

»ich brauch hilfe, wo bist du?«

»kann nicht«

»DRINGEND«

»KANN NICHT!«

Darauf kam nichts mehr. Bruno nahm eine Flasche Wasser vom Regal, zwängte sich durch die Mittagsmasse von Geschäftsleuten, Lehrlingen und Gymnasiasten an die Kasse und bezahlte. Er erntete misstrauische Blicke. »Ein Moment, Herr Konsument«, sagte er zu sich und gleichzeitig fiel ihm ein, dass Exakt in ein paar Tagen im Eck spielten. Er freute sich für einen kurzen Augenblick und gleichzeitig schob er den Gedanken beiseite. Er war mit seinem Vorhaben nicht annähernd soweit gekommen, wie er gewollt hätte.

Als er den Laden verliess, meldete sich in seinem Inneren ein seltsames Gefühl. Gerda.

Er nahm sein Handy hervor und schrieb: »was ist?«

Während er wartete, nahm er zwei Aspirin und spülte sie mit dem Wasser runter. Nach einer Minute kam die Antwort:

»s. verfolgt mich«

»wie wo?«

»ich sehe immer wieder seinen wagen«

»ich kümmer mich drum«

Das Gute an seinem Zustand war, dass er nicht lange überlegen konnte. Er wählte Severins Nummer.

Bruno wartete, bis dieser den Anruf entgegennahm: »Lass Gerda in Ruhe!«

Am anderen Ende war es ein Moment lang still, dann meldete sich Severin: »Hä?«

»Hier ist Bruno und du sollst Gerda in Ruhe lassen, also fahr mit deiner Karre irgendwo rum, nur nicht in die Nähe meiner Wohnung!«

Severin schien tatsächlich überrascht: »Was soll ich da, ich hab hier Arbeit, kennst du, oder? Arbeit, Geldverdienen und so?«

Bruno legte auf und schrieb Gerda: »problem gelöst«

»danke«

Bruno atmete ein, schaute einen Moment lang nachdenklich auf sein Handy und steckte es wieder in die Tasche. Möglich, dass Severin nur so tat, als wäre er bei der Arbeit. Er atmete wieder aus. Ausserdem wäre es nicht das erste Mal, dass Gerda Dinge sah, die nicht ganz der Realität entsprachen. Allerdings war das jeweils ein schlechtes Zeichen. Bruno überlegte.

Das schlechte an seinem Zustand war, dass ihm Dinge leicht entglitten und ihm wieder mit einer Welle schlechten Gewissens ins Gedächtnis gespült wurden: Er dachte: »Scheisse, Kaspar«, und zwar exakt in dem Moment, in welchem eine Streife das Obertor hochfuhr. Das Fenster wurde heruntergelassen und mit dem Gesicht der Beamtin kam die Erinnerung an die letzte Nacht mindestens bruchstückhaft zurück. Sie fragte: »Besser heute?«

Bruno liess die Schultern sinken: »Mhm.«

»Weiss nicht, ob sie das gestern mitgekriegt haben, sie kriegen eine Busse, weil sie betrunken waren und ohne Licht im Fahrverbot gefahren sind. Und bei den Promillen, die sie im Blut hatten, ist ihr Fahrausweis ebenfalls weg.«

»Klar.« Bruno nickte und die Beamtin fuhr fort: »Aber wir vergessen mal das, was sie im Wagen gesagt haben.«

»Danke.« Die Scheibe wurde hochgefahren und der Wagen fuhr weiter.

Bruno machte sich auf ins Innere Lind. Er versuchte sich zu beeilen, aber schon nach einigen Metern musste er seine Schritte wieder verlangsamen.

Er kam zehn Minuten nach zwölf ins Büro.

»Scheisse, Bruno, echt. Scheisse, Scheisse und nochmal Scheisse.« Kaspar schlug mit der Faust auf den Tisch.

»Sorry, Kaspar, mich hat's weggetischt.«

Kaspar hob die Hand: »Nein, akzeptier ich nicht. Du bist nicht der Typ, den es wegtischt.«

»Stimmt aber.«

»Wegtischen, du? Nein, passt nicht zu dir.«

Bruno zog seine Jacke aus und schwieg. Er wollte nicht in ein von Kaspar dirigiertes Gespräch hineingezogen werden. Nach einer Pause fragte er: »Was ist mit den Projekten?«

»Das Dossier hat der Kurier eben abgeholt, und die Dateien hab ich an die Druckerei geschickt.«

Bruno machte grosse Augen: »Was?«

»Ist mir nichts anderes übriggeblieben, die Termine wurden schon zweimal verschoben, wenn du dich vielleicht daran erinnern magst.«

Bruno wurde lauter: »Kaspar, wir haben das besprochen, du bist kein …«

»Ja, ich habe keinen von euren Wischen, doch steckt euch die in den Arsch, wenn ihr es nicht schafft, zur richtigen Zeit hier zu sein!«

»Wie gesagt, sorry, aber wenn jetzt da ein Fehler drin ist, dann häng ich, du weisst das.«

»Da ist kein Fehler drin, und selbst wenn, du kannst das ganze durchschauen und wenn du was findest, korrigierst du's vor dem nächsten Meeting.«

»Es geht ums Prinzip. Wenn rauskommt, dass unsere Bürohilfe …«

»Leck mich!«

»Sorry und ja, leck mich auch. Und Danke.«

»Bitte.«

»Ich schau das jetzt mal durch?«

»Ja, besser. Du stinkst.«

Bruno nahm die Kopien und setzte sich an den Zeichentisch. Er war nicht in der Lage einen kritischen Blick auf die Dokumente zu werfen, schaffte es aber zumindest, einen Gesichtsausdruck aufzusetzen, der dies nahelegte. Nach einer Weile sagte er: »Gute Arbeit, Kaspar.«

Kaspar schaute auf: »Danke, ich glaub nicht, dass du das wirklich so meinst.«

»Ach, tu jetzt nicht beleidigt.«

»Tu ich auch nicht.«

Bruno stand auf und nahm seine Jacke. Kaspar schaute ihn überrascht an: »Das meinst du aber jetzt nicht ernst, oder?«

Bruno verzog kurz seinen Mund: »Tut mir wirklich leid, mein Kopf schmerzt und ausserdem ist was mit Gerda. Ich muss da hin.«

Kaspar haute wieder auf den Tisch: »Was ist eigentlich mit dir los? Warum kommst du überhaupt noch her? Hab ich schon mal gefragt, oder? Ist kein gutes Zeichen, wenn ich das dauernd frage! Und sowieso«, er stand auf und stellte sich vor Bruno, »ich hab ja die ganze Zeit die Klappe gehalten, weil ich in deiner Schuld stehe und weil ich versucht habe, Gerda zu vergessen und ausserdem hab ich mit Silbe gepennt, aber das spielt jetzt keine Rolle. Weisst du was?« Kaspar tippte mit seinem Zeigefinger auf Brunos Brustbein, und dieser spürte für einen kurzen Moment eine unbändige Kraft, die sofort wieder aus dem Finger wich. »Wie ein Hund, der zurückgepfiffen wird«, dachte er, als Kaspar fortfuhr: »Dass du so tust, wie wenn du und Gerda so ein verschworenes Team seid, das ist für mich noch ein Tritt in meine emotionalen Eier! Ich dachte, vielleicht klappt das mit uns als Paar ja nicht, doch ich habe gehofft, die Vertrautheit, die wir hatten, retten zu können. Aber die hat sie ja jetzt wieder mit dir, also geh, hau ab und tu was immer du willst, deine Kacktracks, Gerda bemuttern, dich besaufen, was weiss ich!«

Bruno drehte sich ab und verliess wortlos den Raum, während sein Kopf zu platzen schien.

Wenn die zwei Aspirin je eine Wirkung hätten entfalten wollen, so war dessen Absicht von Kaspars Tirade im Keim erstickt worden. Also nahm er nochmal zwei davon. Er setzte sich vor dem Stadthaus auf eine Bank und schaute eine Weile geradeaus. Dann nahm er sein Handy heraus und schaute sich die Liste der verpassten Anrufe an. Diejenigen von Patrick ignorierte er. Offenbar hatte es Miriam auch ein paar Male versucht. Als das Kopfbrummen ein bisschen besser geworden war, rief er sie an. Ihre Stimme klang müde und kartofflig, als sie sich mit ihrem Namen meldete. »Hallo, hier Bruno, wie geht's?«

»Ok.«

»Du hast mich angerufen, sorry, ich war …«

»Schon gut, hat sich erledigt.«

Sie schwiegen einen Moment lang. Dann sagte Bruno: »Wie geht's mit dem Zahn?«

»Der ist raus.«

»War's schlimm?«

»Ist, nicht war. Solange die Narkose wirkte, fand ich's noch lustig, obwohl, die mussten den Zahn spalten, bevor sie ihn ziehen konnten. Ist dir schon mal ein Zahn im Kiefer gespalten worden? Das Knackgeräusch geht durch den ganzen Schädel. Ich hab ziemliche Angst gekriegt, auch wenn, oder vielleicht gerade weil ich keinen Schmerz gespürt habe.«

»Klingt sehr unangenehm.«

»Wie ich nach Hause gekommen bin, hab ich noch gedacht, ›geht schon‹. Aber nach einer Nacht Blut spucken und nachdem der Schmerz dann so knochig wurde, war's weniger lustig und das trotz Schmerzmitteln. Die wirken bei mir sowieso nicht mehr richtig. Hm, der Arzt sagt, dass sei, weil ich die zu oft bei Monatsbeschwerden genommen habe. Jetzt hat sich die Wunde entzündet und ich muss Antibiotika nehmen, die ich überhaupt nicht vertrage.«

»Tut mir leid«, sagte Bruno, der froh war, dass sie eine Pause machte.

Er hielt das Handy vom Kopf weg als Miriam fortfuhr: »Und dann hat noch Sophia gesagt, sie wolle mal ein paar Tage bei Ardiana sein, und ich finde ›ok‹, wenn auch ein bisschen verhalten. Sophia hat sich gefreut und ich dachte, ›vielleicht ist es wirklich besser, wenn es mir nicht so gut geht‹, aber jetzt hat sie diesen Husten gekriegt und sagt, sie wolle doch lieber bei mir sein. Mist, ich sollte nicht soviel reden.«

Bruno runzelte einige Male die Stirn, dann sagte er: »Na dann wünsch ich euch gute Besserung, ich meld mich.«

»Ok. Du klingst aber auch nicht grad gut, Bruno, ist bei dir alles in Ordnung?«

»Jaja, soweit schon.« Bruno würgte, als er auf ›Beenden‹ drückte. Er blieb stehen und die Übelkeit verschwand langsam, während er an einer Hauswand lehnte und scheinbar interessiert auf das Pflaster der Marktgasse starrte.

Nach einigen Minuten setzte er sich wieder in Bewegung. Auf der Höhe des Untertors kam ihm der Schnauzer entgegen, tat aber so, als hätte er gerade einen wichtigen Anruf erhalten und wechselte laut redend und wild gestikulierend auf die andere Seite der Gasse.

Irgendetwas in Bruno schlief ein als er am Bahnhof in den Bus einstieg und erwachte erst wieder als er seine Wohnungstür öffnete.

17

Es war still.

Bruno hielt vor Gerdas Zimmer. Seltsam, mittlerweile sah er das wirklich wieder als Gerdas Zimmer an. Hinter der Tür regte sich etwas, leise und hastig. Bruno klopfte. Die Tür öffnete sich einen Spalt und Gerda lugte hindurch: »Du, ist grad schlecht.«

»Scheisse«, sagte Bruno, »erst textest du mich an und jetzt ist grad schlecht«, aber die Tür war schon wieder zu. Bruno haute kurz auf den Rahmen, was er bereute, weil sich sogleich der Kopf zurückmeldete.

Er ging in die Küche, setzte sich an den Tisch und regte sich eine Weile lang nicht. Die Schmerzen wurden ein bisschen milder und mit ihnen die Wut auf Gerda. Bruno schaute aus dem Fenster. Der Wind hatte aufgefrischt und zerzauste die Baumkronen vor dem Haus.

Er gähnte. Würde wahrscheinlich teuer werden, die letzte Nacht. In diesem Moment hörte er Gerdas Stimme. Sie klang irgendwie unnatürlich. Bruno fragte sich, mit wem sie redete. Erst jetzt hörte er die Männerstimme. Er merkte, wie sich seine Nackenhaare sträubten. Er versuchte, die Stimmen nicht zu beachten und begann, abzuwaschen. Er drehte immer wieder den Wasserhahn zu und horchte. Schliesslich liess er das mit dem Abwasch bleiben und setzte sich wieder an den Tisch. Dann stand er auf, ging zu Gerdas Tür und öffnete sie.

»Was?«, fauchte ihn Gerda an, die gerade noch locker an ihren Schreibtisch gelehnt hatte und nun breitbeinig vor ihm stand.

Bruno schaute an ihr vorbei. Dann sagte er: »Was macht der Idiot hier?«

Severin erhob sich mit einem Lächeln vom Bett und sagte zu Gerda: »Nicht ganz so locker, dein Mitbewohner da.«

Gerda schaute zu Bruno, dann zu Severin, sie lächelte breit und winkte ab: »Ach Bruno, der ist so ... immer grad so streng,« sie stellte ihre Stimme tiefer, blickte ernst und stemmte die Hände in die Hüften, »so, ›Was ist denn hier passiert‹.«

Bruno blickte sie nicht an, als er sie zur Seite schob und zu Severin hinüberging. Er stellte sich vor ihn hin: »Raus hier.«

Gerda, scharf: »Bruno.«

Bruno: »Halt die Klappe!«

Severin wollte etwas sagen, blickte nochmals in Brunos Gesicht und drückte sich an ihm vorbei. Als er auf der Höhe Gerdas war, sagte er: »Ich hoffe, der findet seine Medikamente wieder«, und verliess das Zimmer.

Die Klinke knallte gegen die Wand, bevor die Wohnungstür ins Schloss fiel.

Bruno verliess das Zimmer.

Gerda setzte sich auf ihr Bett, zog die Knie heran und vergrub ihr Gesicht darin.

Weisstanne, trocken, morsch, Esche, trocken, Pflock, morsch, Tanne, meinst du, das hat mir nichts ausgemacht, als du mit dieser Idee gekommen bist, mit diesem Schwimmbad, nun Wasser und Schwimmen und so, das sind nicht unbedingt meine Lieblingsthemen, hättest du eigentlich auch merken können, ich hab sogar mal geträumt, ich schwimme und plötzlich werde ich nach unten gezogen, bis zum Grund. Der ist erst braun und schlammig, dann wird er durchsichtig und bricht, und ich falle zusammen mit dem Wasser auf dunklen Stein. Ich hab dir das nicht kaputtmachen wollen. Ich bin ja sonst oft genug die Spielverderberin. Aber als das ganze bachab gegangen ist, bin ich auf eine Art froh gewesen. Die Sache mit Hugo, das war schon ein Riesenscheiss, gerade weil er ja eigentlich ok ist. Ich hab mich wirklich wohl gefühlt mit ihm. Ja, ich hatte das Gefühl, ich könne mehr ich selbst sein als bei dir. Mit dir zusammen fühl ich mich oft verunsichert und ich hab Mühe zu zeigen, was ich kann. Ich und Hugo, wir haben uns ja fast nicht gekannt, trotzdem konnte ich total frei reden. Vielleicht hätte es auch noch irgendwann funktioniert mit ihm. Ich hab ihn nochmal angerufen, tja, ich wollte natürlich meine Wut loswerden, aber eigentlich habe ich gehofft, dass er sich entschuldigt und was Nettes sagt und das hat er dann auch getan. Aber, und da muss ich dir schon auch einen Vorwurf machen, Bruno, da habe ich diese Stimme von dir im Hinterkopf gehabt, die gesagt hat, »das wird eh nichts mit so einem Typen«, obwohl du das noch nicht mal gesagt hast, wie auch immer, jetzt ist halt Ende und aus, Häckselregen, Buche, hart, schaben.

»Ist grad schlecht, Bruno.« Mark wackelte mit einem Mikroständer.

»Ist grad bei allen schlecht offenbar.«

»Weiss nicht, was du meinst.« Mark klappte die Füsse des Ständers auseinander und stellte ihn auf ein Bühnenelement.

»Egal«, Bruno drehte sich um und wollte gehen. Mark packte ihn am Arm und zog ihn zurück. Dann liess er ihn los, und schraubte den Mikrohalter auf die Stange. Ohne Bruno anzuschauen, sagte er »Fünf Minuten« und ging hoch ins Büro. Bruno folgte ihm. Er liess sich auf den Stuhl fallen während Mark einen Stapel speckiger Abrechnungen zur Seite schob, sich auf die Schreibtischkante setzte und sagte: »Dann schiess mal los!«

Einen Moment lang fühlte Bruno eine Leere, die von dem Verdacht ausgefüllt wurde, dass er eigentlich nichts zu sagen hatte.

Mark unterbrach die Stille: »Du siehst scheisse aus und du stinkst noch immer.«

Mark seufzte: »Sonst geh ich mal wieder.«

Bruno sagte: »Gerda.« Mark blieb stehen und drehte sich um: »Kurzversion bitte, du kennst meine Meinung.«

Bruno versuchte, in halbwegs klaren Sätzen zu erzählen, was sich innerhalb der letzten beiden Tage ereignet hatte.

Mark, der immer noch am gleichen Ort stand, zuckte mit den

Schultern: »Gut, dann werde ich sagen, was ich schon zigmal gesagt habe: Wenn du's nicht erträgst, mach einen Bogen um Leute wie Gerda.«

Bruno schaute ihn an und Mark sagte: »Ok, noch mit Zusatz: Wenn du nicht anders kannst, dann musst du wenigstens wach sein. Rumsaufen und mit Gerda zusammen sein, geht nicht, ausser du willst in der Scheisse landen und sie mit dir runterziehen.«

»Ich zieh sie also runter.«

»Wenn du nicht auf dich aufpassen kannst, ja.«

Bruno schaute unverändert und schwieg.

Mark meinte: »Du kannst mit mir jederzeit über dein Zeug reden, aber komm nicht her und jammere mir irgendetwas vor, wenn du etwas tust, von dem du weisst, dass du es nicht kannst.«

Bruno räusperte sich: »Und wenn ich manchmal nicht weiss, was ich tue?«

Mark lachte: »So bist du nicht, mach dir nichts vor. Und auch wenn du es dir manchmal wünschtest, weil sich alle um die anderen kümmern, denen es angeblich so schlecht geht, und niemand um dich, dann denk daran, den Sack voller Scheisse, den die Leute hinter sich herschleppen, willst du nicht haben.«

Bruno hatte sich wieder ein wenig gefasst: »Sowas Ähnliches meinte schon Kaspar, das heisst also, wenn mich Gerda anlügt und irgendwas sagt von einem Typen, der sie verfolgt und ich seh ihn dann in ihrem Zimmer, dann ist das auch mein Fehler?«

Mark überlegte einen Moment: »Nein, dein Fehler ist es, wenn du das persönlich nimmst.«

»Ich nehm's nur persönlich, weil sie mich vorher um Hilfe gebeten hat.«

»Warum tat sie das?«

»Weil sie Angst hatte.«

»Und woher willst du wissen, dass sie danach keine Angst mehr hatte.«

»Weil sie ihn reinliess.«

»Vielleicht liess sie ihn rein, weil sie Angst hatte.«

»Versteh ich nicht.«

»Dann verstehst du nicht, was Angst ist.«

Bruno sagte nichts.

»Gut, dann geh ich wieder aufbauen.«

Während Mark rausging, drehte Bruno den Kopf und fragte: »Wer spielt überhaupt?«

»The Farts, Effretikoner Band, Riot Folk.«

Brett, Schlag, fett, Tanne, weisst du, bei dieser Idee vom Dachbad, da hab ich erst gedacht, ›das ist ziemlich cool‹, dann hat's mich immer mehr genervt, ›hey, bleib bei deinen blöden Umbauten‹, hab ich gedacht, und ›lass die Leute kreativ sein, die's wirklich sind, du bist zwar nett, aber dumpf und das Einzige, was du kannst, ist Äste im Wald kaputtmachen und damit was basteln, das kein Schwein interessiert‹ und deswegen bin ich dann in dieser Sitzung gesessen und hab mich amüsiert und gedacht, ›Miriam und Bruno, baut weiter euren Kram, der nichts abwirft, ich geh nächste Woche Unterwasseraufnahmen machen.‹ Hab ich mich wirklich gefreut, ich würde viel öfters tauchen, wenn's nicht so kompliziert und teuer wäre. Hier wird alles bezahlt und organisiert und über mir schwimmen Frauen in Badeanzügen! Und wahrscheinlich willst du das gar nicht wissen, weil du grün vor Ärger bist und denkst, es sei ungerecht, dass du jetzt noch das ärmere Schwein bist als ich. Ich hätt's dir bestimmt nicht gewünscht aber na ja, Pech gehabt, ich hab auch Pech gehabt, als ich über die Strasse ging und mich dieser Idiot umgefahren hat, ob ich nun besoffen war oder nicht, und wenn ich es bevorzuge, dass die Leute denken, ich hätte irgendeinen krassen Bike-Unfall gehabt, dann ist das meine Sache, verstehst du? Ach ja, und wenn's dich beruhigt, das Schwimmer-Projekt ist mittlerweile schon zweimal zurückgestutzt worden, kleinerer Ausschnitt, Aufnahmen irgendwo, wo's billiger ist, vom dreistündigen Loop auf eine Viertelstunde gekürzt, wahrscheinlich grad so, dass es bei der Eröffnung nicht auffällt, dass sich die Aufnahmen wiederholen. WintInvest geht's nicht um Kunst, sondern bloss um Branding, PR und den ganzen Kram und Videokunst wird in den Zeitungen genau gleich lange besprochen, egal ob sie eine Viertelstunde oder drei Stunden dauert, und, das soll jetzt nicht als Rechtfertigung dienen, aber eurem Projekt wäre es ohne mich genauso ergangen, trockene Buche, heller Schlag, unbestimmt, wie Knochen, porös, Föhre, nass, Föhre, dick, Schlag.

Als Bruno nach Hause kam, ging er in sein Zimmer, setzte sich an den Tisch und schrieb auf dem Laptop eine Mail an Kaspar und Miriam. Er bat sie darum, ihn für drei Tage zu entschuldigen, weil er ein paar Dinge auf die Reihe kriegen musste. Gerda schickte er eine SMS ins Zimmer nebenan. Er schrieb, dass es okay sei, wenn sie da sei, doch er habe in den nächsten Tagen zu tun und wolle für sich sein. »Das heisst nicht, dass du dich zu verstecken brauchst und klar, bei einem Notfall bin ich da, doch abgesehen davon möchte ich nicht gestört werden.« Er hörte das Piepsen ihres Handys, ging in die Küche und warf die Zigaretten weg, die er noch hatte. Dann kehrte er zurück in sein Zimmer und begann, sein Portastudio zuzuschrauben.

Bruno verbrachte die folgenden Tage in seinem Zimmer vor dem Laptop, dem Interface und dem 8-Spur-Gerät. Hin und wieder verliess er die Wohnung, um etwas zu essen zu kaufen oder die Packung TDK-Endless-Kassetten vom Lieferdienst entgegenzunehmen. Einen Nachmittag verbrachte er ausserdem im Wald, um noch letzte Aufnahmen zu machen. Er wollte unbedingt den Moment einfangen, in dem es aufhört zu regnen. Es schien ihm dabei äusserst wichtig zu sein, dass dieser Moment direkt auf Band aufgenommen wurde, sodass er nicht wie üblich mit dem Aufnahmegerät, sondern mit dem Portastudio, einem Mikrophon und einem kleinen Generator losfuhr und sechs Stunden lang an einem Ort in der Nähe von kanadischen

Föhren ausharrte, bis der Regen endlich aufhörte. Dafür tat dieser es genauso, wie Bruno sich es gewünscht hatte, langsam ausklingend mit einem klaren Ende, dem nur noch das Echo der von den Blättern fallenden Tropfen folgte.

Gerda klopfte an Brunos Tür. Er rief: »Ich bin am Arbeiten, ist es ein Notfall?«

Seine Stimme klang neutral, was Gerda einen Moment darüber nachdenken liess, die Tür einzutreten und ihm das Gesicht zu zerkratzen oder zu versuchen, ihn zu küssen oder beides, doch sie schloss kurz die Augen und sagte so ruhig wie möglich: »Nein, es ist kein Notfall, aber es ist trotzdem wichtig.«

»Ich kann jetzt nicht unterbrechen, weil ich das in einem Zug durchhören muss, aber du kannst dabei reden, wenn du möchtest.«

Gerda ergriff eine unbändige Wut auf die Kack-Knacklaute, die im Hintergrund zu hören waren, sie nahm sich jedoch zusammen, weil sie wusste, dass dies im Moment die einzige Möglichkeit war, zu sagen, was sie sagen wollte: »Ok, also Bruno, ich bin da in etwas reingeraten, weil ich rauch doch dieses Gras und das kommt auf die Dauer teuer, also vor allem, weil ich ziemlich viel davon brauche und Gift sollte ja auch nicht zu viel drin sein. Mein bisheriger Lieferant, ich hab dir von dem erzählt, haut jetzt ab, und da hab ich rumgefragt und dieser ... dieser Severin meinte ... ach egal, ich hab gedacht, ich verdeal da etwas für so Tösstaler, also ich hab das so dahin gesagt, dass ich Connections habe zu Eck-Leuten und Bike-Party-Veranstaltern, gleichzeitig hab ich gedacht, ›ui Gerda, was machst du da‹, aber du weisst ja, ich kann dann meist nicht mehr zurück. Und ja, ich hab Severin auch getextet, dass ich Medis aus dem Spital schmuggeln kann, und er so, ›die Tösstaler lassen fragen, ob du an Fentanyl rankommst‹ und glücklicherweise hab ich da wenigstens geschrieben, ›nein, an ganz harte Sachen komm ich als FaGe nicht ran‹, aber ich hab ihm, als er hier war so eine Dose Tramal gegeben, das reicht natürlich nicht für das Gras, und die Amphi-Sachen, die werd ich nicht los, das heisst, ich war im Wald gestern, und hab das verteilt, aber ich kann doch nicht Geld nehmen von denen, den meisten bin ich eh noch was schwach, also muss ich den Rest zurückgeben ... Mann, Fentanyl, weisst du, das Schlimmste am Konsum sind so Typen, die sich benehmen wie in einer billigen Serie und dann sehen die noch ziemlich rechtsaussen aus, sowieso, auch dieser Severin, da stimmt aber auch gar nichts, ich hab dir doch das mal erklärt mit den Viren-Männern, und weisst du, ich merke es nicht immer, wenn sich ein Virus einnistet und dann ist es plötzlich zu spät und ich kann nichts mehr tun und das Bequemste ist, zu denken, dass ich Abschaum bin und alle das Recht haben, mich wie solchen zu behandeln.« Gerda hielt inne, trat mit dem Fuss auf und sagte: »Scheisse Bruno, mir geht's total mies und das ist wirklich nicht einfach!«

Bruno erschien an der Tür: »Der Abschnitt ist fertig, ich geh jetzt eine Runde radfahren und dann mach ich weiter. Möglich, dass du in der Scheisse steckst, aber bis nach dem Konzert von Exakt musst du selbst zurechtkommen. Ich muss dir nicht sagen, dass du kein Abschaum bist. Wenn du Angst hast, schliess dich in dein Zimmer ein und lass niemanden rein. Oder geh aufs KIZ.« Bruno redete ruhig und bestimmt und schaute ihr dabei in die Augen.

Sie biss sich auf die Lippen und sagte »Ok«.

18

Kaspar stellte seine Tasche unter den Holztisch in der Küche. Mark begrüsste ihn mit einem Nicken: »Danke nochmals, dass du einspringst.«

»Eh, kein Problem.« Kaspar nahm die Mütze ab, strich sich mit einem Taschentuch über die Stirne und setzte sie wieder auf: »Wie gesagt, ich find die Band nicht schlecht, aber bin nicht so ein eingefleischter Fan wie du oder Bruno.«

Mark nickte: »Klingt vielleicht seltsam für dich, aber solche Konzerte wie heute bedeuten mir wirklich etwas. Und eben, wenn's Probleme gibt, ich bin vor der Bühne.«

»Alles klar.«

Als Mark Bruno sah, sagte er: »Du siehst besser aus.«

Bruno nickte und meinte: »Ja, geht nicht schlecht. Ich hatte zwar in den letzten zwei Tagen ziemlich Kopfweh und musste hin und wieder Schmerzmittel nehmen, aber heute ist besser. Ausserdem hab ich das hier fertig!« Er hielt eine Kassette in die Höhe.

»Holz«, folgerte Mark und auf Brunos erwartenden Blick fügte er an: »Ja, sie sind oben.«

Bruno winkte mit dem Tape, er hatte Mark schon erzählt, dass er sich deswegen in den letzten paar Tagen praktisch in seinem Zimmer eingeschlossen hatte. Er war gespannt darauf, wie Baldachin reagieren würde, wenn er mit der Endloskassette auftauchte.

Dieser erhob sich von dem speckigen Sessel, als Bruno hereinkam. Sie umarmten sich, ohne ein Wort zu sagen.

Bruno gab ihm die Kassette und sagte: »Achtspurrekorder.«

Baldachin überlegte einen Moment und begutachtete die Kassette. Dann sagte er: »Oh Mann, ist es das, was ich denke?«

»Wahrscheinlich«, sagte Bruno.

»Ein Stück ohne Ende, vier Spuren, je zwei auf einer Stereospur.«

»Genau, jeder Loop beginnt an einem andern Ort und damit ist es ein Stück ohne Anfang. Das geht nur analog auf Band oder begrenzt auf Vinyl, aber da nur mit einer Endlosrille.

Das Endlosband hier ist zwölf Minuten lang. Es ist einfach an irgendeiner Stelle gestoppt worden und wo immer du bei deinem Gerät Play drückst, ist der Anfang des Stücks, den du wahrscheinlich nach einem Durchgang nicht wiedererkennen wirst. Ausserdem ist es fast nicht zu kopieren, nur wenn du wieder einen Achtspurrekorder und ein Endlostape nimmst und die einzelnen Spuren überspielst.«

»Mann, krass, und das gibst du mir oder was?«

Bruno nickte: »Ich mach noch mehr davon. Ich hab, ehrlich gesagt, immer an dieser Holzsache gezweifelt, ja, ich hab immer gedacht, wozu mach ich das überhaupt, für mich, dich und noch ein paar andere Spinner, die ich noch nicht mal kenne. Ich hab trotzdem weitergemacht, denn ich hatte so ein Gefühl, dass daraus irgendwann noch etwas wird. Und letztens hat jemand gemeint, ich kriege nichts fertig, was irgendwie stimmt, denn das mit dem Trail hat ja auch kein Ende. Es macht mir jedoch nichts aus, ich mach einfach immer dort weiter wo ich aufgehört habe, naja, meistens wenigstens, und so ergeben sich immer wieder andere Abschnitte, der Trail hat keinen Anfang und kein Ende mehr. Und genauso ist es bei dem Stück auf dem Tape. Ich weiss noch nicht mal selbst, an welcher Stelle die erste Aufnahme begonnen hat und es gibt unzählige Möglichkeiten das Tape zu hören, das Stück ist, wenn man so will, nicht fertig.«

Baldachin schwieg erstaunt und Bruno fügte überflüssigerweise hinzu: »So irgendwie.«

Während Exakt spielten, standen Bruno und Mark beide mit einem grossen Bier in der Hand nebeneinander und senkten und hoben die Köpfe synchron zur Musik. Wie erwartet, waren Leute von weit her angereist, um die Band zu sehen, die vielleicht eines ihrer letzten Konzerte spielte. Das Gerücht hielt sich hartnäckig, dass sich Exakt auflösen würden. Backstage hatte zuerst nichts darauf hingedeutet, aber Baldachin meinte irgendwann zu Bruno, dass sie das Ganze nicht mehr ewig machen würden: »Ich glaube, Exakt haben gesagt, was Exakt zu sagen haben. Und ich mag nicht unsere Fans wegsterben sehen. Nicht als Exakt jedenfalls.« Funke nickte dazu und wischte sich eine imaginäre Träne von ihrer Wange. »Mark«, sagte sie, »war auch schon enttäuscht, dass wir gleich weiterfahren und nicht bei ihm übernachten. Solche Dinge häufen sich in letzter Zeit.«

Kaspar räumte im Fumoir Flaschen ab und kehrte in den Ecken, während die Exakt-Bässe von unten gegen den Boden hämmerten, sodass die Krümel und Stummel darauf mithüpften. An einer Ablage hinter dem Tischfussball lehnten drei junge Männer, die sich weder für die Musik noch für das sonstige Geschehen zu interessieren schienen. Philipp, Kaspars Ex-Wohngruppenpartner war einer von ihnen. Er tat so, als bemerkte er Kaspar nicht. Der Zopf auf der nicht rasierten Kopfseite war verschwunden und die schwarzen Haare hingen in einer Strähne hinunter. Während Kaspar abräumte, beobachtete er die Gruppe aus den Augenwinkeln. Philipps Begleiter trugen Baseballmützen. Kaspar vermutete zwei politisch motivierte Rasuren darunter. Er überlegte, ob er Mark benachrichtigen sollte, doch er entschied sich dagegen. Solange sie nichts anstellten, hatte das Zeit bis nach dem Konzert. Im Übrigen war es eh ruhig im Fumoir, das Frauenpaar von letztens spielte gegen die zwei Libanesen Tischfussball und einige Leute sassen mehr oder weniger bekifft und betrunken an den beiden Tischen.

Gerda hatte die ganze Zeit bis zu den Zugaben vor der Bühne durchgetanzt, dann kam sie auf Bruno und Mark zu. Sie lächelte beide an und machte ein Zeichen, dass sie unbedingt rauchen müsse. Bruno nickte lächelnd und legte ihr die Hand auf die Schulter, als sie sich zwischen ihnen hindurchdrückte. Sie lächelte zurück, bevor sie die Treppe hochstieg.

Kurz darauf kam sie wieder herunter und fragte Bruno während des leiseren Teils von ›Grillen hören mit den Beinen‹: »Ist schon nach dem Konzert, weil ich hätte da ein Problem?« Bruno schüttelte den Kopf, Gerda lächelte und verschwand wieder nach hinten. Exakt spielten noch eine halbe Stunde Zugaben, bis die Leute in den vorderen Reihen mehr torkelten als tanzten, dann legte Baldachin ein Effektgerät auf die Tasten seines Korg, Funke stellte den Bass vor den Verstärker und liess ihn dröhnen und Taxi liess ein Aufzieh-Entchen über das Snare spazieren. Die drei verschwanden nach hinten und das Publikum starrte hypnotisiert auf die Exakt-lose Bühne, bis das Entchen erlahmte und der Mischer Ton und Licht ausfadete.

Mark und Bruno schauten sich an. Es gab nichts zu sagen.

Bruno merkte, wie etwas in seiner Tasche vibrierte, er nahm sein Handy heraus und las durch die zerbrochene Scheibe hindurch Gerdas Nachricht: »ich muss weg, da oben sind so drogen-typen, die mich kennen«

Bruno zuckte mit den Schultern und steckte das Handy wieder ein.

Wie angekündigt machte sich die Band bald nach dem Konzert auf den Weg. Baldachin lächelte Bruno beim Abschied zu und meinte, diese Endlostape-Sache sei voll der Hammer, er habe vorhin auf Marks Anlage reingehört. Er kenne den Kurator eines Kunstforums in einer ausgedienten Werfthalle, der bestimmt an seinen Holzarbeiten interessiert wäre. Bruno winkte ab und Baldachin fügte an: »Auch wenn du den Kunstbetrieb nicht magst, wir müssen deswegen unbedingt mal zusammensitzen.«

Mark, Bruno und Exakt verabschiedeten sich vor dem Eck und die beiden winkten, als der Bandbus wegfuhr.

»Und jetzt, was tun mit all den Gefühlen?« fragte Mark trocken.

»Weiss nicht«, meinte Bruno, »schön zu sehen, dass du welche hast. Krieg ich noch was zu trinken?« Mark schaute Bruno prüfend an, fragte dann: »Rauchst du nicht mehr?« Bruno machte ein Gesicht, das sagen sollte, »Schon ok, ich weiss es selbst, wenn ich Scheisse gebaut habe«, und sie gingen hinein. In dem Moment knallte es oben. Die beiden schauten sich an und rannten die Treppe hoch.

Die Tür des Fumoirs wurde von innen zugedrückt. Bruno stemmte sich dagegen, sie bewegte sich nicht. Silbe stand neben der Tür bei den Flyer-Kästen und sagte: »Da sind drei Faschos drin, die die Libanesen verprügeln wollen. Einer von denen, ziemlicher Schrank, hält die Tür zu. Kaspar ist auch drin.«

Mark nahm Anlauf und warf sich in die Tür, die aus den Angeln sprang und den Typen mit der braunen Baseballkappe unter sich begrub. Mark stand auf, schaute erst auf den umgestossenen Fussballkasten und dann zu Kaspar, der sich zwischen Philipp, dessen Kumpel und die Libanesen gestellt hatte. Mark gab den beiden ein Zeichen, dass sie abhauen sollen. Bruno kniete sich mit einem Bein auf die Tür, um die Baseballkappe darunter ruhig zu halten. Philipp lachte: »Ah, der Chef, super, findet es wahrscheinlich«, er machte Gänsefüsschen mit den Fingern, »›cool‹, wenn das Ungeziefer hier Drogen verkauft.«

Kaspar hob die Fäuste, die Muskeln spannten die Flügel seines Windrad-Tatoos. Mark gab ihm mit einem »Hey!« zu verstehen, dass er sich zurückhalten solle und wandte sich Philipp zu: »Wir als Kollektiv fänden es ›prima‹, wenn du die Fresse halten könntest und ihr abhauen würdet. Aber erst gibst du mir deinen Ausweis, damit wir wissen, wo wir die Rechnung für den Schaden hinschicken sollen.«

»Wenn der da hinten von der Tür runtergeht, damit mein Kumpel aufstehen kann und du deinen Psycho zurückpfeifst ...«, er beendete den Satz nicht, denn Kaspar hatte einen Schritt auf ihn zugemacht und mit dem rechten Arm ausgeholt. Ohne die Augen von ihm zu lassen, hob Philipp einen Stuhl, holte kurz aus und schleuderte ihn Richtung Kaspar.

Dieser hob die eine Hand und lenkte ihn gekonnt von sich weg.

Bruno sah den Stuhl auf ihn zu fliegen.

In Zeitlupe.
Bild für Bild.
Lichtphase für Lichtphase.
Einen Moment lang sah er das Ende eines Stuhlbeines vor seinem linken Auge in Nahaufnahme.
Kratzer.
Staub, der daran klebte,
Holzsplitter,
auf Knochen.

Bruno kippte nach hinten und schlug auf dem Boden auf, während die rostbraune Baseballkappe sofort unter der Tür hervorkroch, an einer Gruppe Gaffer vorbei die Treppe hinunterstürzte und durch die Tanzmenge nach draussen flüchtete. Dies ging alles sehr schnell. Mark hatte das Gepolter gehört, sich kurz umgedreht und gesehen, dass Bruno umgefallen war. Doch er drehte sich sofort wieder Kaspar zu, der in diesem Moment nach vorne stürzte und seine Faust in Philipps Seite rammte. Ein Knacken war zu hören und Philipp stürzte nach hinten in die Ecke. Mark kam sofort herbei, packte Kaspar an den Schultern und zog ihn zurück. Philipp verzog das Gesicht vor Schmerz, als er aufstand. Er zeigte mit den Blicken auf Kaspars Arm und sagte dann gepresst zu Mark: »Auch nicht mehr ganz so aufmerksam, euer Idiotenkollektiv, früher hättet ihr noch gesehen, dass das Tattoo auf seinem Arm bloss dazu da ist, ein niedliches kleines Hakenkreuz zu verbergen.«

Mark schaute auf Kaspars Arm. Dieser drehte sich zu ihm um, schaute ihm in die Augen und zuckte mit den Schultern. Philipp nützte das kurze Zögern Marks und stolperte aus dem Raum. Nur dessen Kumpel drückte sich noch bedrängt von einem Stammkunden in einer Ecke herum. Die beiden Tischfussball-Frauen standen ausdruckslos, ja scheinbar gelangweilt neben dem umgestürzten Kasten, als warteten sie lediglich darauf, dass ihn jemand wieder aufstellen würde.

Erst jetzt bemerkte Mark, dass Bruno immer noch in der Ecke lag.

Birke, Taubennest, Rascheln, dürres Moos, ich hab mich ja zu Hause in meinem Zimmer versteckt, weil ich Angst hatte von diesen Drogentypen, hab ich dir ja noch geschrieben, und dann kam das Telefon, ich also sofort wieder raus, ab in die Stadt, zum Spital und rein in die Notfall-Abteilung. Da haben sie schon an dir herumgebastelt und mich haben sie natürlich nicht reingelassen, obwohl ich sogar meinen Kittel in der Garderobe holen gegangen bin. Aber die haben geschnallt, dass ich nicht da hingehöre, ausserdem, naja, ich hab noch schnell eine Pille genommen zuhause, um wach zu sein, nur, die Fahne geht davon natürlich nicht weg und geschrien habe ich auch, als sie mich nicht in den OP-Bereich reinlassen wollten, sodass sie mich schliesslich ganz rausgeworfen haben. Also hab ich mich auf den Gehsteig vor dem Krankenhaus gesetzt und hab geheult, bis ich nicht mehr konnte und dann wurde es hell, rieseln, Tannennadeln, Sechsachtel.

Birke, trocken, hell, Zweiviertel, Mann, erst Florim und dann du, ich kann dem überhaupt keinen Sinn abgewinnen, und ich weiss nicht, also zu mir hast du immer gesagt, du willst nicht als Gemüse enden. Hm, vielleicht hast du das ja nicht so gemeint. Oder du hast halt einfach die Meinung geändert und so einfach ist es ja auch nicht, da geht's ja auch um Kosten und ich bin jetzt auch nicht grad die Heldin, die sagt, also das hätte er sich aber sicher nicht gewünscht, und jetzt gehe ich hin und ziehe die Stecker raus, vor allem, weil es ja gar keine Stecker gibt. Und ja, jetzt wo du da bist, stell ich mir einfach vor, dass du von all dem auch etwas mitkriegst. »Schädel-Hirn-Trauma mit venösem Frakturhämatom«, hat der Arzt gesagt, und andere Dinge, die ich noch weniger verstehe, ungewisser Ausgang, aber sie haben gestern ein MRT gemacht und das hat gezeigt, dass im Hörzentrum, oder war es das Sprachzentrum, weiss nicht, also dass da möglicherweise noch was geschieht, aber das käme manchmal vor und bedeute nicht viel, und was die Ärzte mit diesen Zentren meinen, da denk ich manchmal auch ›na ja, ihr könnt mir ja erzählen was ihr wollt, ich komm da eh nicht draus‹. Und er hat auch gesagt, dass deine Reaktionen zufällig seien, aber für den Fall, dass du was hörst, hab ich gedacht, komm ich halt doch hin und wieder vorbei und erzähl dir was, sonst kann das ja ziemlich langweilig werden die ganze Zeit. Die Ärzte sagen, du seist soweit stabil und eben, das kann noch sehr lange dauern, Regen auf Laub, Buche morsch, Eiche.

Moos auf morschem, schwarzen Holz in einem Bach, Sechsachtel, Bass, ich hab ja gedacht, dass diese Baseballkappen wegen mir da waren, weil ich die auf dem Hof gesehen habe, und irgendwie stimmt das auch, weil ich Severin gesagt habe, dass es im Eck schon Kundschaft gibt für das, was sie da draussen herstellen, aber dass da halt Libanesen sind und verkaufen, wahrscheinlich hat der das denen gesteckt, die eine Baseballkappe haben sie ja festgehalten und dann ist ja plötzlich auch noch dieser Bulle, also dieser Merz, aus dem nichts aufgetaucht und hat den Typen ausgequetscht, worauf der dann gesagt hat, sie hätten verhindern wollen, dass das Ausländerpack unsere Jugend kaputtmacht mit ihrer Ware, aber sie haben ja auch einiges bei ihm gefunden, schön abgepackt, also wahrscheinlich ging's eher darum, dass sie da verkaufen wollten und dachten, dass die Libanesen eine Konkurrenz waren, wobei diese da gar nicht mehr verkauft haben, das hat jedenfalls Mark gesagt, und überhaupt, wie kommen die dazu, als Glatzen hier verkaufen zu wollen, Baseballmütze hin oder her? Als ich bei denen war, hab ich nicht gedacht, dass die so extrem drauf sind, aber, ich hab's ja schon mal gesagt, so Typen, ... armselig, und ich hab Mark gesagt, dass das irgendwelche Verwandte von diesem Severin sind und seit er diesem einen Besuch abgestattet hat, sieht man den nicht mehr so, und darüber bin ich ziemlich froh, Eichenast spalten, Raspeln, Buchenrinde.

Zapfen, Güiro, Föhre, Reisig, also ich bin da auf dem Randstein vor dem Spital gesessen und hab plötzlich gedacht, »jetzt aber subito, das geht ja schnell, wenn jemand im Spital landet, so wie du«, jedenfalls hab ich deinen Vater angerufen, und der ist schon am nächsten Tag aus Südfrankreich angereist. Scheisse!, ich hab mich immer noch nicht daran gewöhnt, dass du plötzlich die Augen aufmachst, dabei sollte ich das ja von anderen Wachkoma-Patienten gewohnt sein. Aber so ist das einfach was anderes als wenn ich arbeite. Ich wusste ja nicht viel von deinen Eltern, nur dass deine Mutter nicht mehr lebt, und dein Vater meinte ›nein, der arme Bruno, der soll nicht das gleiche Schicksal erleiden wie seine Mutter, so dahinsiechen, ich hab das drei Jahre lang mitgemacht, Bruno möchte das sicher nicht, und ich muss immer von Perpignan hierherfahren, das kann ich mir nicht leisten‹ und der Arzt nickte natürlich dazu und bestätigte, dass es nicht viel Zweck hat, dich am Leben zu erhalten, und ich dachte, jetzt mal halblang, dein Kontakt im Computer war ja immer noch ich und ich weiss auch, wie das funktioniert mit Patientenverfügungen und Unterschriften gefälscht hab ich schon in der Primarschule und ja, vielleicht macht dich das glücklich, wenn du's hörst, ich bin in den Akten jetzt offiziell deine Partnerin, obwohl, halt ohne Sex, aber den hatten wir ja auch nicht als wir zusammen waren, und ja, seltsam, hat dir Kaspar vielleicht schon erzählt, dass wir wieder zusammen abhängen, einfach ohne zusammen zu sein, weiss nicht, hat sich irgendwie wieder so ergeben und ich kann irgendwie nur so, mindestens im Moment, da geht das nicht, Pärchen sein und Sex gleichzeitig und trotzdem ist es gut, wenn ich jemandem halbwegs vertrauen kann, weil, manchmal weiss ich nicht, warum ich es überhaupt tue und manchmal fühl ich mich dabei auch total scheisse und trotzdem tue ich es, da ist es wichtig, dass jemand Verständnis hat, wenn ich mich kacke fühle, oder irgendwann sage ›Schluss‹ oder, dass jemand ›Schluss‹ sagt wenn ich Modus-Sex will, wobei ich denke, wenn Kaspar entscheiden könnte, wäre er lieber ohne Sex mit mir zusammen als mit Sex nicht mit mir zusammen, aber egal ... mir war wichtig, dass sie nicht einfach den halbherzigen Versuch machen, dich zu stabilisieren und dann finden, das hat eh keinen Zweck, und bei der ersten Komplikation ziehen sie dir die Sonde raus oder du gehst bei der ersten Infektion drauf, weil, beweisen konnte mir noch niemand, dass da drin nichts mehr ist, irgendwelche Hirnwellen hin oder her. Deinem Vater hab ich gesagt, dass der Gedanke für dich immer unheimlich gewesen sei, bei Bewusstsein im Koma zu liegen während die Leute über dich reden und dich sterben lassen wollen ... und du so innerlich schrei!, und ich hab auch gesagt, dass ich einen Teil der Pflege übernehme und deine Freunde vorbeikommen würden und dass ich ihn informiere, wenn sich etwas verändert, weil, dass jemand, der so alt ist wie er, überfordert ist, begreife ich auch. Er ist anfangs bei dir gewesen, weiss nicht, ob du es mitbekommen hast, mit all den Medikamenten, die sie dir gegeben haben, Birke, Schlag auf den Boden, Laub, Bach.

Zapfen, Föhre? Reisig, Knistern, Reisig, Rottanne, Borke, ja, ich hatte dieses Tattoo und ich kenne einige Leute, die im Eck verkehren, die ähnliche Tattoos haben, aber ich sag nicht welche, weil ich nicht finde, du solltest das ganze Leben auf irgendwelche Dummheiten reduziert werden, die du als Fünfzehnjähriger gemacht hast. Verdammt nochmal, du bist grad deinem Prügelvater entkommen und landest irgendwo in einem Heim, wo halt auch Zucht und Ordnung herrschen, da stehst du nicht so auf Hippiekram, da brauchst du Handfestes, nur schon um den anderen zu zeigen, was Sache ist. Ich kenn einige, die haben hin und her gewechselt zwischen der extremen Linken und den Neonazis. Versteh mich recht, ich will damit nicht sagen, dass es auf beiden Seiten feine Leute gibt, aber das waren noch Kinder und man hätte mit ihnen reden müssen. Stattdessen lässt man sie in die noch grössere Scheisse laufen und am Schluss sind sie wieder die Verarschten. Apropos, magst du dich noch an dieses White-Metal-Konzert im Gaswerk erinnern, an dem wir uns getroffen haben. Mortification hiess die Band. Da sind eine Handvoll Leute gewesen, die ich von früher kannte. Du bist nur gekommen, weil du die Idee von christlichem Metal originell gefunden hast. Du hast gelacht über das T-Shirt des einen Fans: eine Faust, die auf das Wort ›Sünde‹ schlägt und darunter der Satz: ›Mach kaputt was dich kaputt macht!‹ Ich hab das schon auch sehr lustig gefunden. Gleichzeitig verstehe ich, weshalb man so ein T-Shirt anzieht. Oft ist es einfacher, das, was einem angetan wird, als eigene Schuld anzusehen. Wird einem auch früh genug beigebracht. Und irgendwann hofft man einfach nur noch, dass es weggeht. Mein Bruder hat mal was von Erbsünde gesagt, ich weiss nicht, was das ist, oder, ob es das gibt, aber, dass Übles leicht weitergegeben wird, das ist schon so. Versteh mich recht, ich geb niemandem die Schuld an meinem Scheiss, ich trage ja auch die Konsequenzen, nur, diese ganze Heuchelei nervt mich. Aber hey, weisst du, was mich total überrascht hat? Miriam, ich hab das mit ihr und Patrick ja ein bisschen mitgekriegt und da hab ich gedacht, sie macht jetzt sicher mich verantwortlich für die ganze Scheisse und schmeisst mich raus. Aber eben, tut sie nicht. Ich glaube, je weniger man sie zu etwas drängt, desto vernünftiger verhält sie sich. Ausser natürlich, es geht um ihre Zähne. Und das mit Patrick, weisst du, vielleicht wollen die beide einfach, dass alles genau so unbesprochen ist zwischen ihnen, wie es ist. Und vielleicht wolltest du es einfach für dich, Bruno, dass es anders ist. Das sind Vermutungen, ich weiss, und ich sollte mich besser um meinen eigenen Kram kümmern, ja, das wollte ich eh noch sagen: so sehr ich bedauere, was passiert ist, dass ich mich von rechten Idioten nicht alles gefallen lasse, ja, das ist halt so, und schau, ich hab sogar gelernt, wie man schlagen muss, dass nichts Schlimmes passiert. Ja, etwas kann immer schiefgehen, ganz offenbar, aber ich bin nicht ausgetickt, sonst hätt ich mich nicht von Mark aufhalten lassen, das kannst du mir glauben, nur sehen sie das halt ein wenig anders im Eck. Und Silbe auch, Eiche, trocken, Knacks, Weidenäste, federnd, auf Tanne.

Schlag, angebrochen, Buchenast, dick, trocken, also ganz uneigennützig war das ja nicht, dass ich Kaspar weiter arbeiten liess, was hätt ich denn tun sollen ohne ihn, und ja, ich hab ihn schon lange mal gefragt, was dieses Windrad ist, das überhaupt nicht zu dem falschen Kreuz passt, und er hat ein bisschen rumgedruckst und mir dann gesagt, er hätte ein Hakenkreuz dort gehabt und habe das weghaben wollen und da hätte er einfach selbst die Linien gestochen, dazu sei er gerade noch fähig gewesen. Ich weiss nicht, wahrscheinlich werden wir ein paar Kunden verlieren, wenn bekannt wird, dass ein Ex-Nazi ..., aber ich bitte dich, mit fünfzehn, Eiche, Schlag, Reisig, Knistern, undefiniert, trocken, heller Klang, wodurch das ganze ausgelöst worden ist, wissen wir nicht, entweder war's der Stuhl oder aber der Aufprall. Wahrscheinlich aber schon eher letzteres. Die Blutung wurde wahrscheinlich begünstigt durch Alkohol und die Einnahme von Aspirin in der Zeit vor dem Ereignis. Seine Partnerin, diese, ja, Frau Jegen, Gerda, ja, sie hat uns eine Patientenverfügung vorgelegt, in welcher der Patient sie als seine Vertreterin bestimmt für den Fall, dass, ... eben für einen Fall wie das hier. Darin ist bei den Anhaltspunkten zur Behandlung angekreuzt, dass alle lebenserhaltenden Massnahmen weitergeführt werden sollen, solange noch eine Hoffnung auf die Wiedererlangung der Urteilsfähigkeit besteht. Und ja, bei einem so jungen Patienten ist es schon möglich, dass sich bestimmte Regionen regenerieren. Wir behalten ihn jetzt noch hier im Zimmer, aber wahrscheinlich wird die Krankenkasse nicht mehr lange dafür zahlen, also wird er wahrscheinlich in ein Wohnheim wechseln. Wir müssen das alles noch genau abklären. Nein, ich glaube nicht, dass er momentan etwas hört, feine Weidenäste, grün, mittel, Zweiviertel mit Triolen, also vor unserem Haus stehen jetzt Esel, die blöken den ganzen Tag, sagt man überhaupt ›blöken‹ bei Eseln? Naja, was sie tun, klingt jedenfalls so und ich hoffe, dass es dich nicht stört, dass ich das unser Zuhause nenne, aber ich versuch auch, das du dahin zurückkommst, ist ziemlich kompliziert, viel Papierkram, aber vielleicht schaff ich's, mit der Krankenkasse etwas auszuhandeln, wenn ich selbst mithelfe und sie nicht so viel Spitex zahlen müssen. Dein Vater meinte auch, dass er noch Geld auf der Seite hat für den Notfall, apropos, Kaspar hat den Kredit bei der Bank zurückgezahlt und besteht darauf, die restlichen Schulden zu begleichen, wobei, momentan würde das noch nicht mal für eine Woche reichen, und nochmals apropos, du bist ja gar nicht so schlecht versichert gewesen, hm, Bruno ...? Übrigens dieser Zimmermann, magst du dich noch erinnern, weisst du, der eine Drogensüchtige, bei dem ich Sitzwache hatte, den haben sie tot angeliefert, als ich gearbeitet habe, und da bin ich ihn anschauen gegangen und hab erst gedacht, sieht ja ganz friedlich aus und also ich so ›Zimmermann, hast du deine Ruhe‹, dann hab ich gedacht, Scheisse, das ist genau dieses beschissene System! Wenn die Leute sich schliesslich kaputtgemacht haben, denken alle, so, jetzt hat er endlich seinen Frieden gefunden, dabei hat er nur seinen Kampf verloren und wieder sind die, die das ausgelöst haben ungeschoren davongekommen und werden wahrscheinlich an seinem Grab getröstet, das kotzt mich sowas von an, und, hey, Bruno, jetzt wirst du vielleicht innerlich hüpfen vor Freude, ich hab mir da gesagt, nein, das mag ich denen nicht gönnen, den Ärschen, dass sie immer gewinnen und wenn ich sehe, es geht nicht mehr, dann werd ich mir vielleicht, ich betone, vielleicht, irgendwie helfen lassen, Fichte, Schlag auf Bruch, Buche, morsch, leider waren ja diese zwei Kerle aus dem Kaff da im Toggenburg in unserer Wohnung, weil in dem ganzen Durcheinander hab ich vergessen, dass ich Severin noch das Geld schulde, weisst doch noch, wo der da war, ich musste den irgendwie vertrösten und ich kenn den Typ Mann, wenn der sich stark fühlt, dann glaubt er dir alles, hm, schon wieder eine Lüge und für die Art von Lügen hab ich schon zu viel bezahlt, ich weiss, aber wenn ich's anders mache, dann fürchte ich mich davor, was alles passieren kann, dass der mein Leben zerstört, ich denk an alle möglichen Gefahren, und ich bin überzeugt, den ganzen Scheiss mitzumachen ist das kleinste Übel, weil mich das nur langsam kaputt macht und ich hab's ja bisher auch überlebt, aber ich weiss, irgendwann fliegt mir immer alles um die Ohren, jedenfalls konnte ich das Amphi noch nicht verkaufen, und Severin hat immer weiter gedrängt, der wurde immer ekliger und da habe ich gedacht, kluge Gerda, ich ruf die Grossmutter von dem an, weil wir waren mal da im Altersheim und es hat so ausgesehen, wie wenn der auf die hört, und wie wir verbunden werden, weiss die grad, wer ich bin, aber sie sagt nichts zu dem was ich ihr erzähle, und kurz darauf kommen also wirklich diese beiden Typen und nehmen den Rest Gras und das Amphi mit und räumen einfach deine Wohnung leer, nehmen alles mit, was Wert hat, auch deinen Laptop und da hab ich erst gedacht, krass, hängt das vielleicht mit dem Anruf zusammen und diese alte Schachtel weiss von allem, und ich hab auch gedacht, gut, dass das Bruno nicht mitkriegt, weil er ja immer an diesen Tracks gearbeitet hat und jetzt haben die irgendwelche Kleinkriminellen, Backups hast du ja nicht, oder? Du hast gesagt, du müsstest das schon immer bei der Arbeit machen und wenn etwas verloren geht, gibt es Platz für etwas Neues, und weisst du was, als du noch auf dem Notfall warst, kam ein Paket aus Deutschland per Eilpost, und zwar mit dem Tape und dem Brief von Exakt, Mann, den hab ich noch gar nicht vorgelesen, krass, das ging vollkommen unter, aber ich hab ihn hier neben das Gerät hingelegt, also Baldachin schreibt: ›Lieber Bruno, es tut uns leid, unendlich leid, was an dem Abend passiert ist, und ich schick dir hier dein Tape zu, nur leihweise, denn ich möchte es gerne wiederhaben! Ich dachte, vielleicht hörst du darauf etwas Bekanntes, das dir den Weg zu uns zurück weisen kann, Baldachin‹, ja, und Funke und Taxi haben auch unterschrieben, ganz schön melodramatisch, fand ich, Exakt sind doch sonst immer so nüchtern, den Weg zu uns zurück weisen, also ich krieg grad feuchte Augen. Und deshalb hab ich ein Kassettengerät gekauft, war gar nicht so leicht zu finden, und irgendeinen Schrott wollte ich nicht nehmen, weil ich ja nicht will, dass das Gerät Bandsalat aus deinem Holztape macht, Föhre, trocken, Zaunpfahl, wahrscheinlich Tanne, trocken, Esche dick, Esche dünn, Buche auf Knochen Buche, hell, Birke, mittel, Schlag, Reiben, das ist etwas, was ich nicht so gut kann. Deshalb sag ich wahrscheinlich nicht so viel. Gerda wird dir eh schon alles gesagt haben. Kaspar mussten wir rausschmeissen. Ich wollte nicht. Die andern fanden, zwei Prügeleien plus Hakenkreuz, das ist zu viel. Vielleicht ist es das Beste. Bei ALSO arbeitet er ja noch, Tanne trocken, dünn, Tropfen, Stuhlbein, Buche, ich wollte dich immer fragen, was ALSO heisst. Irgendwas mit alternativ? Das wäre ziemlich langweilig. Ich hoffe, es ist auch ok, wenn ich einfach so dasitze? Kann ich endlich mal dein Tape richtig hören. Jetzt weiss ich auch was du meintest mit diesen Mikromelodien. Und diese Rhythmen. Das ist mir das letzte Mal, nachdem ich hier war, aufgefallen. Wenn man diese Holzsachen gehört hat, beginnt man in vielen Geräuschen kleine Melodien und Rhythmen zu entdecken. Tut mir leid, dass ich das nicht so ernst genommen hab, Bruch, hell, trocken, Tanne, Esche, trocken, Schlag und ich geb's ja zu, ich hab das ganze Zeugs mit der Patientenverfügung und so nicht bloss aus Nächstenliebe gemacht, sondern auch, weil ich wütend war auf dich, ich dachte, »so leicht kommst du mir nicht davon!« Ich fand das so scheisse von dir! Du hast es darauf angelegt, gib's zu, du wusstest, dass niemand von dir erwartet, dass du da reingehst, wenn sich irgendwelche Faschos mit Kaspar rumprügeln und du bist trotzdem reingegangen. Das bist gar nicht du und du weisst das, und dann habe ich gedacht, kannst du vergessen, dich einfach so aus dem Staub machen, Scheisse, echt! hab ich gedacht, ich hab das einfach nicht ertragen, weil die Zeit bei dir, die ganze Zeit durch hab ich gedacht, wenn ich hier bleibe und hin und wieder mit dir reden kann, auch wenn vielleicht alles aus dem Ruder läuft, ich fühl mich zumindest hin und wieder ok, weisst du, Ain't Talkin' Bout Love, Van Halen, du hast mir doch mal gesagt, ich soll mal auf den Text achten und nicht nur auf das Riff, wobei, das ist schon geil, könnte ich den ganzen Tag hören, und wie gesagt, so eine Patientenverfügung, na, wo arbeitet Gerda?, genau, im Krankenhaus. Ja, ich weiss, du sagst, dass Lügen ein Zeichen der Verzweiflung ist, weil Leute, die lügen letztendlich darunter leiden, dass sie das, was sie wollen nicht auf normale Weise erreichen können, nur ist es mir in diesem Fall egal und ich hoffe auch sehr, dir auch. Ich hab das schon abgeklärt, dass du jetzt nicht leidest oder so, natürlich, ganz genau kann man das nicht sagen, aber es gibt ja schon Naheliegendes und weniger Naheliegendes, und dass du irgendwelche Schmerzen hast ist eher weniger naheliegend, das musst du zugeben, und du, übrigens, ich hab Kremierung und nicht Erdbestattung angekreuzt, ich hoffe, das ist ok für dich, Fichte, dünn, also der Doktor sagte ja, man könne nichts mehr sehen auf dem MRT, aber ich hab das Gefühl, seit diese Kassette läuft, bist du ruhiger. Hm, ich finde es zwar unheimlich schlimm, dass du nicht mehr redest, denn du hast schon auch gute Dinge gesagt, aber um ehrlich zu sein, für mich war viel wichtiger, dass du da warst und mir zugehört hast, Bruch, Eiche, Schlag, Knacken, Schlag.

Bruno lebte noch 259 Tage, am 113. Tag schienen seine Pupillen Gerdas Hand zu folgen, am 187. Tag bewegte er den Mund und sagte etwas wie »slos«, er hatte verschiedene Infektionen, darunter eine Pankreatitis und eine Lungenenzündung, an der er schliesslich starb.

Tom Combo
SPIELRAUM
Broschur
252 Seiten
7 €

ISBN: 9783935843256

Im Ich-Findungs-Seminar in einer Kaffee-Fabrik in New Mexico stellt sich heraus, dass Alex Harper ein anderer ist als er selbst. Währenddessen versucht der Wrestling-Ghostwriter Traven, den mysteriösen Tod seiner Lieblingsfigur aufzuklären. Ein unbedeutender Politiker hat plötzlich größte Chancen auf das Amt des Gouverneurs und Carlos versucht, gleichzeitig seinen jüngeren Bruder zu beschützen und seine Idee von der Friedenspolka zu verbreiten. Sind die plötzlich in vornehme Wohnquartiere einbrechenden Schlägerbanden Zufall? Und was haben die Jazz-Band und der Schönheitschirurg mit alldem zu tun? „Der Spielraum" ist ein Thriller, angesiedelt zwischen Täuschung und Realität, Action und Reaktion. Wrestling vermischt sich mit Politik und alternative Wirklichkeiten werden inszeniert. Oder, wie es in »Der Spielraum« heisst: »Wahr ist, was Konsequenzen hat.«

VERBRECHER VERLAG

Philipp Stadelmaier

QUEEN JULY

Roman

Hardcover
160 Seiten
19 €

ISBN: 978-3-95732-407-8

Ein rekordheißer Sommer in Paris. Eine Badewanne voll von kaltem Wasser, darin: July, weißweintrinkend. Sie stellt Fragen, sie hört zu, sie kommentiert an den richtigen Stellen. Wo wäre Azizas Geschichte besser aufgehoben als bei ihr?

Auf dem Fliesenboden neben der Wanne sitzend, nachts, erzählt Aziza jener July, einer Frau, die sie kaum kennt, von ihrem Aufwachsen in Paris – und ihrem Leben in Dschibuti. Seit Jahren versucht sie dort, ihr Pariser Leben und Lieben zu vergessen. Das fällt ihr nicht allzu schwer zwischen dem Job als Anästhesistin im chinesischen Krankenhaus, trockenen Gin Martinis mit dem attraktiven Kollegen aus Addis Abeba, der verwüsteten Hotel-Suite nach den Nächten mit den somalischen Khat-Schmugglerinnen und den Yacht-Touren mit einem Playboy aus Mosambik. Bis zu dem Zeitpunkt, an dem Strehler sich wieder meldet. Strehler, den Aziza noch aus der Schulzeit in Paris kennt, ihre erste echte Beziehung. Strehler, der sich ihr aus unerfindlichen Gründen immer wieder entzog, der sich damals dann plötzlich und unerwartet von ihr abwandte.

Die rätselhaften Lücken in dieser Romanze haben aus Strehler ein Phantom gemacht, das Aziza die Leichtigkeit am Horn von Afrika vermiest. Und so verwickelt sich Aziza zwischen den Welten schon wieder in Schwärmereien, die nur July in ihrer Badewanne zu entwirren vermag.

VERBRECHER VERLAG

Dilek Güngör

ICH BIN ÖZLEM

Roman

Hardcover
160 Seiten
19 €

ISBN: 978-3-95732-373-6

»Meine Eltern kommen aus der Türkei.« Alle Geschichten, die Özlem über sich erzählt, beginnen mit diesem Satz. Nichts hat sie so stark geprägt wie die Herkunft ihrer Familie, glaubt sie. Doch noch viel mehr glaubten das ihre Kindergärtnerinnen, die Lehrer, die Eltern ihrer Freunde, die Nachbarn. Özlem begreift erst als erwachsene Frau, wie stark sie sich mit dieser Zuschreibung identifiziert hat. Aber auch wie viel Einfluss andere darauf haben, wer wir sind. Özlems Wut darüber bahnt sich ihren Weg, leise zunächst, dann allerdings, bei einem Streit mit ihren Freunden, ungebremst: Von Rassismus ist die Rede und von Selbstmitleid, von Scham und Neid, von Ausgrenzung und Minderwertigkeitsgefühlen. Ihre Geschichte will Özlem von nun an selbst bestimmen und selbst erzählen. Wie das geht, muss sie erst noch herausfinden.

Mit genauem Blick und bestechender Offenheit beschreibt Dilek Güngör, welche Kraft es kostet, sich in einer Gesellschaft zu behaupten, die besessen ist von der Frage nach Zugehörigkeit, Identität und der »wahren« Herkunft.